历史主义文艺学论纲

刘 萍 著

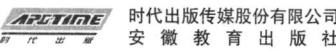
时代出版传媒股份有限公司
安徽教育出版社

图书在版编目（CIP）数据

历史主义文艺学论纲／刘萍著．—合肥：安徽教育出版社，2014.6
ISBN 978-7-5336-7794-7

Ⅰ.①历… Ⅱ.①刘… Ⅲ.①历史主义-文艺学 Ⅳ.①I0

中国版本图书馆CIP数据核字（2014）第121116号

历史主义文艺学论纲
LISHIZHUYI WENYIXUE LUNGANG

出 版 人：郑　可
质量总监：武常春
策划编辑：张　利
责任编辑：黄　俊
装帧设计：张鑫坤
责任印制：何惠菊

出版发行：时代出版传媒股份有限公司　安徽教育出版社
地　　址：合肥市经开区繁华大道西路398号　邮编：230601
网　　址：http://www.ahep.com.cn
营销电话：(0551)63683012，63683013
排　　版：安徽创艺彩色制版有限责任公司
印　　刷：合肥中德印刷培训中心印刷厂

开　本：880×1230　1/32
印　张：8.75
字　数：170千字
版　次：2014年5月第1版　2014年5月第1次印刷
定　价：28.00元

（如发现印装质量问题，影响阅读，请与本社营销部联系调换）

目录

引言　历史主义文艺学基本概念辨析 ………………………… 1
 一　历史与文本 ………………………………………………… 2
 二　历史与主体 ……………………………………………… 13
 三　历史·历史主义·主体性 ……………………………… 19

第一章　传统历史主义之流变 ………………………………… 22
 第一节　历史主义的先声 …………………………………… 23
  一　历史主义的序曲——维柯 ……………………………… 23
  二　历史主义的开篇——赫尔德 …………………………… 27
 第二节　古典历史主义的高峰及其改造 …………………… 30
  一　古典历史主义的高峰——黑格尔 ……………………… 30
  二　古典历史主义的改造——马克思、恩格斯 …………… 34
 第三节　历史决定论 ………………………………………… 42
  一　"三要素"决定论——丹纳 …………………………… 42
  二　自然主义理论——左拉 ………………………………… 45

第二章 新历史主义之崛起 ································· 60
第一节 新历史主义的理论先导 ························· 60
一 历史的"间断性" ································· 62
二 主体的"限定性" ································· 66
第二节 新历史主义的历史观与文学主体观 ············· 70
一 新历史主义的历史观 ····························· 70
二 新历史主义的文学主体观 ························· 73
第三节 新历史主义的文学功能论 ····················· 77
一 "颠覆"与"抑制" ································· 77
二 新历史主义文学功能论与《麦田里的守望者》 ······ 80

第三章 非历史主义之批判 ································· 92
第一节 神上论批判 ································· 93
第二节 主体中心论批判 ····························· 97
第三节 文本自足论批判 ····························· 123

第四章 历史的规定性 ····································· 144
第一节 历史制约论与历史发展观 ····················· 145
一 历史制约论 ····································· 146
二 历史发展观 ····································· 151
第二节 主体性的历史与自我生成 ····················· 157
一 "一般世界情况"——集体无意识·原型 ············· 157
二 "情境"——天才·直觉·个体无意识 ················ 165

第五章　主体的动力性 …………………………………… 171
　第一节　个体境遇的言说 ………………………………… 172
　第二节　现实的审美变形 ………………………………… 204
　第三节　过去、现在与未来的融合 ……………………… 220
结语　文学主体与历史的相互塑造 ……………………… 258
参考文献 ……………………………………………………… 263

引 言

引言　历史主义文艺学基本概念辨析

历史主义作为一种思潮或流派诞生于18世纪启蒙时期。若将之视为一种观念、抑或批评方法,则历史主义的起源可以大大向前追溯。历史主义着重于历史环境的作用,实现着与人类认识世界、改造世界的生存意义的契合。然而,将之推向极致,一切都必须经历史判别有无,厘定轻重。尤其是19世纪中后期,历史主义演化为历史决定论;而这样一种理论思潮从20世纪之初终于渐遭质疑。此后,对历史的权威性的反抗愈演愈烈,甚至历史的真实性都被打上了一个大大的问号。与此同时,各种形式主义流派日渐兴盛,文学研究呈现出明显的从形式到形式、从文本到文本、从能指到能指的倾向。在此情况下,历史的本源似无须追问,历史的意义和价值亦不再有往昔的威严,历史主义不可避免滑入低谷。

新历史主义于 20 世纪 80 年代从形式主义诸流派中突围并崛起,在批评界掀起了一场轩然大波。新历史主义文论重拾历史主义大旗,以文艺复兴时期的各种文学现象为主要观照对象,并置之于复杂的文化网络之中,强化历史环境对文学主体的重要影响,使历史主义这一久遭排斥的批评潜流以不可遏制的力量重新浮现。考究新历史主义异军突起的意义,至少有三点是不应当被忽视的:首先,历史主义批评的强大生命力再次获得确认;其次,新旧历史主义历史观的变异引人瞩目;再次,有关"协调"(negotiation)①功能的探讨颇具启发性地在历史主义的范畴中将主体与历史的关系重新诠释。

"历史主义"在文学、史学、哲学等领域中都有极为丰硕的理论建构,并且由于学科的性质不同,诸种历史主义理论各有侧重,呈现出一定的差异。鉴于此,本书所确立的基本的研究视界在于文学领域,即旨在考察文学研究中的历史主义,尤其以西方文学为基本的参照系,探究文学与历史之间的动态关系。

一 历史与文本

20 世纪后半期以来,伴随着后结构主义对社会思想各个领域的洗礼,历史观从原本倾向于追寻根本意义、价值的宏大叙事转为多元

---

① negotiation,又译协合、协商、谈判、商讨等。

化、边缘化乃至修辞化、虚构化。历史的真实性这一原本为人们所耳熟能详、确定无疑的观念,不可避免地在悄然改变。

如果再把视野扩散开去,追溯"历史"概念的渊源,则可见在多种因素影响之下,人们对于历史的认识经历着深具意味的转变。大约到中世纪为止,世事的变迁往往被归之于神乃至上帝,认识能力的欠缺与生产力水平的低下相适应,人们的历史观念普遍比较淡薄。此后,文艺复兴以及启蒙主义运动对神权的批判,使得人们把关注的目光逐渐聚集到自身的命运和境遇上,历史的自觉意识随之萌发。至19世纪上半期,人们更试图从历史的变迁中发掘规律,进而为以后的历史发展提出预测,撇开其历史规划的准确与否不论,这里无疑包含着对于历史的真实有效性的认可与扩展。进入19世纪中后期,受自然科学发展的影响,人们逐渐把注意力从宏大的历史视野中收拢回来,强化一个个具体的历史环境对人的作用和意义。至此,对于历史的真实性,人们基本上持认同态度,直到20世纪、尤其是20世纪后半期,这种权威性的历史观遭受严峻挑战,历史被渲染上了一层难以祛除的浓厚的虚构色彩。

其实,对传统历史观的质疑并非20世纪所首现。

19世纪后期,尼采已经对此着手进行较为系统的批判,"试图把过去作为一个将改变现在的预言去重读,而不是作为现在何以产生的辩护或者说明"[①]。换言之,他的着眼点是未来,而非仅仅停留于

---

① Hamilton, Paul. *Historicism*. London: Routledge, 1996, p. 116.

过去和现在。尼采热情赞扬在无视历史的所谓"非历史"状况下按未来法则行动的人,认为只有这样,他才不会把历史看得太严肃,才能不为历史所束缚,创作出最好的作品。大多数人却做不到这样,他们动辄以历史为准绳来衡量自己,迷恋于历史的教诲,自己的个性则消失殆尽。至于文学批评者,只会一味考问作者的历史,"不能有一种真正意义上的影响———一种对生活和行动产生的影响"[1]。对此,尼采提出了自己疗救的方案,即"非历史和超历史的东西是用来对付历史压制生活的自然解药,它们就是治疗历史病的方法"[2]。这无疑是一个针锋相对的方案。联系尼采后期的思想可见,这一"非历史和超历史的东西"也就是后来尼采所谓的无始无终、变幻不息的"权力意志"。对此,尼采充满狂热激情地宣告:"这是权力意志的世界——此外一切全无!你们自身也是权力意志——此外一切全无!"[3]拥有权力意志的人便是其所谓的"超人","超人战胜了'历史的公正',完全按照他们至高无上的幻想去行动"。[4]与之相应,尼采对于实证主义所谓"只有事实存在"的论调极为不屑,断言:"不!没有事实,只有解释!"[5]

在尼采那里,人性从根本上说是狄俄倪索斯式的,受制于非理性

---

[1] 尼采:《历史的用途与滥用》,第40页,陈涛、周辉荣译,刘北成校,上海人民出版社,2000年。
[2] 尼采:《历史的用途与滥用》,第92页。
[3] 尼采:《权力意志:重估一切价值的尝试》,第521—522页,张念东、凌素心译,中央编译出版社,2000年。
[4] Hamilton, Paul. *Historicism*. p. 116.
[5] 尼采:《权力意志:重估一切价值的尝试》,第507页。

的、超道德的神,其人性观与历史观是相通的。尼采这个充满批判精神的哲学家对于历史的激进看法,相对于实证主义而言,带有明显的矫枉过正的色彩。然而,他看到了历史作为一种记录方式的虚伪的一面及其对人性的压迫,主张打破历史的权威。这种大胆质疑、勇于批判的精神,无疑与20世纪中后期以来力主消解权威、消解中心的解构主义相契合。就德里达来说,他率先向自柏拉图和亚里士多德(又译亚理斯多德)到黑格尔和列维·斯特劳斯的整个西方的形而上学传统发难,打出所谓的反"逻各斯中心主义"的大旗。德里达区分了两种解释方式,一种是努力探寻事物的真相或来源,另一种则不再倾向于追本溯源,而试图超越人以及人本主义之上[1]。从其批评实践看,他显然赞同后者。诸如本真、根源等,在德里达看来其实是没有的,他试图表明"在自我包容的文本的世界之外空无一物"[2],因此,传统形而上学认识论所遵循的"二元对立"的范式必须被打破。既然无须孜孜以求于文本之外广袤世界的某种确定性意义,既然人本身亦无一例外地消弥于文本的字里行间,那么也就无所谓解释的依据或标准。这无疑为批评的灵活性、游戏性、开放性提供了自由的新天地。颇具反讽意味的是,事实上德里达本人亦不可避免成了解构的对象,因为"以子之矛攻子之盾",德里达何从寻觅自己理论的真

---

[1] Derrida, Jacques. "Structure, Sign, and Play in the Discourse of the Human Sciences". See Natoli, Joseph and Linda Hutcheon ed. *A Postmodern Reader*. Albany: State University of New York Press, 1993. p. 240.

[2] Galef, David. "Observations on Rereading". See Galef, David ed. *Second Thoughts: A Focus on Rereading*. Detroit: Wayne State University Press, 1998. p. 23.

实性?他又凭借什么来求得别人的认同呢?并且,果真达到这一目的的话,岂不又正好违逆了他的初衷?德里达批评实践本身的形而上学意味着使其理论主张终究陷于一种悖谬之境。

就历史主义而言,在强调文学研究与历史环境的结合方面,新旧历史主义无疑是一致的。不过,经过解构哲学的洗礼,"历史"在新历史主义这里已经悄然改观。概言之,历史与文本之间的界限似乎越来越模糊,"历史的文本性"与"文本的历史性"一对命题尤其引人注目。

"历史的文本性"是指历史要以文本的形式出现才能为人所认识和理解,由此,所谓的"历史"不可避免带有"叙事"的色彩,成为"历史叙事"。这里,不妨先来看海登·怀特的一番关于历史的高论:

> 必须把历史看作是符号系统,历史叙事同时指向两个方向:叙事所形容的事件和历史学家作为事件结构的图标所选择的故事类型或神话。……历史叙事不"再现"(reproduce)其所形容的事件;它只告诉我们对这些事件应该朝什么方向去思考,并在我们的思想里充入不同的感情价值。……所有的叙事不只是简单地记录事件在转化过程中"发生了什么",而是重新描写事件系列,解构最初语言模式中编码的结构以便在结尾时把事件在另

一个模式中重新编码。①

海登·怀特反对以往将历史话语或者说历史叙事简单等同于其所描写的事件的镜象的观点,因为在语言符号的"加工"之下所呈现出来的历史必然与其原本所指有一定距离。为此,他将历史上升到所谓"元历史"(metahistory)②的层面,"即讨论历史话语的层面,探讨什么是历史话语的本质、历史话语与文学话语如何相互转换等一系列史学理论问题"③。可见,在海登·怀特那里,"历史"应包括真实发生的事件与历史记录者按照文学虚构的方式对之所作的修饰性描述。两相比较,怀特显然更看重后者。尤其在后期论著《话语转喻论》中,他甚至断言历史作为一种虚构形式与小说并无二致。这无异于在历史与文学虚构之间简单画上了一个等号,换言之,从根本上动摇了历史的客观存在性。

联系自有历史记录以来人类的发展史,则恐怕不能不让人对怀特的这样一种明显的将历史虚构化的倾向表示质疑。因为即便某些历史事实可能会在人为的作用下一度受到歪曲,但人们终将拨开遮翳,还历史以其本来面目。"皮之不存,毛将焉附?"同样道理,没有历

---

① 海登·怀特:《作为文学虚构的历史文本》,张京媛译,见张京媛主编《新历史主义与文学批评》,第168—178页,北京大学出版社,1993年。
② metahistory一词的前缀"meta"同"changed",意为"多样的""变化的",因此metahistory一词译为"元历史"似欠妥,这里出于约定俗成的考虑从众译。
③ 盛宁:《人文困惑与反思:西方后现代主义思潮批判》,第164—165页,生活·读书·新知三联书店,1997年。

史事实,何来历史记录?历史固然以文本的形式出现,却并非意味着可以任意对之进行叙述或阐释。当然,不能排除历史文本背后所隐含的复杂的利害关系以及价值取向。从这个角度看,海登·怀特的"元历史"理论也有一定的可取之处。不过,归根结底,更有必要认清历史事实与历史文本之间的内在关系,前者应该是第一性的,是人们始终应当追寻的目标。而所谓"历史叙事""历史话语""历史虚构"诸如此类的提法,固然投合了当代社会怀疑、批判的心理,但对其历史虚无主义的特质,还须保持清醒的认识。此外,在"历史的文本性"这样一种理论参照下,新历史主义批评家是否就把"历史"完全等同于"文本"呢?从其代表著述中似难以找到直接的证明。果真如此的话,则新历史主义与旧历史主义之间的承传性或者说相通性,怕是无从寻觅了。

不仅如此,马克思在《路易·波拿巴的雾月十八日》一文中揭示出另外一种"历史的文本性"的图景。路易·波拿巴实际上利用国民议会的疏漏和软弱发动了一场叛乱,却打着其威名显赫的先辈拿破仑的旗号,俨然人民的救主、国家的功臣。马克思一针见血地指出,波拿巴所率领的无外乎流氓、罪犯、赌棍、淫徒、游民、乞丐等一帮标准的乌合之众,"他这个老奸巨滑的痞子,把各国人民的历史生活和他们所演出的大型政治历史剧,都看作最鄙俗的喜剧,看作专以华丽的服装、词藻和姿势掩盖最鄙俗的污秽行为的化装舞会"①。于是，在路易·波拿巴的一手操办下，悲剧性的历史受到严重扭曲，以喜剧或者说闹剧的形式上演。其结果是他本人的政治冒险一度获得成功，国家却由此陷入混乱与倒退。当路易·波拿巴最终皇袍加身的时候，拿破仑的假面具则不可避免遭受弃置。从马克思对路易·波拿巴的政治叛乱这一历史事件的分析，可见他将此理解为既是历史的又是文本的，换言之，把它既作为历史事件又作为文学文本，因为历史的真相以虚幻的、扭曲的形式呈现出来，带有文学虚构的特征。"历史的文本性"由此可见一斑。为此，有人将《路易·波拿巴的雾月十八日》一文视作马克思最好的、也是流行最广的文学批评②。

新历史主义文论的重要代表格林布拉特在其早期专著《文艺复兴时期的自我塑造》中也有类似主张的阐述。比如在论及托马斯·莫尔时，格林布拉特指出，"莫尔的生活处于现实与虚构、参与与疏离的交错融合之中"③。莫尔对现实有清醒的认识，认识到权威的虚伪以及人的行为的荒谬，现实在他眼中宛如一部虚构的叙事文本，他本人则像一个进行即兴表演的演员，积极投入其中，较好地扮演了朝廷大臣、一家之主等多重角色，使自己无论在公众事务中还是在家庭生活方面，均受到人们的喜爱和欢迎。与此同时，莫尔还有一个隐秘的

---

① 马克思：《路易·波拿巴的雾月十八日》，见《马克思恩格斯选集》第1卷，第635页，人民出版社，1995年。

② See Hamilton, Paul. *Historicism*. p. 103.

③ See Greenblatt, Stephen. *Renaissance self-fashioning: From More to Shakespear*. Chicago: the University of Chicago Press, 1980. pp. 31—33.

梦想，即取消自我身份。换句话说，莫尔希望不再有即兴表演，从虚构的叙事文本中撤离。这个梦想在《乌托邦》中得以展现，其结果便是他的公众生活（作为法官和王宫大臣）和私人生活（包括与家人和朋友的交往）看上去都似乎是有意造作而来。无论是自我塑造(self-fashioning)还是自我取消(self-cancellation)，由莫尔的人生经历，人们不难得窥一种类似于文学文本的虚构特质。可见，"历史的文本性"不仅体现在历史以文本的形式获得存在，而且历史事实在其发生、发展的过程中，当事人可能出于自身利益的考虑故意歪曲事实的真面目，从而使历史带有类似于文学修辞的性质，换言之，即历史带有文本性。上述路易·波拿巴的政变以及托马斯·莫尔的自我塑造均可谓之明证。

当然，无论怎样虚构，怎样变形，历史终究只是在某种程度或者说某种意义上具有文本性而已，不应将之盲目夸大，更不应把历史等同于文本。况且，即便说历史是文本，对于同一历史事实来说，也绝非仅有一种文本，而是所有文本——至少是绝大多数文本——的总和，其最终指向还是那个客观存在的历史事实、历史真相。这才应当说是无论新、旧历史主义都能接受的历史观。

至于"文本的历史性"，则强调文本是特定历史阶段的产物，带有特定历史事实的影子，又由于历史本身是在不断发展、变化的，因此对文本的阐释也将随之而不断演变。不难看到，就"文本的历史性"而言，新旧历史主义是一脉相通的。然而比起此前形式主义诸流派来说，新历史主义这一向历史主义传统的复归，毕竟有其特殊的意义和价值。

如前所述,人们的历史观经历着不断演发的过程,历史主义范畴当中有关"文本的历史性"的理解亦随之有所变异。总体上看,历史主义文论肯定历史对文本的制约作用,主张文本必然带有历史的特性。相比较而言,旧历史主义诸流派更强调较为重大的历史因素的决定性作用,比如黑格尔将一切——包括文学艺术在内——归于"理念"的生发,丹纳则将之视作"种族""环境""时代"三要素的合力。与此相通,就其具体的文本分析实例看,新历史主义者从社会文化的各个角度——如阶级、种族、宗教、习俗、性别、性等——展开对文本的研究,尤其是对莎士比亚戏剧的研究[①]。其研究视野无疑也是与历史事实息息相关的。不过,还应注意到,在解构哲学、尤其是福柯"断层"、"分裂"说的影响下,新历史主义批评家不再把历史看作是固定的、静止的铁板一块,而认为"'历史'是一连串历史事件(这就是格林布拉特喜爱引用的轶事)的混合,结果历史被多质的、矛盾的、片断的、相异的力量所控制"[②],即"拒绝把一种不可动摇的预先叙述或者说带有因果关系的坐标强加在社会和文化现象上"[③]。为此,他们常常喜欢以"网"喻之,主张在各个环节的综合作用之下,整个社会呈现

[①] See Dollimore, Jonathan and Alan Sinfield ed. *Political Shakespeare: Essays in Cultural Materialism*. Ithaca, London: Cornell University Press, 1994.

[②] 杨正润:《主体的定位与协合功能》,《文艺理论与批评》1994年第1期,第120页。

[③] Freadman, Richard and Seumas Miller. *Re-thinking Theory: A Critique of Contemporary Literary Theory and an Alternative Account*. Cambridge, England: the Press Syndicate of the University of Cambridge, 1994. p.182.

出灵活多变的态势。至于他们经常选择历史上不为人注意的奇闻轶事,作为文本解读的参照,应当说也是对以前的历史主义言必称所谓"历史重大意义"的传统观点的一种反拨,从某种意义上看,带有消解处于支配地位的话语的意味。

由此可见,新历史主义所谓的"历史"与旧历史主义的"历史"毕竟存在着一定差别,"新历史主义把历史及其宏大叙事消解为一系列的异质记录和档案中的偶然事件,并且它们常常被记述得就如同是自我发现的一般"[①]。为此,格林布拉特批评传统的历史主义与形式主义一样,"忽视了心理的、社会的和物质的抵抗,固执的、不可同化的他者,以及距离和差异的感觉"[②]。新历史主义这一分析视角常常给人以新奇的感受,与此同时,它也难免让人觉得有一味求新求奇的嫌疑。并且,如伊格尔顿所言:"新历史主义带来了一些大胆而引人瞩目的批评理论,向众多历史编纂学的陈词滥调发出挑战,然而它对宏观历史方案的拒绝使其不舒服地接近于平庸保守的思想,其对历史结构和长期倾向的苛责有它自己的政治原因。"[③]不管怎样,新历史主义结合对历史事件的分析而对文本阐释所得出的结论未必完全正确,但确实大大拓展了文学研究的历史视野。

[①] Wilson, Scott. *Cultural Materialism: Theory and Practice*. Oxford, UK: Blackwell, 1995. p. 59.

[②] Greenbratt, Stephen. "Resonance and Wonder". See Collier, Peter and Helga Geyer-Ryan ed. *Literary Theory Today*. Cambridge: Polity Press, 1992. p. 79.

[③] Eagleton, Terry. *Literary Theory: An Introduction (Second Edition)*. Oxford, OX, UK: Blackwell Publishers Ltd, 1997. p. 198.

至此,历史与文本关系之密切应当不难理解了。简言之,历史包括历史事实与历史文本两方面内涵,应当充分肯定历史事实的客观性、真实性,与此同时,亦不容否认作为历史记录的历史的文本性内涵,并且,两相比较,人们追求的目标应为前者。换言之,历史固然往往以文本的形式呈现出来、而不免带有文本的特质,却不能因此将之完全修辞化、虚构化,以致把历史等同于文本。透过虚幻的、类似于文本的表象去努力把握历史事实的真相,应当成为人们始终追寻的方向。与此同时,在肯定文本的历史性前提之上,应当有效拓宽历史的视野,从宏大与微小、相近与相异、一致与矛盾等等多质的、动态的角度探讨文本的历史性内涵,为文学研究提供坚实的历史依据。

二 历史与主体

历史概念的演变,反映出人们对于外在客体的认识。与之相对应,人们在认识、改造客观世界的同时,也必然经历着对自我认识的改变,其集中体现便是人的主体地位的逐渐确立及其发展变化。主体与历史的关系——宽泛地说,即主客体关系——诚然并非什么新的问题,千百年来许多哲学家、思想家曾经就此给出过各种各样的答案,却因涉及人对自身存在的思索,这一问题必然随着人的历史境遇以及对自我的反思而以各种不同的方式被提出来。因此,可以说这是一个常在而常问常新的问题,对它的追寻正体现了人对自我命运的深切关注。

从词源学的角度来考察"主体"(subject)这一概念,启蒙者的历史贡献应该说是不容忽视的。因为在古代希腊文和拉丁文中,甚至没有"主体"这个词——或者更确切地说,没有专属于"人"的哲学主体范畴。以后随着人的自我意识的逐渐觉醒,"主体"概念才日渐形成,但其最初的涵义是指"臣民",从中可见人的被动的、从属的特征。这一切与当时人们把历史的变迁完全归于神或者上帝无疑是相一致的,因为在至高无上的神权之下,主体自然只有臣服而已。到了文艺复兴时期,人性从神性的威压下得以解放,直至普遍人性论的提出,以及启蒙者的热情礼赞,主体的原发性、自主性、独立性被突显出来。

笛卡尔通过其全部哲学的第一原理——"我思故我在",在哲学史上首次明确提出主体性问题。他所谓的"我"是认识的主体,其本质是思想——笛卡尔又称之为"灵魂",它与"形体"相对,形成彼此独立存在的两个实体。更具体地说,"我"在这里是一种自在的精神实体。这就不免产生了将主体与客体割裂的危险。笛卡尔通过"我思故我在"命题试图为主体确立一个毋庸置疑的逻辑起点,然而,如果追问一下:主体的认识能力从何而来?对客观世界又有何意义?这些恐怕都是笛卡尔的心物二元论所无法回答的问题。尽管如此,笛卡尔毕竟开启了主体性问题研究的先河。尤其值得注意的是,在此基础上,即朝着"心""物"这样两个向度演进,哲学史上萌发了漫长的唯理论与经验论之争。概言之,唯理论强调知识是从先天的、无可否认的"自明之理"(理性)出发,经严密的逻辑推理而得;经验论则贬低乃至否定理性认识的作用和确定性,主张一切知识均起源于感觉经验。前者强调主体认识的超验性、绝对性,后者则突显客观经验是知识的唯一来源。

唯理论与经验论之争体现了人们对主客体关系的认识,这是哲学史上一个非常复杂的问题。这里,试以深受这场争论的影响、同时也是在主体性研究领域具有重要意义的一个人物——康德为例稍做阐析。康德试图调和唯理论与经验论的矛盾,于是区分了现象界与物自体,将科学知识限定在现象界,即其所谓"纯粹理性"的活动范围,将精神自由归于物自体,须经由"实践理性"体会之。这样,康德既为客观的认识确立了界限,也为主观的信仰留下了地盘。此后,康德又通过其第三批判——《判断力批判》来试图沟通这两个世界。这里的问题在于,康德哲学体系的出发点是解决唯理论与经验论的矛盾,并且对二者都采取了批判地吸收的态度,那么,这是否意味着双方在康德内心的天平上处于平衡状态、没有轻重之分呢?仔细考察康德的批判学说,恐怕不得不要对此深表怀疑。康德有一个终生的信念:行先知后,即实践理性高于纯粹理性,知识的价值取决于道德的价值。为此,他将自己哲学研究的目的规定为说明人怎样从必然的王国——即客观经验界——走向自由的理想境界。换言之,他要为人的精神的自由寻求哲学的依据。这就不可避免出现了自由意志与决定论的对立,即:人既是自由的,又是被决定的。具体说来,人既是自然界的一部分,又是实践的主体,既是现象,又是本体;就属于感性世界的人来说,必须服从自然的法则和社会的制度,在这个意义上看,人被外部世界决定着,但人作为实践的主体、道德的主体,其意志是自由的,不承认自然法则,只承认自由法则。为此,康德提出通过人类共通的信仰来解决该矛盾。凡此种种，无不暗示了康德偏重于唯理论的倾向。

康德有关主体性问题的研究对此后人本主义理论的发展产生了重要影响。比如现代人本主义思潮的创始人叔本华，就直接继承康德有关实践理性的理论主张。叔本华提出唯意志论，认为世界万物是人的意志的客体化结果，是意志的派生物，这就无异于将主体凌驾于客体之上，确立了主体的决定性地位。此外，叔本华又将意志规定为盲目的欲念和冲动，无法用理性解说，只能靠直观体悟，至此，叔本华完全抛开了康德哲学中的理性因素，大大强化了人本主义的非理性色彩。无论是康德对"绝对命令"的景仰，还是叔本华对"生命意志"的推崇，都表达了对主体超越于现实羁绊的境界的高度肯定。然而，联系时代背景，令人无法忽视的是，康德对于信仰的无比尊崇隐约地透露出先天不足的德国资产阶级在社会实践中的软弱与无奈；叔本华悲观主义的唯意志论也与当时欧洲革命的失败形势息息相关。可见，独立的、绝对的、超验的主体的生存状态恐怕只能是一种理想，即便是主张这一理论的宣讲者本人，亦不可能真正完全实现从一定历史环境的超脱。有论者颇为精辟地总结了西方主体性思想所面临的理论困难，包括三个方面：一是"认识外在对象的可能性与主体的绝对被给予性之间的矛盾"；二是"(时空中的)经验自我与(超时空的)先验自我的难以消除的二元对峙"；三是"对'他我'(the other self)的确认"①。之所以出现这些困难,与其将主体孤立起来的思想倾向密不可分,结果反而置主体于无从立足的尴尬境地。为了解决这些难题,当代许多西方哲学家、思想家曾经转向从本体论,而非认识论的意义上来确立主体性。然而,无论是海德格尔的"此在",还是萨特的"自为存在",都试图从个体自我的立场着眼,规划存在的本质和意义,这样一来,不仅没有实现主客体的和谐共存,反而使主体更陷于孤立无援之中,"这说明从个体主义的立场是不可能妥当地解决'自我'与'他我'、此在与共在、'自为的存在'与'他人的存在'的关系的"②。此后,逐渐兴起的形式主义思潮不仅取消了主体同历史的联系,进而取消了主体的差异性,因此主体的地位不可避免受到忽视或者说贬低。20世纪中后期以来,在解构主义的冲击之下,同历史的文本化命运相类似,权威式的主体观遭受重创,主体性受到前所未有的反思和质询。与此同时,还应该看到,伴随着人本主义的发展,一股针锋相对的理论思潮一直与之如影随行,它主张用精确的科学方式来建立哲学,把哲学归为科学的方法论。于是,哲学的世界观的意义被否定了。随之而来,人的问题被排除在外,也就是说,作为主体的人的特殊意义被取消了。这样一种科学主义的理论思潮带有经验论的影子,与此同时,更与现代科学技术的高速发展密不可分,并且

---

① 段德智:《西方主体性思想的历史演进与发展前景:兼评"主体死亡"观点》,《武汉大学学报》2000年第5期,第651页。

② 段德智:《西方主体性思想的历史演进与发展前景:兼评"主体死亡"观点》,《武汉大学学报》2000年第5期,第652页。

其本身也经历了实证主义、科学哲学等的演进。毋庸讳言,在这里,主体不可避免被机械化的命运。然而,也不能否认该学说适应了科学技术发展的时代潮流,更重要的,它使主体的有限性问题以极端化的形式突显出来。

至于历史主义,纵然在发展、演变过程中,其内部存在着矛盾与分歧,主体与历史的关系却一直是历史主义关注的一个重要问题。由此出发,必然有助于廓清理论线索,更为准确、深入地把握问题的实质。有关历史主义在其各发展阶段当中对主体与历史关系的理论主张,本书将在后文详加论述。大体说来,历史主义肯定历史环境对主体的制约作用,至19世纪中期,由于受实证主义、自然科学等的影响,历史主义思潮更表现出明显的历史决定论倾向。不过,与此同时,也应当对传统历史主义流派进行多角度的考察,避免先入为主,力求从中发掘有关主体性的多样的、变化的、甚至矛盾的批评主张,特别是其中对主体的积极、主动一面的探讨。至于新历史主义,如前所述,一方面,它把批评的视野重新投向广阔的历史环境,与传统的历史主义相对接;另一方面,它突围于20世纪以来方兴未艾的形式主义诸流派当中,本身亦不可避免受到新的历史环境的影响。"协调"(negotiation)、"颠覆"(subversion)、"抑制"(containment)、"历史的文本性"与"文本的历史性"等一系列概念和命题的提出,使之与旧历史主义之间显然存在着一定的差距、而与整个后现代文化背景息息相通。不过,新历史主义的意义应该说并不限于一套新的思想或方法论体系的提出,更重要的是在于,它把主体与历史的关系——宽泛地说,即主客体关系——问题再次尖锐地摆在人们面前,为在新的历史条件下重新发掘主客体关系提供了契机以及在这一问题上继续探寻的思路。

一段时间以来,"主体死亡"论在西方批评界颇受瞩目,对此本书后文将做进一步辨析,这里,只想强调一点,即不应该仅仅纠缠于这样一种颇有些惊世骇俗意味的结论本身,而要深入考察其理论背景以及具体内涵。不管作为主体的人经历着怎样的挫折和磨难,主体性应当能够在困境中日渐成熟、完满起来。为此,怎样妥善地处理主体与历史的关系,在彼此之间创造一种亲和、互动的运作机制,这无疑应是人们努力的目标。还须指出的是,本书的讨论将在以历史主义为隐含的背景之上,兼及其他在某些方面与之相近似甚或相对立的学说,因为历史主义的理论主张及其流变显然不是孤立的文化现象,与其他相近或相对的学说相比照论述,可以使各家学派互为验证,有效拓宽研究的视野,并且在全面理解的基础上,进而实现对批评传统的真正超越。

三 历史·历史主义·主体性

复杂多样的"历史"内涵本身包含着丰富的历史变迁,概言之,历史(history)有两种含义:一种是指人类、自然和社会的过去存在;一种是指对过去存在的记录,主要是文字的记录,在第二种意义上,历史即历史文本。人们只能通过历史文本来认识历史,但是所有的历史文本只是历史的近似的记录。由此可见,对历史的认识过程应当说是一个不断接近事实真相的过程,历史的真实性则应成为人们始终追寻的目标。一言以蔽之,本书所讨论的历史主要是指与人类生活息息相关的、直接关涉人类社会以及由此而产生的文化现象。

至于历史主义,它是一种理论思潮,认为人的本质是由历史所决定的。这一点可谓历史主义的共同的理论前提,然而不同的历史主义派别又有不同观点:有的承认人对历史的作用,有的认为历史是发展变化的,有的认为历史是一种循环,有的认为决定人的本质的是生活环境,有的认为是生产方式,有的认为是文化网络,如此等等。作为一种理论思潮,历史主义自诞生之日起便经历着一个不断演进的过程。也正是因此,它没有随着时光的流逝销声匿迹,而结合着不同的社会历史背景呈现出新的态势,生发出新的活力。本书对于历史主义的论析限于文学领域,在此,首先应当看到,在历史主义不断演发的过程中存在着一种相对稳定的本质性特征——在文学研究中坚持密切联系历史环境的原则。进而论之,一方面,历史主义强调历史环境对主体的深刻影响;另一方面,在各自的历史发展阶段,历史主义诸学说又不同程度地关注到主体对历史环境的能动作用。结合上述历史观,可将历史主义确定为历史制约论和历史发展观,即:肯定历史对主体的制约,同时坚持从动态的、发展的视角对主体的历史环境进行考察和评析。

在肯定历史制约论与历史发展观的基础之上,本书展开对主体性的探讨。先从"主体"概念谈起,简言之,主体是对社会历史中行为人的哲学界定,主体性则意指在特定的历史环境中主体所能发挥作用的程度和范围。同历史主义一样,本书所讨论的主体性也是限于文学领域,所谓的主体特指文学主体,即创作主体与阅读主体(或者说接受主体),所谓的主体性亦特指文学主体性,即创作主体和阅读主体在文学活动中所能发挥的作用。具体而言,本书主张从两个方面认识文学主体性的内涵:一方面,主体不能脱离一定的历史环境,必然受到历史环境的制约;另一方面,主体相对于历史还有其积极、主动的一面,通过创作或阅读活动,对历史发挥独特的动力功能。本书认为,只有从这样两个方面出发,才有可能对文学主体性做出全面、中肯的认识和评价。

总之,本书着重探讨在文学领域中主体与历史环境之间的复杂关系,既肯定主体对历史的依附性,又强调主体对历史的动力功能,结合具体文本,试图阐明二者之间相互牵涉而相互促动的动态运作及其原因。

第一章 传统历史主义之流变

所谓传统历史主义,是与新历史主义相比照而言。在漫长的演发过程中,传统历史主义经历着与普遍人性论、理性主义、机械决定论等的融合,在不同的历史条件下,呈现出不同的理论侧重。

历史主义作为一种理论思潮可谓渊源已久。早在18世纪,维柯和赫尔德就富有创造性、预见性地认识到人与历史环境之间密不可分的关系,首开历史主义理论的滥觞。理性主义大师黑格尔凭借其缜密的思辨推理,将艺术、逻辑与历史统一起来,把古典历史主义推向了高峰。马克思、恩格斯则对黑格尔的理论进行扬弃,虽然由于种种原因,他们未有系统的文学批评著作,却给后人留下了宝贵的鉴资。到了19世纪中后期,随着自然科学的迅速发展,以丹纳、左拉为代表的历史主义机械论日渐为人瞩目,他们更为关注具体的历史环境对人的性格、命运等的重要影响,由此陷入历史决定论的偏颇,此后历史主义作为一种思潮或者说理论流派亦随之走向低谷。

第一节 历史主义的先声

同样是坚持文学研究与历史环境的结合,作为历史主义的奠基人,维柯和赫尔德既独具慧眼地认识到为主体确立历史的规范的必要性和可能性,又并不否认人性的普遍性。

18世纪是欧洲文明的启蒙时代,启蒙思想家们秉承古希腊以来的自然法原理,以及与之密切相关的、文艺复兴时期流行的普遍人性论,把诸如感情、理性、道德等视为人的本能属性,是人类与生俱来的特质。根据这一理论主张,主体性必然带有凌驾于社会历史之上的性质,比如卢梭的《忏悔录》"就是用一个无限夸大的主体来对抗社会"[1],令人震撼,同时也不免教人疑惑。就是在这样一种文化背景之下,维柯和赫尔德以历史事实为依托,发出了历史主义的先声。

一 历史主义的序曲——维柯

维柯于1725年出版了他的代表作《新科学》,尝试创建社会科学,贯穿其中的历史发展观值得关注。维柯注意到人类早期的诗歌与历史之间存在着明显的相互关联的特征,比如希罗多德的历史著

---

[1] 杨正润:《主体的定位与协合功能:评新历史主义的理论基础》,《文艺理论与批评》1994年第1期,第113页。

述便充塞着各种各样的神话传说。由此,维柯把诗与历史统一起来,断言:"最初的历史必然是诗性的历史。"① 其实对于诗与历史的关系问题,在古希腊诗学中就早有探讨,用亚里士多德的话说:"诗所描述的事带有普遍性,历史则叙述个别的事。"② 亚里士多德从诗与历史的差异着眼,阐明诗的哲学意味,带有为诗辩护的色彩。维柯则根据人类思维的早期特征和诗歌的起源状况,打通了诗与历史的界限。维柯尤其注意到早期文学作品(主要是荷马史诗、古希腊戏剧)中频频出现的"想象性类概念"和"以己度人的隐喻"现象,指出:"希腊人把凡是属于同一类的各种不同人的个别具体事物都归到这类想象性的共性上去。"③ 比如其中的英雄形象,他们身上所具有的"集体人"的意味便非常明显,往往承载着家族、部落的历史,其所作所为与其说是为个人赢得声名,毋宁说是为整个部族增光添色。从这个意义上看,这些英雄们不妨被视为一个家族、一个部落的代表,凝聚着集体的力量与光芒。由此,诸如阿喀琉斯的英勇、暴躁,奥德修斯的聪明、机警,等等个性特征,实际上浓缩着早期人类普遍的情感体验,随之而来,不难看出诗的崇高性背后所包蕴的深厚的通俗性基础,更不必说从这些类型化形象中探知远古的人类习俗。以阿喀琉斯为例,面对强悍的联军统率阿加门农,他寸步不让,当面怒斥,直至忿而退战;当阿加门农告罪赔礼时,他则我行我素,不理不睬,连带着对那些

---

① 维柯:《新科学》,第425页,朱光潜译,人民文学出版社,1986年。
② 亚里士多德:《诗学》,第29页,罗念生译,人民文学出版社,1997年。
③ 维柯:《新科学》,第423页。

德高望重的说客,亦不留情面,一意孤行;得知好友帕特洛克罗斯死于赫克托耳之手的噩耗,他带着复仇的怒火重返战场,杀死赫克托耳之后还不解恨,又去不断地折磨仇人的尸体;最后,感动于老王普里阿摩斯的慈父心肠,他又亲手送还了赫克托耳的尸体,还与对方订立了暂时休战的协定,以便好好地殓葬逝者……所有这些,便构成了阿喀琉斯这样一个青年英雄形象,换言之,青年英雄类人物的英武、任性、暴烈、率真,诸如此类,在阿喀琉斯身上得到了集中体现。也正因此,阿喀琉斯成为荷马时代青年英雄的化身,令人无限畏惧和景仰。至于"以己度人的隐喻",则指"人们在认识不到产生事物的自然原因,而且也不能拿同类事物进行类比来说明这些原因时,人们就把自己的本性移加到那些事物上去"①,比如半人半马、人面鸟身等形象,既有自然实物的痕迹,又传达出当时"杂种"或"不纯"的社会观念。

无论"想象性类概念",还是"以己度人的隐喻",在维柯看来,其中包含的人类早期的诗性智慧密切关涉着当时人们的实践活动,是社会历史的反映。而由于理性认识相对欠缺,早期人类的行动充满激情与冲动,这些都在艺术实践中得以反映。比如荷马史诗、古希腊戏剧等,其人物性格、语言、环境等表现出鲜明的率真、自然的特点,后代文人对此往往望尘莫及,而这恰恰是原始人类诗性智慧作用的结果。布瓦洛就曾经满怀欣喜地评价:"荷马之令人倾倒是从大自然

---

① 维柯:《新科学》,第 97 页。

学来,他仿佛向维纳丝盗得了百媚宝带。"①在这里,布瓦洛非常精辟地点出了荷马史诗的一个特质——"自然"。对此,史诗当中随处可见、独具特色的"荷马式比喻"颇能说明问题。比如,形容铜矛的闪光"就像远远看去的火焰,仿佛高山顶上一个大森林弥漫着烈火一般"②,形容军队"多得如同正当令的茂叶繁花……没一刻安静,像是春天的牛棚正当牛奶桶都盛满的时候,周围飞绕着不可计数的苍蝇"(第34页),形容双方的相互残杀"就像一个富人的田里有两班割麦人从相对的两边开始割过来,将那小麦或是大麦一把把的割倒,直到两边的把儿汇合在一起为止"(第194页)……此外,诸如军队像树叶、像沙子、像乌云,战士像狮子、像狼、像野猪,等等之类的比喻,往往信手拈来,数不胜数。它们基本上取自自然现象以及日常生活——乡野之人的生活,显得真切而自然。至于史诗中不断出现的"长发的"阿开亚人、"捷足的"阿喀琉斯、"牛眼睛的"赫拉、"白臂膀的"海伦等等之类的修饰语,既有音律方面的考虑③,又通过这样的反复吟咏,将人物的特征突显出来,别有一番朴拙的意味。除此之外,还有史诗写杀人:"除了见血、杀人和听临死人的呻吟声之外对于任何事情都不能感兴趣(第369页)……那残酷的青铜咬进了许多战士的肉"(第229页)。写情欲:"我的情欲泛滥了,把我的心淹没了。"

---

① 布瓦洛:《诗的艺术》,任典译,王道乾校,见伍蠡甫、胡经之主编:《西方文艺理论名著选编》(上卷),第202页,北京大学出版社,1988年。
② 荷马:《伊利亚特》,第34页,傅东华译,人民文学出版社,1958年。本书所引自史诗中的语句均出自于此,以下只在引文后标示页码,不再另注。
③ 因其原文为诗体。

(第266页)诸如此类,就仿佛一个率性而为的孩子,丝毫不加掩饰地喊出了自己的心声。值得一提的是,这里维柯由人类早期的生存方式以及由此而来的表现在艺术领域中的特点,实际上已经触及到对非理性问题的探讨,不过由于研究对象、文化背景等的不同,维柯的"诗性智慧"与后来叔本华的"生命意志"、尼采的"酒神精神"、弗洛伊德的"性本能"等有着明显的区别,但可以说它们都是沿着这样一种思维方向而从不同角度切入对这一问题所做的进一步发掘。

在《新科学》第三卷"发现真正的荷马"中,维柯驳斥了以往把荷马史诗的作者认定为一个充满玄奥智慧的哲理诗人的流行看法,指出"荷马"是古代流浪说唱艺人群体的共同称谓,是古代说唱诗人的代名词,史诗是人类早期社会生活的写照,是特定时代的产物,呈现出人类早期"诗性思维"的特点。这一见解在黑格尔那里得到了回响,他明确表示:"史诗就是一个民族的'传奇故事''书'或'圣经'。每一个伟大的民族都有这样绝对原始的书,来表现全民族的原始精神。"[1]可见,维柯用"还原历史"的方法论证了荷马史诗的创作情况,将艺术与时代紧密联系起来。

二 历史主义的开篇——赫尔德

维柯的论述包含着鲜明的历史发展的观点和史与论相结合的方法,可惜在当时并未受到足够的重视。赫尔德首次明确将自己的理

---

[1] 黑格尔:《美学》卷3(下),第108页,朱光潜译,商务印书馆,1997年。

论称为"历史主义",如果把维柯的理论视作历史主义的序曲,那么赫尔德通过这一明确的命名则可谓开启了历史主义理论的正式篇章。

赫尔德没有完全否认普遍人性论,但是提出要对人性进行训练的思想,认为只有通过毕生的训练,人性才能够走向完美。他把历史看作环环相扣的一根链条,认为"人性的历史必然是一个整体,从开头到结尾共同形成了社会生活以及塑造我们的动态传统"①。可见,个体人性的形成不是孤立的,而与个人所处的环境、并最终与整个人类发展的历史联系起来。同样道理,赫尔德主张将各种文学现象置于广阔的历史视野之中来看待和理解,诸如审美趣味的变化、古希腊的悲剧、古罗马的雄辩术、中世纪的偶像崇拜等等,其中都蕴含着深刻的民族、地理、宗教、政治等因素,有其必然发生的历史背景。为此,赫尔德尤其注重民族文化所蕴含的巨大能量,认为在英国,莎士比亚、斯宾塞这样的艺术大师之所以取得如此辉煌的成就,正得益于从民族文化中汲取的优秀成果。反观自身,赫尔德不无遗憾地感叹德意志文坛"没有从古代继承下来任何还有生命力的文学,以使我们的现代文学像民族躯干上的幼芽一样,在它的基础上生发成长"②。面对当时文论界对莎士比亚戏剧褒贬不一的争论,赫尔德同样是站在历史主义的立场予以解释。他指出,无论是褒扬还是贬低的言论,

---

① Herder, Johann Gottfried. *Against Pure Reason: Writings on Religion, Language, and History*. Minneapolis, Minn.: Fortress Press, 1993. p.50.

② 赫尔德:《中世纪英德文学的相似性:以及由此引出的几个问题》,简明译,范大灿校,见汝信主编:《外国美学》(2),第451页,商务印书馆,1986年。

都是从亚里士多德所概括的戏剧原理出发,而亚里士多德的诗学主张是对古希腊戏剧的总结,符合当时的历史状况,随着时代的发展,它必然相应地要被有所改造,否则便不能说明任何问题。希腊戏剧与当时的历史环境相适应,而戏剧发展到莎士比亚笔下,与从前已大相径庭,赫尔德甚至断言:"索福克勒斯的戏剧和莎士比亚的戏剧是两回事,就某一点看来,简直没有共同的名称。"[1]因此,用古希腊戏剧的标准来衡量莎士比亚戏剧,其结果"就必然陷于可怕的误解"[2]。这里,赫尔德尤其批评了古典主义戏剧的"三一律"原则,认为其违反了历史发展规律,对此生搬硬套,只能带来古希腊戏剧的"傀儡",毫无生命力可言,徒具其形而神采尽失。

大至人性的培养,小到"三一律"原则,赫尔德的理论主张渗透着鲜明的历史感。他从开阔的历史背景着眼,将看似孤立的文学现象乃至文化现象与种种历史条件联系起来。相比较维柯着重于早期人类状况的考察,历史主义在赫尔德这里无疑有其发展。而作为一个充满浪漫主义精神的诗人,赫尔德的论述又往往显得热情有余、哲理思辨欠缺。至于黑格尔,则出于德国古典哲学的熏陶及其本人建构一个完整的哲学体系的雄心,将古典历史主义推向高峰。

---

[1] 赫尔德:《莎士比亚》,田德望译,见古典文艺理论译丛编辑委员会编:《古典文艺理论译丛》(9),第70页,人民文学出版社,1964年。
[2] 赫尔德:《莎士比亚》,见古典文艺理论译丛编辑委员会编:《古典文艺理论译丛》(9),第71页。

第二节　古典历史主义的高峰及其改造

黑格尔在启蒙运动及其直接成果——资产阶级革命精神的推动之下,把研究的视野投向浩渺的人类全部历史,以理性——当时衡量一切的尺度和标准——为其中贯穿始终的红线,将历史演绎成"精神"①在现实世界中的生发过程,并将艺术纳入其规划的宏大的历史进程,坚持以历史发展的眼光看待诸种艺术现象,强调历史对主体意识和行为的重要影响,艺术、逻辑与历史在黑格尔这里相互融合,高度统一。马克思、恩格斯则在黑格尔学说的基础上,对之进行批判性改造,在肯定历史的制约作用的同时,亦强调了其中主客体之间的辩证关系。

一　古典历史主义的高峰——黑格尔

在《美学》中,黑格尔根据艺术的历史发展,把艺术从古至今划分为象征型、古典型、浪漫型三大类,体现了"宏伟的历史感"②,力求对人类艺术的全部历史——包括未来发展——作全面探讨。此外,黑

---

① 黑格尔的"精神",又称"世界精神""绝对精神""理念",是其所谓理性的最高、最完美的形式,某种意义上即指法国大革命精神,是近代资产阶级的自由精神。
② 恩格斯:《卡尔·马克思〈政治经济学批判〉》,见《马克思恩格斯选集》第2卷,第121页。

格尔还详细探讨了各种具体的艺术种类：建筑、雕刻、绘画、音乐和诗。他不是孤立地就艺术论艺术，而是在自己的哲学框架内力求把艺术与历史结合起来进行研究，敏锐地指出，各种艺术的兴衰看似漫无头绪的偶然现象，实际上却是合乎逻辑的历史过程，其美学也便成了一门名符其实的历史科学。

那么，黑格尔心目中的"历史"究竟是怎样的呢？简而言之，不过是"'精神'的发展和实现的过程"[1]，他所谓的"美"——"理念的感性显现"——亦与此相通，由理性至上的哲学原则所统摄。不过，应该看到，黑格尔并未就此否认历史的客观性、真实性，而始终坚持理性与感性、精神与物质、主观与客观的辩证统一。因此，抛开其哲学框架不论，黑格尔对象征型、古典型、浪漫型三大艺术类型的划定与分析，从某种意义上看与艺术的历史发展实际还是有诸多相契合之处的。比如他对浪漫型艺术的分析，就较为深刻地反映了近代资本主义社会的历史特点，揭示出近代生产方式与艺术之间的内在矛盾。他指出："在现代世界情况中，主体取此舍彼，固然可以自作抉择，但是作为一个个人，不管他向哪一方转动，他都隶属于一种固定的社会秩序，显得不是这个社会本身的一种独立自足的既完整而又是个别的有生命的形象，而只是这个社会中的一个受局限的成员。"[2]处在这样的历史背景之下的艺术，必然也就失去了独立自足性，走向衰

---

[1] 黑格尔：《历史哲学》，第468—469页，王造时译，上海书店出版社，1999年。
[2] 黑格尔：《美学》卷1，第247页。

微。19世纪后期浪漫主义文学中的颓废倾向,便可谓黑格尔理论的一个注脚。论及艺术创作,黑格尔表示艺术家"属于他自己的时代,在那时代的习俗、见识和观念里过活"①,艺术作品亦由此与特定的时代、特定的民众相关联。当然,黑格尔不否认艺术家有描写非本时代和非本民族的题材的可能性,也并非主张要把过去时代和其他民族的题材都作为本时代和本民族的去表现,反对"让艺术家自己时代的文化发挥效力"以及"对过去时代谨守纯然客观的忠实"②这样两种极端的做法,主张将二者协调一致。

关于主体性,不妨参照黑格尔在《精神现象学》中对自我意识的分析。"黑格尔所设想的社会直接针对所有慷慨的个人主义以及'消极的'(negative)自由形式。对他而言,个人离开其所处的社会秩序,便可能失去身份和目标,因此,一种被定义为脱离了社会秩序、完全自主的自由是虚妄的。……黑格尔展示了一种'积极的'(positive)自由形式,其中个人在社会秩序所提供的框架内发现并且满足他的全部潜能……自我和社会在顺应精神(spirit)的本真的过程中,同时发现他们的真正本质。"③的确如此。黑格尔固然肯定自我意识是自在自为的,但紧接着指出:"这由于、并且也就因为它是为另一个自在自为的自我意识而存在的:这就是说,它所以存在只是由于被对方承

---

① 黑格尔:《美学》卷1,第336页。
② 黑格尔:《美学》卷1,第337页。
③ McGowan, John. "Postmodernisms Precursors". See McGowan, John. *Postmodernism and Its Critics*. Ithaca: Cornell University Press, 1991. p.51.

认。"①他还用"主人与奴隶"作比,论证自我意识与他物的关联②。其实无论主人也好,奴隶也好,在黑格尔看来,自我意识终非绝对独立的,而相互依赖,相互支配,并且相互转化。其所谓"积极的"自由观,"前提便是个人是非自由的,只有与社会相联系,个人才能被理解"③。

就是这样一位对个人的独立、自由做出如此严格规定的历史主义者,黑格尔宣称自己写下了全部世界的历史,并得出历史将终结于19世纪早期——即他本人所处的历史时期——的论断。"但是没有哪一位历史学家能够写下这样一部世界历史,因为任何一位现世的历史家都不可能以恰当的方式与整个历史的所有事件产生联系,这需要他站在'历史之外'。"④那么,黑格尔何以会犯如此荒谬的错误呢?究其原因,恐怕与其客观唯心主义哲学立场直接相关。就美学来说,黑格尔的着重点在于论证理念如何在艺术中获得感性显现,即他的哲学见解如何在艺术世界中获得验证。因此,在他看,揭示出实体性的内容(理念),便算达到了真正的客观性。这就不免把艺术家所应忠实的对象限定于内在精神,而弃置外在现实于不顾了。可见,

---

① 黑格尔:《精神现象学》(上卷),第122页,贺麟、王玖兴译,商务印书馆,1979年。
② 黑格尔:《精神现象学》(上卷),第127—132页。
③ McGowan, John. "Postmodernisms Precursors", See McGowan, John. *Postmodernism and Its Critics*. p. 53.
④ Carroll, Noel. "The Concept of Postmodernism from a Philosophical Point of View". See Bertens, Hans and Douwe Fokkema ed. *International Postmodernism: Theory and Literary Practice*. Amsterdam/Philadelphia: John Benjamins Publishing Company, 1997. p. 101.

黑格尔把历史、艺术都看作理念发展、演变的结果,为体系的完整性而留下了种种难以调和的矛盾。

二 古典历史主义的改造——马克思、恩格斯

黑格尔不仅强调了环境对主体的深刻影响,而且敏锐地注意到主体对环境的能动作用,曾经论及人通过一定的自然物来从事征服自然的活动。他本人虽未对此详细展开论述,却给马克思、恩格斯以重要启发。

在《1844年经济学哲学手稿》中,马克思指出:"不仅五官感觉,而且所谓精神感觉、实践感觉(意志、爱等等),一句话,人的感觉、感觉的人性,都只是由于它的对象的存在,由于人化的自然界,才产生出来的。五官感觉的形成是以往全部世界历史的产物。"①马克思关于"异化"的讨论更为我们提供了一个主体性受制于资本主义私有制这一特定的历史环境的鲜明个案。这里的"异化"主要指劳动者在资本主义生产关系的条件下主体性严重扭曲乃至丧失的现象,体现了劳动者与资产者之间的对立关系。因此,异化并不具有适合一切历史环境的普效性,并非一种普遍的社会现象,而有其社会政治、经济根源。马克思所讨论的异化是资本主义社会历史条件的产物,是劳动者受资产阶级私有制剥削和压迫的必然结果。从当时的经济事实出发,马克思把资本主义社会生产劳动中的"异化"现象主要分为"物

---

① 马克思:《1844年经济学哲学手稿》,第83页,人民出版社,1985年。

的异化""自我异化""人同他的类本质、即个人同他人的异化"等。在异化作用之下,个人与其劳动产品、自身、他人之间呈现出一种扭曲的、不和谐的关系。比如"自我异化",出于被动使然,凝结在生产活动中的工人个人的生命成为"不依赖于他、不属于他、转过来反对他自身的活动"①。在这样的状态之下,个人已经失去了为人的权利与自由,沦为替资本家制造财富的机器,其主体性自然受到严重地压抑、变形,难以健全地发展,甚至就此而走向毁灭。撇开其中的社会批判意义不论,这里马克思通过对资本主义私有制劳动关系的分析,深刻揭示了主体性受制于历史环境作用的社会现实。就此引申开去可见,同样道理,作为文学主体的作者和读者亦无法脱离历史环境的制约,在一定历史条件下甚至不免沦为某种政治、经济关系等的附庸或工具,主体性亦由此而不复存在。值得深思的是,这种对于文学创作和阅读来说可谓不正常的现象,中外文学史上却都不乏此例。

比如17世纪古典主义文学推崇理性,认为"理性至上"是衡量文学作品价值的一个标尺所在。如布瓦洛所言:"首须爱义理②:愿你的一切文章,永远只凭着义理获得价值和光芒。"③宽泛而言,古典主义所谓的"理性",指的是人类所特有的"良知良能",是一种先天的认识能力。古典主义者把理性看作时代精神的核心,是创作和评论的

---

① 马克思:《1844年经济学哲学手稿》,第51页。
② "义理"现多译为"理性"。
③ 布瓦洛:《诗的艺术》,任典译,王道乾校,见伍蠡甫、胡经之主编:《西方文艺理论名著选编》(上卷),第182页,北京大学出版社,1988年。

最高标准。再联系时代背景可见，古典主义者所宣扬的理性与王权有着密不可分的联系。众所周知，古典主义的兴盛离不开路易十四封建王权的巩固，在资产阶级与封建贵族相互妥协、共同支持王权的情况之下，路易十四的统治臻于鼎盛。而伴随着政治上的高度集中，人们在思想意识上也倾向于统一的中心、权威、法则等，表现在文学作品当中，便是主张用理性克制感情，个人得失服从于公民责任。这一方面有效遏制了文艺复兴后期以来日益严重的个人主义倾向；另一方面，由于把理性强调到"绝对"的高度，突出事物的普遍性和规律性，忽视个别性和特殊性，其结果固然是使作品思想明确，人物概括性强，但社会生活和人物性格的多样性和复杂性被忽视，容易流于单一化和类型化。总之，古典主义的理性与王权有着不能割舍的联系，从某种意义上说，可谓王权所限制和规范了的理性。由此出发，提倡理性也便带有了一种迎合、乃至颂扬王权的意味。与此同时，亦不可否认，国王路易十四在文艺方面的爱好以及宽容态度，也在一定程度上促进了古典主义的繁荣。与之相应，若在创作中未能遵循理性至上的原则，则难免遭到严厉的批判。

比如高乃依在创作悲剧《熙德》时，便曾经为此而饱受苛责。作为古典主义悲剧的奠基人，处在这样一个特定的时代背景当中，高乃依在其悲剧《熙德》中，当然不乏对理性的宣扬，其中男女主人公罗狄克与施曼娜，这一对情侣在理智与情感的较量中，均不惜以牺牲爱情为代价来维护责任和义务，前者表现为为了家族的荣誉与施曼娜的父亲决斗，并且在决斗当中杀死对方，后者则表现为为了替父报仇，坚决请求国王处死罗狄克。最后虽经国王干预,一对有情人化干戈为玉帛,但施曼娜仍然没有轻易允婚,使得国王又不得不答应延期结婚,以维护自己的名誉,同时也要罗狄克获得更多的战功。凡此种种,可见理性的威力确实不容低估。不过,与此同时,也应该看到,作为一位文学艺术大师,高乃依并未亦步亦趋于成规,而在强调理性的同时,将爱情亦置于很高的地位。仍以两位主人公罗狄克和施曼娜为例,如前所述,他们固然都有很强的责任心和荣誉感,但对于自己心中那份热烈的爱情从来都不能轻易割舍。比如罗狄克,父亲——情人、荣誉——爱情,使得他举步维艰,不知所从:"在这场是非里,受辱的偏偏是我的父亲,而侮辱人的恰恰是施曼娜的父亲!我心里的斗争多么尖锐呀!要成全爱情就得牺牲我的荣誉,要替父亲报仇,就得放弃我的爱人。这一方鼓动我报仇,那一面牵住我的手臂。我已陷在愁惨的境地:或是背叛爱情,或是忍辱偷生:这二者都使我痛苦无穷。上帝啊!这是多么深刻的痛苦!"①后来他虽然为了家族的荣誉杀死了情人的父亲,却由此陷入自责的深渊而难以自拔。他跑到施曼娜那里请罪,甚至要求施曼娜杀掉自己,以求得她的宽恕。当父亲劝慰他"名誉只有一个,而情人却很多;名誉是责任,而爱情只是快乐"(第196页)时,他毫不客气地反驳:"你竟敢叫我对爱情改变心肠!战士无勇固然可耻,情人负义也是可耻,其无耻是一样的可鄙。"

---

① 高乃依:《熙德》,《外国戏剧选》(上册),第159—160页,齐放译,易漱泉等选编,湖南人民出版社,1980年。本书所引自作品中的语句均出自于此,以下只在引文后标示页码,不再另注。

(第 196 页)在极端痛苦之下,罗狄克甚至想到自杀来求得解脱,而此时正值摩尔人进犯,国家有难,幸亏父亲的提醒、鼓励,罗狄克才重新振作起来,为国效命。可见,在爱情的打击下,英勇无畏的罗狄克俨然一名俘虏,几乎丧失了理性,把责任和义务全抛开了。施曼娜又怎样呢?她固然不断地宣称要杀掉罗狄克,为父报仇,但却总是言行不一,自相矛盾,甚至给人感觉有点荒唐可笑,如其所言:"我要他的头,我又怕得到手;他死我也活不了,而我又要惩罚他!"(第185页)她从来没有真正想要杀掉罗狄克,只是出于责任,出于义务,才不得不执拗地作此表白。不然的话,她完全可以用罗狄克亲手递过来的剑杀死对方。当最终施曼娜打算用"比武选亲"的方式决定自己的归宿时,罗狄克却又想借此机会以死来向自己的情人谢罪,这可真把她惊吓得香魂飞散,忍不住向罗狄克脱口喊出:"如果你觉得你的心还钟情于我,在这个以我为奖赏的决斗里,你只准打胜不许打败。"(第219页)至此,施曼娜的深沉而强烈的至爱真情终于尽显无遗。可见,《熙德》一剧虽并未贬低理性,但亦充分肯定爱情的力量,正如罗狄克所感叹的"爱情真神妙"!(第192页)正是这样,全剧情节一波三折,人物心理变幻莫测,极大地增强了戏剧的吸引力和感染力。应当承认,作为人之自然天性,理性与感情原本都有存在和发展的权利,何况在当时,文艺复兴运动余波尚存,资本主义经济日渐发展,个性的自由和解放仍是人们所追求的一大目标,因此,高乃依在《熙德》中展开理性与感情的较量,原本无可厚非,然而,实际情况却是,一帮谨奉

"理性至上"的教条主义者对《熙德》进行严厉批判①,受此影响,高乃依一怒之下,竟停止创作达四年之久。

无独有偶,中国"文革"时期的样板戏,也在很大程度上是为了迎合当时政治形势的需要,其中"高、大、全"式的主人公形象,如同套上了特殊的政治面具,虽因符合当时的需要而红极一时,但从艺术的角度衡量,毕竟失之简单化、模式化,因此其艺术生命力终究是孱弱的。总之,一方面不能将马克思的劳动异化理论盲目扩大化;另一方面,也不妨由此出发,站在文学研究的角度,探寻历史环境对于文学主体的深刻影响,同时思考文学主体性完善和发展的历史依据。

更应当看到,马克思、恩格斯承继黑格尔的辩证法思想,强调主客体之间的辩证关系。主体就其自身而言,即是一种客观存在物,从某种角度看,带有客体的性质,同时,主体又是一种能动的自然存在物,能够把自己的本质力量外化于客观对象之上;与之相应的,作为主体活动的对象,客体由于体现了主体的本质力量,因此也并非纯粹客观的自然存在物,而不可避免打上了主体的烙印。用马克思的话说:"人直接地是自然物。人作为自然存在物,而且作为有生命的自然存在物,一方面具有自然力、生命力,是能动的自然存在物;这些力量作为天赋和才能、作为欲望存在于人身上;另一方面,人作为自然的、肉体的、感性的、对象性的存在物,和动植物一样,是受动的、受制

---

① 对《熙德》的批判除了因其未完全遵循"理性至上"的原则外,与之相关的,还有该剧不尽符合"三一律"的要求。

约的和受限制的存在物,也就是说,他的欲望的对象是作为不依赖于他的对象而存在于他之外的;但这些对象是他的需要的对象;是表现和确证他的本质力量所不可缺少的、重要的对象。"①与之相应,恩格斯把历史发展规律总结为"人们自己的社会行动的规律"②,人们自己创造自己的历史,既是历史的"剧中人",又是历史的"剧作者"。总之,人与自然相互统一,主体既有受制于客观历史环境的一面,又有根据其天赋、才能、欲望等对客观环境进行改造的一面,二者相结合,才是主体性的真正内涵。就文学研究而言,考察文学主体与历史环境之间的关系,无疑也应兼涉这样两个向度。

此外,"马克思先于加达默尔指出了传统必定发挥作用的信念,赞同'我们历史地理解自身'的观点"③。换言之,过去与现在被嫁接在一起。如马克思所言:"人们自己创造自己的历史,但是他们不是随心所欲地创造,并不是在他们自己选定的条件下创造,而是在直接碰到的、既定的、从过去承继下来的条件下创造。"④表明了历史条件对于人类活动的巨大影响。基于此,马克思和恩格斯在《共产党宣言》的序言中明确表示:"这些基本原理的实际运用,正如《宣言》中所

---

① 马克思:《1844年经济学哲学手稿》,第125页。
② 恩格斯:《社会主义从空想到科学的发展》,见《马克思恩格斯选集》第3卷,第634页。
③ Hamilton, Paul. *Historicism*. p. 103.
④ 马克思:《路易·波拿巴的雾月十八日》,见《马克思恩格斯选集》第1卷,第603页。

说的,随时随地要以当时的历史条件为转移。"①表现出一个历史主义者的博大胸怀。正因为坚持联系与发展的原则,在马克思、恩格斯那里,过去、现在和未来成为一个密切相关的动态发展整体,就如同黑格尔对理念的推演,亦明确表达了这样一种历史的动态发展观。

韦勒克曾经这样评价:"马克思和恩格斯的主要文学言论零零散散,随口道出,远谈不上定论。它们并不等于一套文学理论甚或探究文学与社会关系的理论。"②更有论者明确表示:"对于马克思来说,美学与政治是相重叠的,二者都出于人类解放原则的需要而被预测。"③还有人认为马克思把世界的起源从黑格尔的"精神"变为权力,"倾向于把社会状况视为一种力量——经济基础或者统治阶级——的单纯的产物,而不是各种矛盾力量作用之下的辩证的产物"④。毋须讳言,上述评论包含有一定的合理性,马克思、恩格斯出于其革命实践的需要,将理论的主要着眼点放在社会政治、经济领域,尤其关注社会革命中的重大事件,有关艺术理论相对显得不够系统、完整。对此,当代西方马克思主义者尝试进行了颇有意义的进一步发掘。

---

① 马克思、恩格斯:《共产党宣言·1872年德文版序言》,见《马克思恩格斯选集》第1卷,第228页。
② 韦勒克:《近代文学批评史》卷3,第288页,杨岂深、杨自伍译,上海译文出版社,1997年。
③ Johnson, Mike. "Kurt Merz Schwitters: Aesthetics, Politics and the Negentropic Principle". See Giles, Steve ed. *Theorizing Modernism: Essays in Critical Theory*. London: Routledge, 1993. p. 153.
④ McGowan, John. *Postmodernism and Its Critics*. p. 70.

第三节　历史决定论

以丹纳、左拉为代表的机械历史主义或历史决定论,在19世纪中后期飞速发展的自然科学的影响之下,随着资本主义制度的确立以及由之而来的启蒙者所宣扬的理性王国神话的打破,不再着力于对宏大的历史变迁做预言式的推演,把研究的目光转向具体的历史环境,从中寻找主体性格、命运的决定性因素,并在自然主义文学实践的助阵下,产生极大的影响。

一　"三要素"决定论——丹纳

不同于以往历史主义宏大的历史视野,以丹纳、左拉为代表的机械历史主义重点考察具体的历史环境对主体的决定意义。根据丹纳的观点,每一部艺术作品背后都存在着三种动机或者说三种起调节作用的要素,它们对主体的活动产生决定性影响。由此出发,丹纳试图确立一种文学研究的科学方法,此即著名的"种族、环境、时代"三要素决定论。

在丹纳看来,天生的、遗传的因素,自然环境与社会环境的作用,加之特定的时代条件,这一切决定了各种文学现象的产生。据此,他比较法国古典主义悲剧和古希腊悲剧:"一般的概念并没有发生变化,想表现或想描绘的主题总是同一类型的人物。诗的形式、戏剧的结构、人的体态也都历久未变。但是,在许多差异之中却有这样一个差异:其中一个艺术家是先驱者,另一个是后继者;前者没有范本,而后者有范本;前者面对面地观察事物,后者则是通过前者来观察事物;许多细节是至善至美的,而许多艺术的重要支派丧失了;悦人的优美的形式增加了,但印象的质朴和庄严减少了——总之,前者的影响比后者的更能持久。"①可见,种族、环境、时代三要素实际上是紧密相关的,在丹纳看来,人类的物质文明和精神文明就取决于这三者的合力作用,文学艺术当然也不例外。为此,丹纳常常以植物作比来论证艺术问题,认为就像植物离不开特定的生长环境一样,艺术也是在一定的环境条件下繁荣或者衰亡,"环境把艺术带来或带走,有如温度下降的程度决定露水的有无,有如阳光强弱的程度决定植物的青翠或憔悴"②。丹纳还以自然界的有机统一性来说明艺术的构造,指出:"艺术和造化一样,无论用什么模子都能铸出东西来;可是要出品生存,在艺术中也像在自然界中一样,必须各个部分构成一个总体,其中最微末的原素的最微末的分子都要为整体服务。"③这样一种把艺术比作植物的观点,一方面反映了丹纳在艺术研究中对历史环境的高度重视,从中亦可看出他坚持各种环境条件的综合作用以及历史发展的观点,这显然符合历史主义的基本原则;另一方面,丹

---

① 丹纳:《英国文学史·导论》,包承吉译,曹庸校,见朱雯、梅希泉、郑克鲁编选:《文学中的自然主义》,第45页,上海文艺出版社,1992年。
② 丹纳:《艺术哲学》,第144页,傅雷译,人民文学出版社,1988年。
③ 丹纳:《艺术哲学》,第403页。

纳在一定程度上过分夸大了环境对于艺术的决定作用,至于艺术创作的主体,在他那里只能沦为环境作用下的附庸。与此相应的,丹纳反对艺术欣赏的所谓"仁者见仁,智者见智",强调欣赏的客观标准,提出欣赏者以为创作者设身处地的方式,即艺术欣赏的主体也必须处于艺术创作的环境的作用之下,获得评判艺术的客观标准。由此,欣赏主体与创作主体一样,都成了外在环境决定下的产物。

耐人寻味的是,在丹纳的艺术理论当中可以看到他对各种艺术的大量的精辟分析,本身作为一位艺术鉴赏家,丹纳对于艺术家所独具的创作天赋终究不可能全然抹杀。他强调指出:"艺术家需要一种必不可少的天赋,便是天大的苦功、天大的耐性也补偿不了的一种天赋,否则只能成临摹家与工匠。就是说艺术家在事物面前必须有独特的感觉:事物的特征给他一个刺激,使他得到一个强烈的特殊的印象。"① 艺术家的这样一种独特的感受力,当非外在环境的机械作用所能赋予。至于《艺术哲学》的第五编"艺术中的理想",以三条评判艺术优劣的标准——特征重要的程度、特征有益的程度和效果集中的程度,结合文学史上具体的作家、作品展开论述,更集中体现了丹纳本人对艺术的独特感受和深刻领会。不过,与此同时,丹纳并没有抛开三要素决定论。比如在论述"特征重要的程度"部分,他把影响文学的最稳定的因素置于民族性之中,称之为"原始地层",这是"为历史铲除不了的一层,深深地埋在那里,铺在下面……这些本能与才

---

① 丹纳:《艺术哲学》,第27页。

具是在血里,和血统一同传下来的;要这些本能和才具变质,除非使血变质,就是要有异族的侵入,彻底的征服,种族的杂交,至少也得改变地理环境,移植他乡,受新的水土慢慢的感染;总之要精神的气质与肉体的结构一齐改变才行"①,从中可见三要素决定论的回响。

二 自然主义理论——左拉

作为一位文论家兼作家,左拉不仅接受了丹纳的历史环境决定论,而且积极地去实践之,形成其颇具影响的自然主义理论及文学作品。德尼丝·勒布隆-左拉曾经这样描述父亲:"这就是左拉的理想,这就是他的生活目的:文学的真实,人类的真理,全部的真相。"②如其所言,作为自然主义文学理论与实践的当之无愧的代表,对"真"的探寻可以说贯穿于左拉的整个生命流程之中。

以小说《娜娜》为例。《娜娜》是左拉受巴尔扎克《人间喜剧》的触动而创作的系列长篇小说《卢贡-马卡尔家族》中的一部,就其创作这一宏伟的家族系列小说的初衷来看,左拉"是打算从生理学角度对一个家族的生理元素与其后代的种种关联和必然性进行科学研究;另一方面,还要表现外部世界对这个家庭的影响,描写时代的狂热行为使其衰落的过程,最后是说明环境的作用"③。可见,左拉就是想通过

---

① 丹纳:《艺术哲学》,第353—354页。
② 德尼丝·勒布隆-左拉:《我的父亲左拉》,第232页,李焰明译,广西师范大学出版社,2002年。
③ 德尼丝·勒布隆-左拉:《我的父亲左拉》,第46页。

对环境的细致刻画,把个人的命运以及国家的命运淋漓尽致地展现开来。

仔细考察左拉的"环境"内涵,其中应当包括两方面内容,一是人生存的现实的社会环境,二是人作为一种生物体而天生具备的生理环境。对这种生理环境的强调可以说是自然主义与现实主义相区别的一个重要标志,同时也是把自然主义与现代主义相连接的一个重要依据。而对人的生理性——更确切地说,对人源自于遗传的动物性本能一面的强调,无疑是左拉的自然主义理论当中最具有挑战性、也最容易引起争议的部分。为此,文学史上不乏对自然主义的非议和责难,并且尤其集中在道德方面,认为自然主义作品赤裸裸地展示人的生理状况、人的情欲,不免有伤风化。对此,左拉以自己这样做"恰如一个医生忘我工作在解剖台上一样"[1],来进行辩护。换言之,作家只不过是忠实地反映现实而已,这将有助于人们认识社会的真实面貌,自然不应受抵制。而如果从更深层的意义看,自然主义对人的生理层面的挖掘,"事实上探入了人的非理性领域,突破了执拗于人的理性层面的旧有视域"[2],因此带有明显的开一代风气之先的色彩。

从小说《娜娜》看,女主人公娜娜是卢贡-马卡尔家族的后裔,出身低贱,父母因遗传的酗酒嗜好,加之环境的影响,愈来愈走向贫困

---

[1] 左拉:《〈黛蕾丝·拉甘〉再版序》,毕修勺译,见《文学中的自然主义》,第121页。
[2] 蒋承勇、项晓敏、何仲生等:《欧美自然主义文学的现代阐释》,第9页,复旦大学出版社,2002年。

和堕落。在这部小说中,左拉仍然坚持从遗传的、本能的角度来塑造人物,表现在娜娜身上,其来自于家族的扭曲的人性的最为突出的一点,便是性生活的荒淫无度。娜娜作为戏剧《金发爱神》的女主角出场,但是人们"从来没有听到过唱得如此走调的歌声,而且唱得如此不得法"[①],更有甚者,刚唱完两段歌词,她便再也发不出声音来,只能手足无措地在舞台上扭来摆去。不过,娜娜"凭借着她那大理石般的白皙的肌肤和她那强烈的性感,赢得了胜利,这种性感足以毫无损害地摧毁全体观众"(第27页)。在无度的情欲的支配下,娜娜想方设法、或者说不顾一切地跟人寻欢作乐,"不管在什么角落,不管穿着睡衣还是穿着礼服,只要碰上一个男人,她就要取乐一下"(第375页)。于是,上至王公贵族,下至低贱小民,亲如父子兄弟,疏有冤家对头,都成了娜娜卧房中的座上客。此外,娜娜还疯狂地大搞同性恋,并且有自恋的癖好。娜娜有着似乎永远也不能满足的情欲,既是一个异性恋狂,又是一个同性恋狂和自恋狂。除了不可理喻的旺盛的情欲之外,娜娜带有遗传因素的变态特征还表现在挥霍无度上,"每天夜里男人不离身,富得连梳妆台的抽屉里都塞满了钱,与梳子和刷子混放在一起"(第277页)。与她的情欲相似的是,娜娜的挥霍也带有近乎无知的色彩,她的想法很简单,就是要花钱,花得越多她越开心,不管钱是怎么来的,更不管钱是怎么去的。于是,这样的怪

[①] 左拉:《娜娜》,第14页,王士元译,译林出版社,1997年。本书所引小说中的句子都出自于此,以下只在引文后标示页码,不再另注。

现象也就屡见不鲜了:"在这条流着黄金的河流中,她的四肢都被它的波涛淹没了,而她竟然还时常感到手头拮据。"(第356页)在短暂的一生当中,娜娜似乎完全是自发地、懵懵懂懂地进行着她的放纵、她的挥霍。左拉正是从人的生理本能的角度,塑造出了一个带有动物性特征的荒淫、奢侈、愚蠢而又不失善良、坦诚的娜娜,甚至不止一次直接把娜娜的形象幻化成动物,说她是一头"金色的怪兽","浑身毛茸茸的",并且"富于肉感",有着"良种马般的臀部和大腿"(第186页)。左拉还借书中人物之笔,把娜娜描绘成一只苍蝇,"一只从垃圾堆里飞出来的金色的苍蝇,一只叮在被扔在路旁的尸体上的苍蝇,它嗡嗡叫着,飞舞着,像宝石一样闪闪发光,它从窗户飞进一座座宫殿,只要落在男人身上,就能把男人毒死"(第185页)。为此,有论者指出:"造就自然主义、并使之与现实主义相区别的,是将人作为环境的动物的机械描述,在自然主义那里,似乎人与动物在本质上是相同的。"①

与此同时,左拉把笔触伸向广阔的社会,淋漓尽致地刻画出社会百态。由于娜娜身份的特殊性——本身是一个低级演员,同时也是一个高级妓女,后来虽然过着极尽奢华的生活,与社会下层却也有着无法割舍的联系——小说触及社会生活的各个角落。从上流社会看,他们的身份、地位、尊严在娜娜的肉欲的诱惑面前是那么不堪一

---

① Williams, Raymond. "Tragedy and Revolution". See Raymond Williams. *Modern Tragedy.* London: Chatto& windus, 1966. p.68.

击。如缪法伯爵——高贵的宫廷侍从长官,沉迷于娜娜的美色,"尽管知道娜娜是个愚蠢、淫荡、说谎的女人,但是他仍然想占有她,即使她满身沾有毒素"(第187页)。为了讨娜娜的欢心,他甚至甘愿装扮成一条狗,践踏自己的官服和勋章,丑态百出,最终落得身败名裂的结局。同样,在娜娜的肉欲的威力之下,旺德夫尔的万贯家财终于挥霍殆尽,他本人也惨死于自焚;菲利普因贪污公款而入狱;小乔治则因索爱不成而自杀;富卡蒙流亡了;斯泰内破产了;连一向矜持的伯爵夫人也不甘寂寞,与人通奸,最终跟一家时装店的一个柜台部经理私奔了事;即将作古的老侯爵,不顾自己年老体衰,与自己女婿的情妇一起寻欢作乐……至于社会下层生活,虽然不是小说描绘的重点,但左拉还是从一些侧面写出了它的贫困、堕落与麻木。

总之,正是基于人的生理本能与污浊的社会环境,左拉为读者呈现出各色人物形象以及各种社会现实。小说在娜娜的玉殒容毁和"进军柏林!进军柏林!进军柏林!"(第409页)的起义声中结束,"娜娜受到惩罚时法国也受到惩罚"[①],暗示了所有这一切丑恶现实所必然导致的一场革命风暴的来临。

从创作过程看,左拉极为重视写作过程中的资料收集、实地调查等工作。在创作小说《娜娜》的时候,他广泛接触、采访各种各样有可能接近如女主人公所生活的社交圈中的人,比如特意走访妓院,邀请交际花共进晚餐,虽然他自己并非纵情声色之徒。此外,左拉还向人

[①] 亨利·特罗亚:《正义作家左拉》,第136页,胡尧步译,世界知识出版社,1999年。

咨询女同性恋者以及女皮条客的情况等等。于是,"来到梅当看望左拉的朋友们,不管他们过去和现在有过多少风流韵事,都做出了贡献"①。与此同时,左拉深入剧院,了解演员在后台的化妆、服饰等状况,通过查阅资料和调查研究,掌握上流社会的生活情景。总之,左拉像一个科学工作者那样,力图挖掘社会的真相,给人们提供一幅真实可感的生活画卷。

就其理论来源看,左拉的自然主义深受孔德的实证哲学、达尔文的生物进化论、贝尔纳的实验医学等的影响。尤其是丹纳的艺术哲学,更被左拉奉为圭臬。基于此,左拉明确表示:"自然主义就是回到自然,就是当学者们一旦发觉应当从研究物体和现象出发,以实验为基础,以分析为手段的时候所创立的做法。文学中的自然主义同样是回到人和自然,是直接的观察、精确的解剖以及对世上所存在的事物的接受和描写。对作家和学者来说,二者的工作一直是相同的,他们都必须以现实来代替抽象,以严格的分析来代替单凭经验的公式。"②为此,长期以来,不少学者一直倾向于把自然主义简单地归为环境决定论,指斥其机械论的色彩。然而,就如同丹纳一样,作为本身具有良好艺术修养的作家、批评家,左拉亦不可能全然不顾艺术家所独具的创作天赋。于是,在论及巴尔扎克的创作时,左拉强调:"巴尔扎克并不是严格地把他所搜集到的事实拍成照片,因为他还以直

---

① 亨利·特罗亚:《正义作家左拉》,第134页。
② 左拉:《戏剧中的自然主义》,毕修勺、洪丕柱译,见《文学中的自然主义》,第169—170页。

接的方式进行干预,以便把他的人物置于他所控制的条件之中。"①此外,他还特别指出:"实验的观点本身就带有修改的观点。我们当然从我们牢不可破的基点,即真实的事实出发;但是,为了指出事实的机理,我们必须产生现象并指引它们;我们作品中的天才的创造性的成份就在这里。"②由此可见,左拉固然主张文学创作要从现实出发,但作家还保有对现实进行修改的权利和义务,天才的创造性就体现在这里。

由此出发,左拉个性当中的一些因素对其小说创作的影响不容忽视。他为人坦诚,比如在德雷福斯案件中,为了那个素昧平生的犹太上尉,左拉以手中的笔为武器,对位高权重者们进行了猛烈的抨击。为此,他身陷牢狱,又被迫抛妻别子离家流亡。而他坚决拒绝任何报酬,为真理而战——这对于左拉来说,便是最充分的理由。这种率真的天性,促使左拉在创作中尽可能地把生活的真相发掘出来,展示给读者。与此同时,在作家的天性中,存在着与现实相悖的不和谐之音。比如左拉坚决捍卫自己的人格独立,年轻时就明确表示自己要在文学创作中"找到一条从未有人勘探过的小路"③。为了避免成为别人的附庸,他坚称自己是个人主义者,超脱于一切规则和社会需要之外,以高呼真理为己任。正因为有这样鲜明的独创精神,左拉在现实主义臻于鼎盛的时期,力排众议,进行自然主义的理论探索和创

---

① 左拉:《实验小说论》,毕修勺、洪丕柱译,见《文学中的自然主义》,第131页。
② 左拉:《实验小说论》,见《文学中的自然主义》,第133页。
③ 马克·贝尔纳:《左拉》,第9页,郭太初译,上海译文出版社,1992年。

作实践,在现实主义的基础之上强化文学创作的科学理性精神,打破陈规的束缚,为文学创作提供自由和解放。于是,一种新的、非理性的倾向越来越明显地见之于自然主义的文本中,如上述所论小说《娜娜》对人物的生理本能的突显。"在自然主义文学中,纵欲、贪婪、乱伦,不讲道德,没有灵魂,这正是对于近代物质生活泯灭了人的天性和良知、将人异化为非人的现实的一种最真实、最本质的揭露,因而在这一点上自然主义文学与20世纪现代主义文学遥相呼应。"①左拉着重发掘以往文学中的理性的人的生物性的一面,"这种'生物的人'的观念突破了理性主义文学对人的描写的既有领域,而扩展到了人的生理性区域。……'生物的人'虽不同于现代主义文学热衷描写的'非理性的人',但已超越传统理性主义文化范畴而步入非理性主义文化的门槛"②。可见,鲜明独特的个性促使左拉在创作中大胆开拓文学的新天地。

贝尔纳在其左拉传记中写到左拉的一个特殊嗜好,即"经常把大部分的宗教物品放在自己的眼前,放在伸手可及的地方"③。充满自信、热爱生活、信奉科学至上的无神论者左拉,却有着对宗教物品的嗜好,这似乎从一个侧面暗示了左拉的潜意识里的怀疑和彷徨。作为一个文学领域中的开拓者,左拉是勇敢、无畏的;与此同时,作为一个引路人,左拉又不可避免是孤独的、无助的。在这个小小的嗜好当

---

① 蒋承勇、项晓敏、何仲生等:《欧美自然主义文学的现代阐释》,第21页。
② 蒋承勇、项晓敏、何仲生等:《欧美自然主义文学的现代阐释》,第87页。
③ 马克·贝尔纳:《左拉》,第159页。

中,左拉不经意地流露出他不曾抑或不愿公开的另一种个性特征。无论它对左拉有什么样的影响,至少可以肯定一点,身为创作主体,左拉的内心世界是丰富多样的,他的创作决不仅仅限于简单摹写表面的社会现实,还包括对人的内心深处的探幽发微,这其中应当就有某种不自觉的、却不乏创造性的活动在起作用。由此思之,左拉这一看似不可思议的嗜好或许也能为其"真"的内涵的丰富性加上一个注脚。

在创作过程中,左拉既力求揭示生活的真相,又有意无意地渗透着真实存在于自己个性当中的独特因素,这可以说是体现于创作实践中的左拉的"真"。

小说《娜娜》在出版之初便引发了一场轩然大波,第一天面市就售出了55000册[1],一时间赞美声和贬低声大作。有人指责作者混淆了母狗和人类;有人声称在读这本书之前,要穿上淘粪工的靴子并准备一瓶硫酸;有人暗示《娜娜》一书是因为作者生理上有问题的结果,头脑里想入非非而又不能有所作为,极度的兴奋为肉欲的怪念弄得神魂颠倒……[2]与此同时,左拉的拥护者们则欣喜若狂,比如福楼拜高度评价《娜娜》:"我因读此书夜不能寐,惊愕万状。如果要对书中新奇事和有力的笔调进行评论,那每页都有!……这是一本了不起的书,棒极了!"[3]于斯曼也说:"我读《娜娜》时简直吃惊万分,读到

---

[1] 根据《我的父亲左拉》一书中所提供的数据。有的材料上记载的是 45000 册。
[2] 亨利·特罗亚:《正义作家左拉》,第 136—137 页。
[3] 亨利·特罗亚:《正义作家左拉》,第 137 页。

后来更是趣味无穷,香气扑鼻。这是本好书,一本风格新颖的书……天啊!实在是了不起!"①……其实,伴随着《娜娜》的流传,关于这本书的褒贬之争便一直不绝于耳。

如前所述,《娜娜》展示出的是一幅丑恶的社会画卷,其中几乎可以说找不到一个正面的形象。社会下层如米尼翁,为了捞得实惠,主动为自己的妻子罗丝充当皮条客;街头妓女萨丹,仿佛着了魔似的对那种污浊的生活百般留恋;娜娜的仆人佐爱在目睹了女主人的一幕幕荒淫生活之后,不是想敬而远之,却竟然萌发了身入其中、充当皮条客的念头②;丑角演员丰唐在骗得娜娜的信任,使之抛开奢华的生活跟他同居之后,不仅没有丝毫体贴之心,反而越来越变本加厉地虐待她,终于使娜娜彻底放弃了追求真爱、过正常的夫妻生活的愿望……再来看社会上层,一个个为了满足自己的肉欲,或倾家荡产,或名誉扫地,或锒铛入狱,或丢失性命……至于女主人公娜娜,"她的性器官在荣耀中冉冉升起,照耀着被她害倒的男人们,犹如一轮初升红日,照耀着杀戮后的战场,而她却像一头无意识的漂亮牲口,对自己所干的事全然无知"(第392页)。联系左拉所一贯倡导的反映客观现实的创作原则,不难理解,小说所展现的社会画卷会令很多人不安乃至厌恶,尤其小说表现得比现实更加集中、鲜明,更会让人深感刺目,进而心生反感,甚至于极力诋毁、攻击之。此外,除了这种客观

---

① 亨利·特罗亚:《正义作家左拉》,第137—138页。
② 关于佐爱的去向,小说中并没有明确交待,这里所述是笔者根据情节的发展所做的推测。

的历史因素,读者对小说的排斥应该还包括有一种本能的反感。毋庸讳言,小说着力刻画了人的本能欲望,尤其是性欲。在性欲的驱使下,人们丑态百出,犹如动物,这便难免在一定程度上刺激了很多人长期以来形成的对于自身的优越感,进而引发他们本能的抵触情绪。污浊不堪的社会丑态真实得令人无法回避,近乎动物进而更甚于动物的人的贪欲奢求,同样真实得令人不敢正视。于是,否定者力求重新拉上那块"遮羞布",还社会以及人本身一个美好的形象。然而,左拉在作品中所描述的一个个场景固然惊心动魄,固然丑陋不堪,却以其直击心灵的力量让人忽视不得,回避不得。站在这个角度思之,对《娜娜》的贬低和排斥或许也不失为对左拉所展示的"真"的一种无奈,一种挣扎。

　　那么,又何以有越来越多的读者表现出对小说《娜娜》的认可和赞赏呢?对此,恐怕还是得从左拉的自然主义创作原则来回答。如前所述,自然主义要求作家从事实出发,还原生活的真相。小说《娜娜》就深刻反映了法兰西第二帝国时期的社会现实,尤其是围绕着一个高级妓女娜娜,把上流社会骄奢淫逸、腐朽堕落的寄生生活淋漓尽致地展现了出来,从生活的各个侧面巧妙而深刻地揭示其统治的摇摇欲坠、行将就木的必然趋势。尤其在小说的结尾,作者更是直接预示了革命风暴的来临。所有这一切使得整部作品带有一种恢宏的气度,并产生振聋发聩的作用。而小说所表现的人的生理真实的一面,在文学史上更具有开拓性的意义。纵然人的生理本能往往表现得是那么不堪入目,但人们毕竟无法否认自己身上或多或少存在着的理性所难以涉足的领域，正视之无疑比故意对之视而不见更具有现实的意义。尤其是随着科技的不断进步、物质文明的不断发展，人在外界环境的压迫之下渐渐被异化，人的生理本能的一面更有其丰富、复杂的体现，而这正是此后现代主义文学所关注的焦点。正是在这个意义上，可以说"真正的左拉并不处于那个时期"①。也正是在这个意义上，左拉的自然主义理论与实践对现代主义先河的开启之功不可抹杀。小说《娜娜》便作为左拉自然主义文学的一部代表作品，在世界文学史上渐渐赢得了其应有的地位。

无论肯定与否定、赞美与贬斥，读者对于《娜娜》的接受是对小说情节、人物等的真实反应，由此出发，阅读主体更得以从创作主体所构造的艺术境界，在某种程度上解读出社会的真相与人生的真义。在这个意义上，不妨将读者对于《娜娜》的接受，视作对"真"的内涵的丰富和深化，左拉的"真"亦由此获得了持久不衰的生命力与影响力。

综上所述，左拉的"真"既有对社会客观真相的描摹，又有对人类内在本真的探寻，前者从各个角度展示出世态炎凉，后者则触及隐秘的人类灵魂深处，由此而管窥人性的本质。就小说《娜娜》来看，左拉的"真"渗透于各个层面，既有文本内容的"真"，又有作家创作的"真"，还有读者接受的"真"。正因为此，一味纠缠于左拉的客观与否、精细与否、甚至道德与否，极易走向偏谬，反之，不囿于成见，才能更为真切、深入地领悟左拉的"真"。

---

① 马克·贝尔纳:《左拉》，第149页。

有鉴于此，尽管如同丹纳的三要素决定论一样，左拉的自然主义理论明显的机械决定论色彩不容忽视，不过，与此同时，这当然不能成为全盘否定之的理由，否则也事实上不免落入了类似于机械论的简单化的批评模式。应当看到，自然主义理论适应了当时自然科学蓬勃发展的社会现实，同时与实证主义的哲学思潮相呼应，在文学领域将个人与环境前所未有地紧密联系起来。更值得注意的，左拉的自然主义理论及其创作实践注意挖掘人的生理本能的特质，此后现代主义文学发展实践证明，这在文学史以及批评史上是一次非常有意义的尝试。纵然其呈现出来的形式可能是污秽不堪的，但唯其如此，才更以惊心动魄的力量催人深思。

同于左拉，布兰兑斯也是深受丹纳理论影响的一位文艺批评家，其六卷本的代表作《十九世纪文学主流》可谓将文学与历史环境密切结合的一个具体且卓有成效的批评尝试。在全书开篇，布兰兑斯就明确表示："从历史的角度看，尽管一本书是一件完美、完整的艺术品，它却只是从无边无际的一张网上剪下来的一小块。"[①]因此，要理解一部作品，必须对其所处的历史背景有充分的认识。布兰兑斯还尤其强调文学是特定地区特定时期人们内心的反映，就这个意义而言，他把文学史视为一种心理学。对于作家的独立地位，布兰兑斯亦给予特别重视，指出作家虽然不能脱离他的时代，但也不应该一味迎

---

① 布兰兑斯：《十九世纪文学主流》卷1，第2页，张道真译，人民文学出版社，1997年。

合公众的趣味,满足一时的需求。他把时代的潮流分为两个层面——表面的上层潮流和内在的底层潮流,"每个时代都有其占优势而投合时好的观念和形式,它们只不过是前些时代生活的结果,早已完结了,现正慢慢变成化石。除此之外,这个时代还有另一整套完全与之不同的观念,虽然尚未具体化,却已弥漫在太空中了,当代最伟大的巨匠已经把它们理解为现今必须达到的目标。这后一种观念形成了团结人们从事新奋斗的因素"①。由此可见,比起丹纳和左拉,布兰兑斯对作家提出了更高的要求,从中应该可以得窥创作主体对于历史环境的积极、主动的作用。

传统历史主义从发端至高峰再向机械论的演变,有其必然发生的历史条件。维柯、赫尔德的普遍人性论,黑格尔的理性至上主义,马克思、恩格斯对于政治、经济问题的强调,丹纳、左拉的机械决定论,诸如此类,无论称之"侧重",还是称之"特点",抑或谓之"偏颇",肯定都不是偶然的现象。身为主体,这些历史主义的代表人物终究不能超越他们自己的历史环境,这应当说正契合了历史主义所倡导的一条基本原则。

鉴于传统历史主义各家学说历史观的差异可见,一方面要努力追索历史文本所指归的事实真相的有效性,另一方面还应在植根于现实的基础上对历史持动态的、发展的观点,避免重蹈黑格尔"理念先行"与丹纳"历史决定论"式的覆辙,坚持历史制约论与历史发展观

---

① 布兰兑斯:《十九世纪文学主流》卷5,第21页。

的统一。至于文学主体与历史关系的另外一个维度——主体对历史的作用,上述诸说或因基本肯定而缺乏具体、深入的分析,或因基本否定而在论述中又有意无意地认同甚至推许,矛盾重重,耐人寻味和深思。

第二章　新历史主义之崛起

20世纪80年代,以格林布拉特为代表的新历史主义,带着明显的后现代文化色彩,重新打出历史主义的大旗,再次将主体置于特定的历史环境之中,同时考察主体对历史的协调功能,在理论界掀起一场轩然大波,从一个侧面反映出历史主义批评的强大生命力,引发人们重新深入探寻主体与历史的关系问题。

第一节　新历史主义的理论先导

历史主义在20世纪80年代的重新崛起给整个批评界以极大的震撼,因为进入20世纪以来,"历史"这样一个影响久远的命题已经渐遭冷遇。历史事实曾经被认为是无可置疑地存在,受到历史主义者的高度重视,即便是像黑格尔这样一个把历史视为理念的推演和实现过程的唯心论者,也是时时把理性精神和感性存在密切结合,从未否认历史事实的必要性和重要性。然而,进入20世纪以来,无论是俄国形式主义的"文学性"、英美新批评的"意图谬见"和"感受谬见",还是表现主义、精神分析诸学说,均"似乎采取了一种超然的立场,它们的论题取消了主体同社会历史的联系"①。加之解构主义的兴起,一切原本是权威的、统一的、公认的思想认识,几乎无一例外受到了质疑。历史究竟是客观存在,还是同文学文本一样是一种虚构?主体究竟是要受制于历史环境,还是可以自由发挥?抑或主体不过是一种语言的表征,主体性不复存在?……正是在这样一种众声喧哗、莫衷一是的语境之中,新历史主义异军突起,把批评的眼光重新投注于历史环境。然而,经过了"解构"思潮的洗礼,新历史主义之"历史"与以往历史主义相比较,已经被打上了一个大大的问号,以往"历史"的本原性、决定性被大大地碎片化、边缘化乃至文本化了。此外,以格林布拉特为代表的新历史主义者不仅看到了历史对主体的塑造功能,而且着力探讨主体对于历史的积极作用,提出所谓"协调"说,纵然其中仍有许多值得商榷的地方,却不失为历史主义范畴内有关主体与历史关系的一次有意义的开拓,也给相关讨论留下了进一步发掘的契机。

德里达从哲学的高度为解构批评家们开启了一条徜徉于语言系统之内的通道,解构主义阵营的另一员大将福柯则通过权力与知识关系的探讨,把尼采有关历史病及其治疗的理论进一步推向深入。尤其是他对于历史的拆解以及对作为理性主体的"人"本身的批判,

---

① 杨正润:《主体的定位与协合功能》,《文艺理论与批评》1994年第1期,第114页。

直接引发了新历史主义对所谓"历史的文本性"与"文本的历史性"以及作家的"协调"功能等等一系列核心命题的考察。从这个角度看，尽管福柯未曾直接参与新历史主义文论的探讨，亦可把他视为新历史主义的一个开路先锋。

一　历史的"间断性"

福柯认为，人类迄今所积累的知识看似连续，完整，处于一种稳固的平衡状态，其实质却是充满着断裂、罅隙和缺陷，由无数的"断层"或者说"话语"组成。"思想、知识、哲学、文学的历史似乎是在增加断裂，并且寻找不连续性的所有现象，而纯粹意义上的历史，仅仅是历史，却似乎是在借助于自身的无不稳定性的结构，消除事件的介入。"①为什么会出现这样的矛盾呢？原因在于两种截然相反的历史观。传统的历史观认为，历史是一个循序渐进的发展过程，在这一过程当中，知识得以不断积累，稳步增长，成为一个连续发展的整体。与此相对，福柯提出自己的历史观，强调历史中的"断层"和"差异"性质。他认为，历史不过是断断续续存在的话语区域，在这样一个一个特定区域中所形成的知识，其实不过是"权力"运作的结果，"是在详述的话语实践中可以谈论的东西。……是一个空间，在这个空间里，主体可以占有一席之地，以便谈论它在自己的话语中所涉及的对

---

①　福柯：《知识考古学》，第5页，谢强、马月译，生活·读书·新知三联书店，1999年。

象。……是一个陈述的并列和从属的范围,概念在这个范围中产生、消失、被使用和转换。……是由话语所提供的使用和适应的可能性确定的"①。

与传统历史观强调历史的连续性恰恰相反,福柯着重于历史的"间断性"。如果说历史的连续性是维护历史进步的一个重要屏障,历史的间断性则显然否认了历史的进步说。对此,可以福柯有关"认识型"的历史考察为证。所谓"认识型","指的是'词'与'物'借以被组织起来的那个知识空间,它决定着'词'如何存在,'物'为何物,是特殊知识和科学的存在条件的一个关系维度。……认识型作为各种知识领域的基础,对应于西方思想文化中的不同时期的概念基础"②。简言之,"认识型"是指特定历史时期的知识系统所赖以形成的话语体系。福柯把西方文艺复兴末期至19世纪末的西方认识型划分为文艺复兴、古典、现代等三个阶段,其中各种认识型之间并非连续不断地直线式推进,而是存在着明显的断裂。比如文艺复兴认识型以"相似性"为原则构建知识,语言只是一种或隐或显的标记符号,词与物密不可分、浑然一体。古典认识型则以"表象"来取代"相似性",语言具有一定的独立性,词与物犹如摹本与原型,二者因彼此分离而相互之间的关系变得更加灵活、复杂。至于现代认识型,则语言失去了透明性和首要性,词不再是物的表象而成为一种历史客体,人通过分

---

① 福柯:《知识考古学》,第236—237。
② 莫伟民:《主体的命运:福柯哲学思想研究》,第141页,上海三联书店,1996年。

析词的历史而发现其真正意义,由此,作为主体的人便在这一时期应运而生。值得注意是,在福柯这里,各种认识型之间存在着无法弥合的断裂,福柯借助于考古学的方法对连续的、渐进性的传统历史观进行拆解,其结果便是"使差异增多,搅乱沟通的线路,并且竭力使过程变得更加复杂"①。

福柯的知识考古学奠基于权力之上,但他一再声称不能想当然地把权力等同于国家政权、法律等,因为这些不过是权力的极端形式的表现。为了打破人们惯常认为的权力的唯一性、稳定性、至上性,福柯把目光转入一向为人们所规避、排斥却又无法根本消除的领域,如性、疯癫、犯罪等,从中探寻蕴含于权力运作中的各种各样的力量关系。拿性经验来说,无论异性恋、同性恋,无论夫妻关系、子女教育,无论快感的享用、养生的道理……其中权力关系无所不在,一部性经验的变迁史即一部复杂而微妙的权力运作史。②用福柯的话说:"权力无所不在,不是因为它囊括一切,而是因为它来自一切。……权力不是制度,不是结构,也不是天赋我们的某种力量,而指特定社会中的一种复杂的、有策略意味的处境。"③与之相关的,福柯主张把话语视为"一个在不同的策略当中均能发挥作用的各种散漫因素组合起来的一个多样统一体。……对于权力,话语既非一定有助于之,

---

① 福柯:《知识考古学》,第218页。
② 福柯:《性经验史》,佘碧平译,上海人民出版社,2002年。
③ Foucault, Michel. *The History of Sexuality*: *Volume* 1. London: Random House Inc, 1979. p.93.

亦非一定与之相抵触,我们必须考虑到话语可能不仅作为权力的工具和结果,而且作为权力的阻碍、排斥和对抗策略的复杂多变的过程。话语传送、制造权力,使之得以加强,同时也动摇、揭露权力,展示它的脆弱,使之可能受挫"①。由此可见,福柯所谓的"权力""话语"诸概念并不具有实体性的意义,其所指究竟为何,福柯本人也没有给出一个确切的定义。不过,有一点应该还是可以肯定的,即这些概念表明了一种在特定历史阶段的特定区域占主导地位的人群的意志和利益关系。在福柯看来,每个人都从来不可能脱离这样特定的关系,从来不可能置身于"权力"之外。为此,福柯虽然反复强调历史的差异与断裂,却又通过无所不在的权力将不为人注意且看似分裂、隔离的历史现象连接起来。换言之,福柯注意到了各种一向被忽视或者排斥、蕴含着变异与冲突的现象的存在不是偶然的,而是权力关系运作的结果。就这个意义而言,福柯本人关于知识、性经验、刑狱、疯癫等历史的探讨,很难不被视为他一直试图破除的历史主义的"又一变种"②。

当然,福柯的目的不是向人们展示一个为标准和真实所征服的统一的历史,而是一个反抗的历史,"权力制造反抗,不仅作为其合法性,作为其控制得以延伸的基础,而且作为差异及他者——为权力提

---

① Foucault, Michel. *The History of Sexuality*: Volume 1. p. 101.
② See Hamilton, Paul. *Historicism*. pp. 143—144.

供意义、可见性及效果——的解释"①。因此,与以往历史主义明显不同,福柯是从历史的横断面去考察历史,着重于历史的当下性,由此而把历史归结为权力关系的体现。至于历史的联系与发展,却是他极力主张排除于视野之外的。

二 主体的"限定性"

与传统的连续性、渐进性历史观相适应,作为考察主体的人,被置于一切历史性的起点,并赋之以建构的功能,由此带有明显的先验的或超验的色彩。这样的一种历史观、主体观,在福柯看来,是虚假的,是应该被打破的一种神话。如利奥塔所言:"科学知识不能知道、也不能使人知道其真实性,除非诉诸他种叙述的知识,从科学知识本身的角度看,知识是不存在的。"②知识的真实性或者说真理性既非绝然如此,作为认知的主体,同样也要受制于权力,是一种"限定性"的存在,因此,所谓理性的普遍性、必要性等等,从根本上说不过是一种神话。"正是在这个意义上,福柯的知识系谱学、乃至整个解构哲学,都被认为具有去神秘性的作用。"③

如前所述,福柯把作为主体的人的诞生确立在现代认识型阶段,

---

① Belsey, Catherine. "Towards Cultural History: in Theory and Practice". *Textual Practice* 3:2(1989):165.

② Lyotard, Jean-Francois. *The Postmodern Condition: A Report on Knowledge*. Geoff Bennington and Brian Massumi trans. Minnesota: University of Minnesota Press, 1979. p.29.

③ 盛宁:《人文困惑与反思:西方后现代主义思潮批判》,第93页。

是古典认识型突然消解的产物,具体而言,便是18世纪末,此后在不到两百年的时间里,人迅速老去了,"他老得这么快,以至于我们轻易地想象他在黑暗中等了数千年,等待他最终被人所知的那个感悟瞬间"①。其实更确切地说,早在人诞生那天起,便不可避免地迅速走向死亡。在这里,福柯沿着尼采的"超人"哲学思路继续前行,终于在尼采宣布"上帝之死"后,赫然提出了"人之死":"人很久以来就已消失了并且不停地在消失,并且我们的关于人的现代思想,我们对人的关切,我们的人道主义,仍在轰轰响的非存在上安静地高枕无忧。我们相信我们自身受到一种只属于我们并通过认识而向我们敞开世界真理的有限性的束缚,难道我们不应该想起我们是附在一只老虎的背上吗?"②那么,"人之死"何以成为可能?回答这个问题,须首先解决"人之生"的可能性。福柯认为,在文艺复兴和古典认识型阶段,人既非知识的客体,亦非认识的主体,只是到了现代认识型阶段,"语言、生命和需求"代替了"表象",与之相应,语文学、生物学、经济学将关注的目光投向人,并开始发现人的"限定性",这样,作为知识客体和认识主体的人便诞生了。值得注意的是,福柯将人与话语联系起来,在福柯看来,整个现代认识型是"与大写的话语及其单调的统治的消失联系在一起的,是与语言向客观性的方面的逐渐转变相联系的,是与语言多种多样的重新出现联系在一起的。如果这同一种语

---

① 福柯:《词与物:人文科学考古学》,第402页,莫伟民译,上海三联书店,2001年。
② 福柯:《词与物:人文科学考古学》,第419页。

言的涌现现在愈来愈坚决要求一种虽我们应该加以思考的但我们尚不能加以思考的同一性,那么,这难道并不表明这整个构型现在将摇摇欲坠,并且人正随着语言的存在在我们境域上较强烈地闪耀而正在死亡吗?由于当语言注定散布时,人就被构建起来了,所以,当语言重新聚合时,人难道不会被驱散吗"①。

  福柯所谓"人之死"自然并非是指具体存在的人的消亡,就如同他断言人出现于18世纪末,亦并非是指具体存在人的诞生一样道理,在福柯这里,死亡的是存在于语文学、生物学、经济学中的作为纯粹概念的人,是认知的客体,同时也是作为至高无上的理性化身的先验的大写的主体,简言之,"其实死去的是先验主体和意识主体,诞生的是实证主体和历史主体"②。用福柯的话说:"多年来,我所坚持、所力主的,便是努力把一些可能有利于真相的历史的要素孤立起来。"③与此相应,具有凌驾于历史之上的力量的主体,在福柯看来,也是不可能存在的。基于此,则恐怕不能简单地断言福柯否定历史、否定主体,正如他意味深长地表白——"我不想排斥主体的问题"、"我没有否定历史"④。对此,亦有论者不无中肯地评价:"福柯不想排斥主体问题,而是想界定主体在话语多样性中的位置和功能;福柯

---

  ① 福柯:《词与物:人文科学考古学》,第504页。
  ② 莫伟民:《主体的真相——福柯与主体哲学》,《中国社会科学》2010年第3期,第51页。
  ③ Foucault, Michel. *The History of Sexuality*: *Volume 2*. London: Viking Press, 1986. p. 6.
  ④ 福柯:《知识考古学》,第257页。

也不想否定历史,而是要拒绝时间化的千篇一律的模式,以揭示出话语领域不同层次的转换,描述话语实践的派生形式的特殊连接方式。"①

无独有偶,同福柯的"权力"一样,阿尔都塞的"意识形态"也是无所不在的,是支配个人乃至社会团体的思想的观念和表象的体系。不过,作为一位当代西方马克思主义者,阿尔都塞更侧重于意识形态在国家中的地位和作用。据其所谓"意识形态将个体构建成主体"②的思想,主体不可能是完全独立自由的,而是意识形态作用的结果。这同样表明了主体的被动性、从属性。

福柯主要是从社会政治、文化的角度展开对历史、主体问题的讨论,很少直接针对文学现象而谈。而稍晚几年的格林布拉特则沿着福柯所开辟的道路继续前行,他选择"文艺复兴"这样一个颇具代表性的历史横断面,对文学的历史主义与主体性问题进行了一番所谓"新历史主义"的研究,他本人亦成为新历史主义文论当之无愧的代表。

---

① 莫伟民:《主体的真相——福柯与主体哲学》,《中国社会科学》2010年第3期,第61页。
② Althusser, Louis. "Ideology and Ideological State Apparatuses". See Leitch, Vincent B. (General Editor), William E. Cain, Laurie A. Finke, Barbara E. Johnson, John McGowan and Jeffrey J. Williams ed. *The Norton Anthology of Theory and Criticism*. New York: W. W. Norton & Company, Inc., 2001. p. 1503.

第二节　新历史主义的历史观与文学主体观

新历史主义兴起之初,曾经引发一场轩然大波,因为就在历史的意义和价值遭受颠覆性质疑的背景当中,新历史主义却重举"历史"这面大旗,确乎有不合时宜之嫌。然而,比之于传统历史主义,新历史主义并非简单的照搬抑或回归,而在后现代文化背景之下,"以文本论对抗真实论、以生产论反模式论、以读者论反作者论、以修辞论反摹仿说、以解构论反客观论、以人类学反社会学、以文学化反理性化、以叙述论反再现论、以现在时对抗过去时等,全面展示其'新'的主张和特点"①。简言之,新历史主义既在一定程度上与传统历史主义相连通,又不可避免呈现出鲜明的与之相背离的倾向。在此,可围绕"历史"与"主体"两个方面,对新历史主义的相关理论主张展开具体探讨。

一　新历史主义的历史观

由前文所谓"历史的文本性"与"文本的历史性"一对命题的具体阐析可见,同传统历史主义相一致,新历史主义重视文学研究中的历史维度,就其批评实践看,他们尤为关注英国文艺复兴时期文学与当

---

① 张首映:《西方二十世纪文论史》,第 523 页,北京大学出版社,2007 年。

时特定的历史环境之间的微妙联系,为此,有论者简明扼要地指出:"'新历史主义'这个标签通常用来指称一批关于英国文艺复兴时期的文学批评著作,其中尤以斯蒂芬·格林布拉特的著作最为突出。"①

值得一提的是,新历史主义兴起于心理学派、语言学派等文学批评流派方兴未艾之际,这些形式主义流派均表现出一定的拒斥历史的倾向,把文学作品看作独立自主的实体,忽视甚至贬低文本之外其他因素对于文学研究的意义,由此,文本仿佛空中楼阁,与特定的历史环境相隔绝开来。其中,心理学派把文学看作作者无意识心理的表现,这里的"无意识"分为两种:"个体无意识"和"集体无意识"。以弗洛伊德为代表的个体无意识理论专注于从个人的幼年生活中挖掘"俄狄浦斯情结"的线索,以荣格为代表的集体无意识理论以及与此相关的以弗莱为代表的原型批评则关注于历史因素的考察,将视角触及辽远的人类历史早期,相比较个体无意识理论,后者显然包括着较为丰富的历史内涵。不过与此同时,它们无一例外忽视了对于个体所处的具体历史条件的考察,于是,各种复杂的文学现象不可避免被简单化了。至于语言学派,则以俄国形式主义、新批评、结构主义为代表,他们把文学作品看作独立自足的实体,并分别从语音、语义、语法等角度展开对文本的分析,忽视甚至贬低文本之外其他因素对于文学研究的意义,由此,文本仿佛空中楼阁,与特定的历史环境相

---

① Hamilton, Paul. *Historicism*. p. 152.

隔绝开来。由此可见,心理学派与语言学派均表现出一定的拒斥历史的倾向,于是,进入20世纪以后,在这样两大新兴批评流派的冲击之下,历史主义虽然并未消失,却只能作为批评潜流存在,因此而难免遭到冷落。从这个角度看,新历史主义的异军突起便有些难能可贵,也因此而备受关注。

新历史主义重拾"历史"大旗,与上述形式主义流派表现出针锋相对的批评立场。并且,与形式主义着重于文学文本的独立自足性、强调文学的内部研究不同,新历史主义力求打破文本之间的界限,其中包括文学文本与文学文本、以及文学文本与非文学文本之间的界限,由此实现了对于形式主义批评的解构主义的反拨,这一解构精神正是后现代主义的命脉所在。由此,新历史主义也便成为后现代背景之下的一个表征所在,或者说,新历史主义也便具有了后现代性。与此同时,亦不可否认,新历史主义所津津乐道的历史与传统历史观中的历史也并非一个概念,与传统历史主义相比,新历史主义的历史观显得更为灵活、开放,他们不在意于追求确定无疑的历史重大意义,而是另辟蹊径,从细微处着眼,热衷于将奇闻逸事以及名不见经传的小人物作为自己的分析对象。并且,新历史主义主张打破历史与文本之间的界限,重视话语抑或修辞层面的历史,强调不同的话语领域之间的交换(exchange)、流通(circulation),随之而来,真实与虚构之间的界限不再那么泾渭分明,由此出发,探寻历史与文本之间错综复杂的关联。这样一来,历史不可避免地与琐碎、矛盾、虚构诸如此类的字眼勾连起来,新历史主义亦由此实现了对于传统历史主义的背离,从某种意义上说,甚至似乎具备了颠覆历史的嫌疑,而这一点,恐怕又是以"解构"为己任的后现代批评话语所普遍具有的悖论之所在。

总之,既看到历史所具有的琐屑、异质、多元、互动等特征,又并不否认历史事实的存在,并且视之为文学研究的重要依据,这构成了新历史主义历史观的核心内容。

二 新历史主义的文学主体观

伴随着"我思故我在"原理的提出,笛卡尔开启了对于普遍人性论进行理论探讨的先河。此后,普遍人性论在西方长盛不衰,纵然其具体内容可能会有不同①,但无一例外都强调了主体的原发性、独立性和自主性。至于20世纪新兴的两大批评流派——心理学派与语言学派,也都具有普遍人性论的色彩。其中,心理学派将普遍人性的内容由"理性"变成了"无意识"②。语言学派则关注于文本研究,虽不提普遍人性,但是将之作为一个隐含的前提,换言之,即肯定普遍人性论。并且,它们不仅取消了主体同历史的联系,进而取消了主体的差异性,因此主体的地位不可避免受到忽视或者说贬低。与普遍人性论不同,历史主义学说肯定历史对主体的制约。比如作为历史主义的先驱,赫尔德虽然不否认人性的普遍,但强调人性要培养,否

---

① 比如霍布斯的"性恶论"与卢梭的"性善论"。
② "个体无意识"或者"集体无意识"。

则人会变得像动物一样野蛮。至19世纪中期,由于受实证主义、自然科学等的影响,历史主义思潮更表现出明显的历史决定论倾向,其中最典型的莫过于丹纳的"种族、时代、环境"三要素决定论。同传统历史主义相一致,新历史主义亦不否认历史对主体的制约。与此相关的,克利弗德·格尔茨曾经提出人是"文化的产物"①一说,格林布拉特对此深表赞同,并进而指出:"在文化系统中,文学以三种互相联系的方式发挥作用:一是作为作者具体行为的证明;二是作为其自身构成行为规则的表述;三是作为那些规则的反映。"②在格林布拉特看来,这三个方面应该是密切相关的一个整体,只有这样,才不致有把文学仅视为作者的传记,仅视为社会规范的表达,或者仅视为其自身规则的孤立的反映等偏颇的观点。用蒙特罗斯的话说,新历史主义就"新"在"拒绝传统的文学与历史、文本与语境的区分,抵制传统的关于享有特权的个体——无论是作者还是作品——对外部世界的反抗"③。为此,格林布拉特主张文学研究应将作者、作品与社会环境三者结合起来进行,其目标所指应当是一种"文化诗学"。顾名思义,"文化诗学"这一概念应当说是比较富有辩证意味的,它既注意到文学与文化系统的密切关系,又兼及文学艺术本身的审美特性。然

---

① Geertz, Clifford. *The Interpretation of Cultures*. New York: Basic Books, 1973. p. 51.

② Greenblatt, Stephen. *Renaissance Self-fashioning: From More to Shakespeare*. Chicago: the University of Chicago Press, 1980. p. 4.

③ Montrose, Louis Adrian. "The Elizabethan Subject and the Spenserian Text". See Parker, Patricia and David Quint ed. *Literary Theory/Renaissance Texts*. Baltimore: Johns Hopkings University Press, 1986. p. 304.

而联系格林布拉特的批评实践看,他关注的重心显然在前者,后者则或多或少被忽视了。

在《文艺复兴时期的自我塑造》一书中,格林布拉特以英国历史上几位主要作家①为对象,考察自我意识在16世纪的崛起。格林布拉特注意到文艺复兴时期知识分子与权力的微妙关系:一方面,知识分子逐渐摆脱了宗教神权的束缚走向独立;另一方面,他们又不得不重新思索自己与新兴的权力——王权——的关系。知识分子意识到王权日渐兴盛的强大力量,同时又试图为自己保留一块可以不受侵扰的领地,于是便出现了他们在对王权的迎合与抵制、臣服与不羁、赞美与批判之间的犹豫、徘徊。最终,格林布拉特得出结论:"塑造自我"与"被文化制度所塑造"是密不可分的,身份不是作家自由选择的结果,而是一种文化的产物②。这里的问题是,在自我塑造的过程中,或者说在创作的过程中,作者的主体性是如何体现的呢?自我塑造固然离不开一定的文化背景,但因此就能断言它完全是文化作用的结果吗?格林布拉特后来通过对作者的所谓"协调"功能的探讨,对此作了一个较好的补注。

"社会能量"(social energy)是格林布拉特提出的一个概念。其中,"能量"(energy)一词希腊文(energia)原义是指"心灵的激动",由此出发,"社会能量"(social energy)可泛指一切引起人们心灵激动的

---

① 他们分别为莫尔、廷德尔、瓦特、斯宾塞、马洛、莎士比亚。
② See Greenblatt, stephen. *Renaissance Self-fashioning: From More to Shakespeare*. p.256.

东西,包括社会现象、文化传统、意识形态等。至于格林布拉特本人,对于什么是"社会能量",他并没有给出一个明晰的定义,只是从效果上间接地将其概括为"它以一定的说、听、看的形迹的资格被显示出来,并进而产生、形成和组织起整个社会的身体和心理体验"①。可见,社会能量与人们的生活密切相关,它既体现在人们的日常行为中,又影响着人们的身体和心理活动。总之,社会能量似指渗透在社会文化各个领域当中的基本要素,它没有固定的形态,但能通过人们的活动在社会生活的各个方面表现出来(类似于物理学中的"能量")。并且,就文学与社会生活密切相关这一点来看,新历史主义继承了历史主义的传统,不过,在新历史主义这里,由于设想了"社会能量"这一概念,其对于文学与社会生活之间交流、运作的讨论似乎更为形象、自如。在格林布拉特看来,作家的工作就是对各种社会能量进行协调(negotiation),使之成为文学作品。由此出发,格林布拉特否认了"摹仿说",因为作家并非完全被动地摹仿现实,而是社会结构中的一分子,其本身即参与到社会能量的运作过程当中,作家与社会是双向互动的关系。此外,社会能量在文学与现实世界之间流转的过程当中并非一成不变,而是经历着不断的变化——可能增,也可能减。协调的具体方式有很多种,比如挪用(appropriation,如日常语言在艺术中的直接搬用)、购买(purchase,如购买剧本、服装、道具

---

① Greenblatt, Stephen. *Shakespearean Negotiations: The Circulation of Social Energy in Renaissance England*. Berkeley, Los Angeles: University of California Press, 1988. p. 6.

等)以及其他象征性的获得(symbolic acquisition)等。作家就是通过对社会能量的协调——使其流动、转换以达到社会的平衡发展——来参与社会实践,并发挥其对于社会的动力功能。

第三节　新历史主义的文学功能论

以上述文学主体观为基础,格林布拉特进而提出了协调的两种结果——"颠覆"(subversion)和"抑制"(containment),并由此展开其有关文学功能论方面的探讨。

一　"颠覆"与"抑制"

所谓"颠覆"是针对统治权威而言,所谓"抑制"则针对被统治者,简而言之,即颠覆统治权威与抑制被统治者的反抗。格林布拉特尤其强调二者同时发生,相反相成,文学的社会政治功能由此得以突显。必须注意的是,新历史主义者"不是像一些马克思主义批评家那样重申阶级斗争的历史的宏大叙述,而是主张权力不能简单地等同于经济或者国家权力,其活动乃至反抗的场所还在于日常生活的微观政治学领域。传统上重要的经济、政治的代理人和事件已经为曾经被视为无关紧要、似乎存在于历史之外的人和现象所取代或者补充,其中有妇女、罪犯、疯子、性经验和话语、集市、节日、各种各样的游戏等"①,从中可见福柯思想的回响。

格林布拉特在其最著名的关于文学功能论的文章《看不见的子弹》中,主要以莎士比亚历史剧《亨利四世》为例证进行详细阐发。他首先引述了一段历史文献——托马斯·哈里特的《关于弗吉尼亚新发现的土地的简短而真实的报告》,该报告描述了英国人在美洲的殖民活动,尤其是详细披露了传教士对当地土著的宗教欺诈行为。由此,格林布拉特指出,殖民者为了达到自己统治他人的目的,利用宗教欺骗、麻痹对方,使之不仅在肉体上而且在精神上都彻底驯服,这虽然在客观上扩大、加深了宗教的权威,但与此同时也是对宗教本身的颠覆。与之相应,统治者利用欺骗的手段来加强自己的统治,抑制了被统治者的反抗,但因手段的欺骗性,便同时也不可避免地颠覆了其统治。可见,在宗教与政治方面,颠覆与抑制同时发生,相反相成。在格林布拉特看来,莎士比亚的戏剧便使得颠覆与抑制得以在舞台与现实之间巧妙运作,既再现了社会现实,更在客观上起到了加强现实统治的作用。

由此可见,协调说既肯定作家要受制于社会实践,又注意到作家积极、主动的一面,用格林布拉特的话说:"艺术作品是一番谈判②以后的产物,谈判的一方是一个或一群创作者,他们掌握了一套复杂

---

① Gallagher, Catherine. "Marxism and the New Historicism". See Veeser, H. Aram ed. *The New Historicism*. London: Routledge, 1989. pp.50—51.
② "谈判",即"negotiation"一词,本书译为"协调"。

的、人所公认的创作成规,另一方则是社会机制和实践。"①为此,格林布拉特反对视文学创作为发明创造的观点。如果从纯粹的无中生有的角度看,作家的创造力无疑要被打上一个问号,但如果考虑到作家以其特殊的身份以及创作手段,对社会起到一定的作用,再来谈作家的主体身份,则当不为过。格林布拉特设定"挪用"(appropriation)、"流通"(circulation)等机制,在不同的话语之间寻找一种连续的、相互牵涉的关系,同时亦不抹杀彼此之间的差异与对抗。于是,主体与历史环境通过"协调"建立起一种动态关联,由此产生对社会的颠覆与抑制的效果。至于二者之间的关系,通过其具体论述,可见格林布拉特显然强调的是抑制作用,颠覆不过是达到抑制的一种手段或者说一种途径,最终目的还是使统治得以强化。正如有论者指出的,在格林布拉特看来,"戏剧可以迎合各种异端,并对权威的主张或其他事宜产生明显的威胁作用,然而它的最终效果却是消解颠覆性的情绪,进而巩固现有秩序"②。为此,有人不无责备地指出:"新历史主义奇怪地揭示出一个被抽干了活力的世界,在那里,每一个变革的努力都转化成对现状的重新确认,文艺复兴文化中的对抗情绪则经过不断的重新协调,始终被描述成了一种停滞状况。"③而英国

---

① 格林布拉特:《通向一种文化诗学》,盛宁译,见《新历史主义与文学批评》,第14页。

② Freadman, Richard ard Seumas Miller. *Re-thinking Theory: A Critique of Contemporary Literary Theory and an Alternative Account.* p. 189.

③ Patterson, Lee. "From Historical Criticism and Claims of Humanism". See Patterson, Lee. *Negotiating the Past: The Historical Understanding of Medieval Literature.* Madison, Wisconsin: University of Wisconsin Press, 1987. p. 63.

的新历史主义——"文化唯物主义"——的批评家们,则不像美国的新历史主义者那么乐观,相比较而言,他们的论述带有较为强烈的政治激进色彩。换言之,在颠覆与抑制的关系上,他们更看重的是前者。

这里,本书无意纠缠于颠覆与抑制孰轻孰重的问题,然而有一点是可以肯定的,那就是无论新历史主义的美国派还是英国派,都对文学的动力功能予以确认。可见,无论是新历史主义者还是文化唯物主义者,在进行文学研究时,都没有孤立地就文本论文本,而是"把文本看作揭示其他话语的藉口,看作一部大的文化法规的局部表达,或者看作影响他们的理论成见的确认"①。

二　新历史主义文学功能论与《麦田里的守望者》

这里,可以美国现代经典小说《麦田里的守望者》为例,运用新历史主义文学功能论阐释该小说所蕴含的反叛的悖论。

《麦田里的守望者》在出版之初曾经一度被列为禁书。综观全书,的确很难看到什么能给人以安慰或者希望的东西。拿小说的主人公霍尔顿来说,这个出身于富裕中产阶级家庭的年仅十六岁的少年,竟然身负四次被学校开除的记录,并且他毫无悔改之意,在第四次被逐出学校之后、因害怕父母的责骂,干脆只身在美国最繁华的纽

---

① Ryan, Kiernan ed. *New Historicism and Cultural Materialism: A Reader*. London, Arnold: a member of the Hodder Headline Group, 1996. p.115.

约市中心游荡了一天两夜,其间他吸烟,酗酒,嫖妓……一个正值大好年华的青春学子,却这样不求上进,自甘堕落,怎能不令人备觉惋惜,同时也深感嫌恶呢?此外,霍尔顿衣衫不整,张口"他妈的",闭口"混帐",满嘴污言秽语,对他所耳闻目睹的几乎一切社会现象均充满鄙视和厌恶。

那么,霍尔顿所面临的是怎样一种社会现实呢?先来看学校,这里本应是一个健康、纯洁、洋溢青春朝气的地方,学生们在这儿却"一天到晚干的,就是谈女人、酒和性,再说人人还在搞下流的小集团……"①;年逾七十的老教师斯宾塞先生,本因历经沧桑对少不更事的学生有起码的仁爱和宽容,但他却丝毫不顾霍尔顿的内心感受,在霍尔顿即将离开校园之际,故意喋喋不休地刺激他的痛苦,给他原本灰暗的心理又蒙上了一层阴霾;霍尔顿所唯一敬佩的老师安多里尼先生,却谆谆教导他:"一个不成熟男子的标志是他愿意为某种事业英勇地死去,一个成熟男子的标志是他愿意为某种事业卑贱地活着。"(第175页)揭开其莫名其妙、含糊不清的字表,不难发现这句话所蕴含的赤裸裸的唯利是图的利己主义本质。更有甚者,这位冠冕堂皇的师长后来还被发现有同性恋嫌疑。这给走投无路的霍尔顿又来了当头一棒,令他不知所措……再来看家庭,霍尔顿虽然拥有一个富裕的家庭,但像他的众多家境优越的同学一样,父母强迫他读书只

---

① 塞林格:《麦田里的守望者》,第122页,施咸荣译,译林出版社,1999年。本书所引小说中的语句均出自于此,以下仅在引文后标示页码,不再另注。

不过为了将来出人头地,享受富贵,对于他丰富的情感世界,父母却不屑过问;至于社会,繁华的纽约市中心可谓社会的一个缩影,这儿充斥着欺诈、暴力、淫秽……可谓罪恶的渊薮。

作为塞林格的第一部、也是唯一的一部长篇小说,《麦田里的守望者》出版于1951年。当时欧洲大陆正处于艰难的战后恢复时期,但美国却因为远离战场而受害较少,其物质生产迅速发展,人们的生活水平也大大提高。然而两次世界大战毕竟给人们的心灵带来了巨大的冲击,消极、悲观情绪在社会上普遍蔓延。此外,从国内看,当时美国政府奉行麦卡锡主义,遏制共产主义;从国际看,则"冷战"日趋加剧,更使得整个社会笼罩着动荡、冷酷的氛围。在这种情形之下,人们逐渐抛弃了对理想、信仰的追求,而一门心思盯在眼前的实际利益上,一时间自私自利、及时行乐之风盛行。即便有人不安于这种庸俗、颓废的生活,却苦于找不到一条光明的出路,以致出现以酗酒、吸毒、群居等方式反抗现实的"垮掉的一代"。毋庸讳言,这种扭曲、变态的反抗所产生的力量只能是微不足道的,但它却以直面疤痕的勇气,把看似鲜亮、繁华的社会表象之下所隐藏的丑陋和罪恶一针见血地揭示出来,因此,其对于社会现实的颠覆性作用显然不言而喻。与此同时,这群叛逆分子所采取的叛逆方式本身,却又不可避免地遏制了颠覆的力量——因其实在不比他们所嘲弄、诅咒的对象高明多少,相反却在有意无意当中与之同流合污了。

如上所述,格林布拉特强调文学是社会能量在社会生活各个领域当中"协调"的结果,保尔·哈米尔顿将"协调"解释为"使莎士比亚戏剧对其社会来源的潜在的批评被限制、其颠覆被宽恕的手段"①。简言之,协调指的是社会能量的运作方式,即文学与社会发生关系的方式,亦即作家主体性的体现,它在"颠覆"与"抑制"两种社会功能的动态关系中得以实现。格林布拉特指出,在社会政治生活中,统治者运用种种欺诈、卑劣的手段来加强自己的统治,有效抑制了被统治者的反抗,与此同时,其手段的欺骗性,也不可避免地起到了颠覆其统治的效果。由此可见,颠覆与抑制同时发生,相反而相成。在格林布拉特看来,处在由于社会能量的协调运作而交织起来的巨大的社会文化网络中的文学艺术,不可避免地深受这种社会现象的影响,表现出鲜明的颠覆与抑制功能。其中,"颠覆"指对代表统治秩序的社会意识形态的反叛,"抑制"则是对颠覆性力量的反叛,二者形成一个悖论,而文学就在这看似相悖的境况下与社会现实密切结合,融入社会能量的浩大流程之中。

拿小说《麦田里的守望者》来看,一方面,作者独具慧眼,从社会生活当中选取了一幅幅有代表性的画面进行加工、改造,形成一个极具吸引力的艺术世界;另一方面,作品本身也以积极的态度介入现实,对社会发生影响,这从小说所带来的巨大的轰动效应,从其所引发人们的摹仿、质问乃至对现实的深刻反思,便可见一斑。比如主人公霍尔顿,他身上带有鲜明的"垮掉的一代"的特征,是二十世纪中期特定历史阶段的产物。他一方面痛恨虚伪、丑恶的现实,一方面却又

---

① Hamilton, Paul. *Historicism.* p. 157.

染上了其中的相当一部分陋习，无可自拔地陷入他原本避之唯恐不及的泥潭。比如他痛恨充斥着虚情假意的电影，但在百无聊赖之下，却忍不住跑到电影院里消磨时间，最后又声称："我能说的只有一句话：你要是不想把自己的肠子呕出来，就别去看这电影。"（第 129 页）他讨厌虚荣、庸俗的女友，却情不自禁地为她的美色所迷恋，最后在想方设法得以与女友约会之后，又毫不客气地斥责女友不值得一会。他厌恶没有爱情的性生活，却又稀里糊涂地叫来了妓女……总之，霍尔顿无情地嘲笑着、诅咒着社会的丑陋和罪恶，用带有冷幽默式的自述方式，表达了对现实的强烈不满。与此同时，他又以自己可嘲笑、可诅咒的所作所为，使自己的反叛被打上了一个大大的问号。由此可见，小说《麦田里的守望者》体现着反叛的悖论，即颠覆与抑制的同时作用。

说到这里，有关霍尔顿所处处流露出来的对于社会现实的不满，他的毫不掩饰的不合群、不合作态度，应该不难理解了。因为说到底，在这样污浊丑陋的社会当中，所谓的"人才"，不过是一帮奸诈、虚伪、唯利是图之徒。霍尔顿打心眼里瞧不起这样的人，但是他又苦于找不到别的更好的出路，只能反其道而行之，采取一种极端的方式，尽情嘲弄种种所谓的社会规范。从这个意义上说，那顶倒戴着的红色鸭舌帽，正是霍尔顿反叛社会的一个醒目标志。不过与文学史上以往的叛逆形象相比，霍尔顿显然表现出极大的不同，他既没有强大威猛的力量，也没有义盖云天的气度，相反，他的所作所为几乎没有什么可取之处，但他却以自己独特的方式嘲弄、诅咒、抨击了晦暗、肮脏的现实，使人们在忍俊不禁之余，又不免产生对现实的深刻反思。由此，站在这个立场上看，纵然不好冠之以"叛逆英雄"之名，但"叛逆分子"之称，霍尔顿显然还是当之无愧的。小说正是通过这一主要人物的所见所闻、所做所思，深刻揭示各种社会弊病，表现了隐藏在表面的物质繁荣之下的人们的精神危机，用格林布拉特的新历史主义文论观照之，则小说显然较好地实现了对于社会的颠覆性功能。

那么，对于格林布拉特所强调的抑制性功能，《麦田里的守望者》又是如何体现的呢？无可否认，小说从头至尾充斥着社会的阴暗面，但仔细读来，却也不难发现其中的闪光点。比如霍尔顿一提起来便几乎总是赞不绝口的他的小妹妹菲苾。她虽然年仅十岁，却那么聪明机灵，善解人意。她充满热情，但与社会上一大帮假模假式的成人截然不同，她的感情是纯真的，发自内心的，因而令人由衷地感动，使得霍尔顿这个屡遭碰壁、几乎厌弃一切的人一想起来便备觉亲切、温馨，以致他最终打算装聋作哑去过隐居生活之前，冒着被父母发现的危险，去与小菲苾作最后的告别。在菲苾毫不犹豫地拿出自己所有的积蓄——八块六毛五资助落难的哥哥时，霍尔顿顿时泪如泉涌。值得注意的是，在这之前，他经历了太多的挫折和打击，身心交瘁，几近崩溃，却从未掉过泪，因为他知道，在那样一个假模假式的社会中，眼泪是不值钱的，没有谁会真正关心、同情他人，正如他曾毫不客气地讥笑那些看电影流泪的人"心肠软得跟他妈的狼差不离"（第129页），还不无尖刻地宣称"那些在电影里看到什么假模假式的玩艺儿会把他们的混帐眼珠子哭出来的人，他们十有九个在心底里都是卑鄙的杂种"(第129页)。然而就是这个似乎看透一切、打算远远逃开的社会叛逆分子,却在娇弱的、充满稚气的小菲苾面前几乎哭成了泪人,他不再、也无法掩饰自己的感情,因为他真切感受到了小菲苾无私的深情。有了如此纯真、善良、可爱的菲苾在,这个世界毕竟不是一无是处,还是值得留恋的。正是这样,叛逆分子霍尔顿在这份真情的感召下,最终放弃了出走的念头,而是住进医院,接受治疗。可见,霍尔顿由叛离社会到融入其中,小说亦由此实现了其对于颠覆的抑制功能。不过,作为霍尔顿心目中的完美形象,小菲苾无疑在一定程度上被理想化了,使人们在赞赏的同时,不得不投之以怀疑的目光,于是,由这一人物所突显的抑制性功能亦不由自主地随之受挫。

此外,小说主人公霍尔顿固然沾染了种种社会恶习,却并非全无可取之处,在他一天两夜劣迹斑斑的游荡中,偶尔也能窥见他尚未泯灭的人性的闪光。比如他在车站与两位修女的邂逅,由于同情两位修女的贫困处境,他毫不犹豫地从自己身上不多的钱中掏出十元来作为募捐,并抢着替她们付饭钱,分别之后又深为只捐给她们十元钱而自责。不过,最典型地体现霍尔顿人性当中美好一面的,莫过于他向菲苾讲述的、有关自己要做一个"麦田里的守望者"的理想:

> 有那么一群小孩子在一大块麦田里做游戏。几千几万个小孩子,附近没有一个人——没有一个大人,我是说——除了我以外。我呢,就站在那混账的悬崖边。我的职务是在那儿守望,要是有哪个孩子往悬崖边奔来,我就把他捉住——我是说孩子们

都在狂奔,也不知道自己是在往哪儿跑,我得从什么地方出来,把他们捉住。我整天就干这样的事。我只想当个麦田里的守望者。(第161页)

由这一虽幼稚但却真情可感的理想,不难看到霍尔顿对这个他尽情嘲弄、无比厌恶的社会还是充满感情的,他相信纯真的孩子是未来的希望,因此他要捍卫这份宝贵的纯真,这样一来,可以想象,未来的社会将日渐洁净、美好起来。小说亦由此在充满颠覆性的思想的同时,又分明体现着对此的反拨。换言之,小说《麦田里的守望者》较为圆满地体现了新历史主义的文学功能论。

值得一提的是,《麦田里的守望者》的作者塞林格是一个性格孤僻、怪诞、充满神秘色彩的作家。他成名后隐居乡间,住在山顶上的一所小屋里,周围种满树木,又有高高的铁丝网围着,铁丝网上甚至还装有警报器。如此层层设防,目的无非一个,即远离世俗的困扰,沉浸于自己独立的创作天地中。然而,如格林布拉特所言,艺术家固然可以通过他的训练、天才等在创作时尽量关注其自身,却无法根本摆脱连接包揽社会万象的巨大的文化网络,真正伟大的艺术作品正产生于作家的主观因素与社会的客观因素的冲突与调和。正是这样,高山、树林、铁丝网、警报器如此等等,固然可以在一定程度上拉开作家与外界的距离,但却无法使其完全摆脱外界的干预,并且也正是通过对现实的敏锐观察、深刻思索,塞林格的代表作《麦田里的守望者》才以鲜明的颠覆性与抑制性,为新历史主义的文学功能论作了一个很好的注脚，同时也赢得了文坛的广泛赞誉。

再来看小说的结尾，对社会充满鄙视和厌恶，甚至打算去过隐居生活的主人公霍尔顿，最终在菲苾的感召下，放弃出走的念头，回到家中，驯服地接受精神治疗。他甚至想念起他所谈论过的每一个人，包括曾经伤害过他、以前他会避之唯恐不及的人，似乎他跟这个社会完全妥协了，对于反叛的抑制性力量仿佛取得了最后的胜利。然而，小说又写下了这样的结束语："说来好笑，你千万别跟任何人谈任何事情。你只要一谈起，就会想念起每一个人来。"（第198页）这又毫不客气地调侃了霍尔顿自己在上文中所透露出来的平和与温情，颠覆性思想显然包孕其中。

毋庸讳言，关于文学的社会政治功能的论述，并非新历史主义文论所首创。早在两千多年前，古希腊先哲柏拉图对此就曾作过较为清晰、完备的阐述。在柏拉图看来，诗是蛊惑人心、助长陋习的动因，因此他毫不客气地要把诗人逐出理想国："我们会对他说，我们不能让这种人到我们城邦里来；法律不允许这样，这里没有他的地位。"①与此同时，柏拉图又指出"许可歌颂神明的赞美好人的颂诗进入我们的城邦"②，因其有利于理想国的统治。由此，不难看出，在柏拉图那里，文艺与现实是密切相关的，并且文艺应该以服务于政治为己任，否则便要取消其存在的权利。无独有偶，我国儒家传统所宣扬的"文

---

① 柏拉图：《理想国》，第102页，郭和斌、张竹明译，商务印书馆，1997年。
② 柏拉图：《理想国》，第407页。

以载道"的思想,也显然与之不谋而合。至于所谓"社会主义现实主义""革命的现实主义"诸说,更是将文学的政治功能推向了极端,在这种理论的指导下,文艺几乎完全唯政治的马首是瞻,毫无批判性可言,因此自然就只有抑制而无颠覆了。以格林布拉特为代表的新历史主义文学功能论,则强调颠覆与抑制的同时发生,相反而相成,并且在一定条件下还可以相互转化,这就有效地拓宽了理论研究的视野,也更加符合文学自身的规律。无数优秀的文学作品正是在这种颠覆与抑制的矛盾运作中包孕着丰富的历史内涵,并由此产生深远的社会意义。

行文至此,还要补充说明的是,在小说《麦田里的守望者》当中,并没有什么政治性很明显的情节,用颠覆与抑制理论来阐发其社会功能,似乎有过激之嫌,诚然,如果以狭义的"政治"概念来理解,新历史主义文学功能论的确有不少偏颇之处。但如前所述,仔细考察其理论可见,新历史主义所谈的"政治"是一个非常宽泛的概念,包括阶级、种族、性别和性等各方面的关系,这是一个"微观政治学"的概念。从这个意义上看,或许可以说,政治就是人们之间的关系。因此,小说《麦田里的守望者》固然只是涉及教育、友谊、亲情、宗教等等,用新历史主义的文学功能论来阐释之,还是有其说服力的。

福柯曾经提出:"必须取消主体(及其替代)的创造作用,把它作为一种复杂多变的话语作用来分析。"①以格林布拉特为代表的新历史主义文论,可以说沿着福柯的思路继续拓展下去,他们把创作主体置于巨大的社会文化网络之中,主张主体既是受动者,又是观察者、实践者,主体与历史之间是一种动态的、发展的关系。这样,既保持了传统历史主义关于历史环境对主体作用的强调,又突出了主体的能动作用,确实大大拓宽了历史主义有关主体性的内涵。然而,关于主体协调作用产生的缘由以及具体运作方式,格林布拉特则显得语焉不详,有待进一步发掘。

格林布拉特曾经反复强调新历史主义是实践而非教义,新历史主义者也似乎的确不热衷于为自己确立原则、纲领等,其内部的矛盾分歧自然非常突出。尽管如此,作为同一种流派的拥护者,他们毕竟有一定的相通性。阿拉姆·维塞曾经对新历史主义理论的总体主张作过一番颇为精当的总结,包括五个方面:"一是一切表达行为都处于物质实践的网络之中;二是一切揭露、批判和对立的行为都使用它所诅咒的工具,并有着沦为它所揭露的实践的牺牲品的危险;三是文学和非文学'文本'不可分割地相互交流;四是没有任何想象式的或档案式的话语能够通向固定不变的真理或者不可改变的人性;五是恰当地对资本主义文化进行描述的批评方法和语言,其本身也参与

---

① 福柯:《作者是什么?》,逢真译,见王逢振、盛宁、李自修编《最新西方文论选》,第458页,漓江出版社,1991年。

到它所描述的经济之中。"①总之,新历史主义重视文化的总体机制,以辩证的眼光来看待文本与历史的关系,重视主体在历史环境中的动态功能。所有这些,既有传统历史主义的影子,又深刻打上了当代文化批评的烙印。

---

① Veeser, H. Aram ed. *The New Historicism Reader*. London: Routledge, 1994. p. 2.

第三章 非历史主义之批判

历史主义强调文学研究与历史的结合,将主体置于特定的历史环境之中,肯定历史对于主体的重要作用。与此相对,非历史主义则泛指在文学研究中忽视或者排斥历史对主体的决定意义的批评主张。它们或者神化文学主体,提出神上论,将主体的创作以及接受的能力统统归之于神;或者一味强调主体、尤其是创作主体的某种与历史环境无涉而仅仅关乎其自身的天赋或才质,本书谓之"主体中心论";或者突显文本的自主性,着重从语音、语义、语法等语言学的角度展开对文本的分析,对于历史与主体,则要么不屑一顾,要么极力贬低,形成文本自足论。上述理论主张固然各有侧重,但均表现出与历史主义截然相对的批评倾向,在排斥历史对主体或文本的作用上是一致的,故本书统称之为"非历史主义"。它们在文学研究中试图跨越历史,仿佛作为文学主体的作者和读者可以摆脱历史的影响,抑或文本似乎完全可以置身于历史环境之外,形成独立自足的另一天地。对此,本书基于历史主义原则予以批判。

在这里,质疑的对象首先是神化文学主体的神上论,其次是以直觉论、无意识论为代表的主体中心论,其中,接受美学将作为立论的依据之一,既对上述理论主张进行反驳,同时其本身的局限性也将被论及。除此之外,质疑的对象还包括以俄国形式主义、新批评、结构主义、解构主义等为代表的文本自足论批评。以上诸说极大地丰富了文学批评的世界,从某种意义上说,可能触及文学的特殊规律和独有魅力,给人以耳目一新的感受,在一定程度上弥补了一味强调从外在条件入手进行文学研究的不足。尤其这些理论往往适应一定的社会思潮或实践,因此颇受瞩目,在批评界具有一定的影响。然而,由于有意无意地忽视或者排斥文学研究中的历史因素,上述诸论存在着明显的缺陷,它们彼此之间、甚至自身内部都有着种种难以调和的矛盾。

本章以历史主义为隐含的背景,考察与之相异乃至截然相对的批评理论,从反面来论证主体对历史环境的依赖性,强调历史主义所倡导的基本原则,通过批判性质疑,一方面否定文学研究中排斥历史因素的倾向,强调历史环境对文学主体的重要影响;另一方面亦注意汲取上述诸说中的合理成份,为阐明主体与历史之间的复杂关系提供借鉴。

第一节 神上论批判

神上论注重从主体的角度考察文学魅力的源泉,其最为突出的一个特点便是将文学主体与神紧密联系起来,强调其异乎常人常态、常情常理的特质,文学主体被大大神秘化、神圣化了。

首先看柏拉图的"灵感说"。柏拉图把灵感归于两个方面:一是神灵的凭附,二是灵魂的回忆。他明确指出:"凡是高明的诗人,无论在史诗或抒情诗方面,都不是凭技艺来做成他们的优美的诗歌,而是因为他们得到灵感,有神力凭附着。"①所谓"灵魂的回忆",则是指原本生活于神灵世界中的不朽的灵魂,后来投生为人,由尘世的美而回忆起上界中真正的美。处在这样两种情况之下,诗人失去了平常的理智,陷入迷狂状态,最美妙的诗歌便由此而产生。创作者如是,接受者亦然。按照柏拉图的观点,"诗神就像一块磁石,她首先给人灵感,得到这灵感的人们又把它递传给旁人,让旁人接上他们,悬成一条锁链"②。可见,柏拉图没有像大多数现代批评家那样对艺术家与批评家的作品进行灵感突发与理性分析的区分,而将之视为一个连续体,"批评家的作品并不比诗人的作品更具有理性,批评家所掌握的知识也并不比诗人的更具有真实性"③。总之,柏拉图眼中的天才诗人是神力作用的结果,与现实世界无关。

"灵感"在希腊文中的原意是指"神赐的灵气",这显然与人类早

---

① 柏拉图:《文艺对话集》,朱光潜译,见《朱光潜全集》(卷12),第9页,安徽教育出版社,1996年。
② 柏拉图:《文艺对话集》,见《朱光潜全集》(卷12),第9页。
③ Leitch, Vincent B. (General Editor), william E. Cain, Laurie A. Finke, Barbara E. Johnson, John McGowan and Jeffrey J. william ed. *The Norton Anthology of Theory and Criticism*. p. 35.

期的诗性思维密切相关,而生活在那样一种历史氛围中的柏拉图也不可避免受其影响。不过,柏拉图的高明之处在于,他结合自己的理式论对古老的灵感说做了进一步发挥。比如在回忆说中,他将灵感的源泉与理式相联系,指出只有那些德才兼备的人,才会受灵感的青睐,得窥理式世界的奥秘,创作出优秀的艺术作品来,这便又将灵感与主体的自觉努力挂起钩来。更值得注意的是,柏拉图以艺术不具有真实性及其负面的社会效应为由,要把诗人逐出他的理想国。对此,有人从维护统治秩序的角度,指出:作为一个有着明确的政治抱负的批评家,柏拉图为了贯彻一条同一的政治路线,主张应有效地消除诗人,因为诗人使用象征和比喻可能会干扰这一路线的执行[①]。基于同样的考虑,柏拉图允许歌颂神明的、赞美好人的颂诗进入理想国,因其有利于城邦的统治。可见,柏拉图固然把诗人的天才创作归之于神力的作用,但作为一个有着鲜明的政治自觉意识的哲人,他终究不能把文艺完全排除于社会历史之外。

至中世纪,随着基督教的兴盛,天才的创造力被很自然地与上帝联系到一起。用奥古斯丁的话说:"谁能通过你的'圣神'而观察这些事物,你便在他身上观看。因此,他看出万物的美好时,是由于你看见其美好。"[②]这样,奥古斯丁不仅把美的创造,而且把美的欣赏,统

---

① Baker, Houston A. Jr. "Hybridity, the Rap Race, and Pedagogy for the 1990s". See Penley, C. and A. Ross ed. *Technoculture*. Minnesota: the Regents of the University of Minnesota, 1991. p. 205.

② 奥古斯丁:《忏悔录》,第 320 页,周士良译,商务印书馆,1982 年。

统都归于了上帝。具体到文学领域,则作者与读者似乎只要保有对上帝的虔诚信仰,便自然可以获得创作与欣赏的完美效果。这种天才与神赐相结合的观点,在文艺复兴之前的理论当中较为普遍。这两方面似乎存有矛盾,但如果从"天才本身产生于神"这一角度来看,二者无疑又是统一的。

根据艾布拉姆斯的总结,兴盛于19世纪早期的浪漫主义文学批评纵然各家林立,众说纷纭,却有着一个共有的根本特点,即"一味地依赖诗人来解释诗的本质和标准"[①],从一个个新的视角来重新定位天才。比如以植物喻天才,强调天才的自然生成,而非制作出来的产物;以梦幻喻天才,强调天才创作的无意识性;以流水喻天才,强调天才的灵动性;以灯、火等发光物喻天才,强调天才的自主性和创造性……总之,在浪漫主义批评家看来,文本(这里主要表现为诗歌)的产生完全系于天才的作者之一身,并且面对创作的冲动,作者本人表现出无法用理智来控制的特点。换言之,作者只能任由创作的激情喷涌而出,如拜伦所说:"有如海波最终冲到岸沿才碎没,热情也把它的波浪尽泄在纸上而成为诗歌。本来诗歌就是情感……"[②]然而,考察当时浪漫主义的代表诗作,无论是《抒情歌谣集》,还是《东方叙事诗》,无论是《古舟子咏》,还是《西风颂》,它们清新隽永也好,激情澎湃也罢,要说完全摆脱了当时资产阶级革命胜利之后的欧洲现实,以

---

① M·H·艾布拉姆斯:《镜与灯》,第7页,郦稚牛、张照进、童庆生译,王宁校,北京大学出版社,1989年。

② 拜伦:《唐璜》(上),第346页,查良铮译,王佐良注,人民文学出版社,1980年。

及以康德、费希特、谢林等为代表的先验哲学的影响,恐怕只能是一厢情愿的幻想。作者毕竟不能超脱于他所处的历史环境,无论有着怎样的创作天赋,一定时代的风气、习俗、思潮等等,早已不可阻遏地流露于他的笔尖。

当然,随着社会的发展,较之于以往的批评主张,19世纪的浪漫主义天才论已逐渐淡化了神明色彩,其目的也并非如早先的神上论那样宣扬神的威严和力量,而是强调人、尤其是个体精神上的自由、独立与伟大。与此同时,虽然目的不同,所采取的途径也迥然有异,但它们无疑都达到了突显文学主体的至高无上以及超越于常情常理之外的特性的效果,于是,在精神实质上又表现出一定的相通性。

从某种意义上看,神上论的确捕捉到了文学主体超乎寻常的一面,将之与一般大众区别开来。然而,文学主体毕竟不可能全然超脱于一定的历史环境之外,无论神赐还是天才,归根结底不过是文学主体依托于历史环境、在一定程度上对现实境遇进行加工、改造的产物。因此,拨开文学创作与欣赏的神秘的面纱,历史环境的因素往往有其无法抹除的印痕。

第二节　主体中心论批判

主体中心论将主体置于文学研究的中心,主张从主体一维探寻文学的奥秘。据此,作者凭借无法理喻、甚至无法控制的直觉或者本能进行创作,与外在环境毫无关系,读者也同样只有在达到与作者同一状态之下才能真正领略艺术的魅力。与之相对,接受美学围绕读者这一维度展开文学研究,重点考察读者的反应或者说积极参与作用,强化文学的历史性内涵,文学的社会功能得以张显。然而,它们彼此之间、加之自身内部的矛盾说明了其各自的偏颇。由此出发,对主体中心论的质疑即从反面肯定历史主义的基本原则,概言之,主体不能脱离特定的历史环境,只有把创作主体、阅读主体与历史密切结合,才能对文学艺术有全面的认识和理解。

与神上论相似,以克罗齐为代表的直觉说从另一个角度论证了艺术创作独立自主、无复依傍的特点。克罗齐有一句名言:"一切真历史都是当代史。"[①]他反对区分过去、现在、将来,主张视全部历史为一个整体。这无疑体现出了历史主义的一个重要规定性——历史发展观。克罗齐的表述言简意赅,对此后的阐释学、接受美学有重要影响。不过,与此同时,克罗齐一再表示"历史就是思想","历史与哲学同一,事实与观念同一"[②],将历史限定于心灵活动之中。可见,作为黑格尔哲学的批判者,克罗齐同黑格尔一样,也是以唯心主义的眼光来观照世界,比黑格尔更有甚者,克罗齐完全无视于客观存在的真实性。与之相应,克罗齐创立了其著名的直觉论美学,明确表示:"简

---

① 克罗齐:《历史学的理论和实际》,第 2 页,傅任敢译,商务印书馆,1997 年。
② 克罗齐:《历史学的理论和实际》,第 42—43 页。

单地把直觉作为艺术的定义,就已经给艺术下了完整的定义。"①他进一步以"艺术不是什么"来从反面展开论证,提出著名的关于艺术的四个否定性命题:"艺术不是物理的事实""艺术不是功利的活动""艺术不是道德活动""艺术不具有概念知识的特性"②,旨在分清艺术与其他心灵活动的界限,把艺术同物理、概念、功利、道德等因素划分开来。为此,他否认艺术的传达、艺术的分类、艺术的价值等等艺术与现实密切相关的成份。同样道理,克罗齐把艺术欣赏亦统一于天才的创造,指出:"要判断但丁,我们就须把自己提升到但丁的水平……在观照和判断的那一顷刻,我们的心灵和那位诗人的心灵就必须一致,就在那一顷刻,我们和他就是二而一。我们的渺小的心灵能应和伟大的心灵的回声,在心灵的普照之中,能随着伟大的心灵逐渐伸展,这个可能性就全靠天才与鉴赏力的统一。"③

或许为了加强其理论的严密性,克罗齐后来又提出了艺术的"依存性"与"整一性"原则,力求把其他心灵活动与直觉融合起来。这无疑有效拓宽了艺术活动的界域。在后期论著中,克罗齐更明确表示艺术创作需要"实践的智慧,这在任何实践劳动中都是一模一样的,只是要根据所要解决的问题而有所不同",艺术家要"把他作为哲学家、史学家、科学家、演说家和政治家所生产的东西仪表堂堂、十分自

---

① 克罗齐:《美学原理 美学纲要》,第229页,朱光潜、韩邦凯、罗芃译,外国文学出版社,1983年。
② 克罗齐:《美学原理 美学纲要》,第209-219页。
③ 克罗齐:《美学原理 美学纲要》,第132页。

信地向人们展示出来,或者只简单地展示使他们感到激动的东西,展示他的心情和情感"①。这里可见克罗齐对艺术创作实践技巧的重视,在一定程度上修正了直觉说。比如托尔斯泰,他作为一个有着丰厚的艺术修养的大师,从未满足于自己的艺术天赋,而一贯重视从生活中收集素材,比如到剧院中观察先生太太们的各种姿态,到农场上体察农民们的言谈举止,甚至在与路人的邂逅中记录下有趣的谈资。正是这样不断地从现实中汲取活生生的素材,托尔斯泰的创作才会富含生活底蕴,活灵活现而入木三分。

有论者指出,克罗齐的"直觉"与康德的"无功利的观照"、席勒的"游戏"、施莱格尔的"自由"诸概念遥相呼应。②可见,直觉说在批评史上毕竟不是孤立的,这可以说从一个方面验证了克罗齐"一切真历史都是当代史"的思想,也提醒人们在考察历史环境的因素时,不应当拘泥于一时一地的情况,而应把过去、现在和未来结合起来。此外,克罗齐的直觉说把艺术独立自主的特性突显出来,并集中体现于创作者的决定性地位上,较为巧妙地捕捉到了艺术世界的独到之处。然而,其明显要把艺术与现实割裂开来的企图,又使之不由得令人质疑。比如,克罗齐从否认艺术的物质属性出发,进而否认艺术的传达,认为由直觉产生的意象就是艺术品了,无须再借助任何媒介或手

---

① 克罗齐:《美学或艺术和语言哲学》,第109—110页,黄文捷译,中国社会科学出版社,1992年。

② See Volpe, Galvano Della. "The Semantic Dialectic". See Volpe, Galvano Della. *Critique of Tast*. M. Caesar trans. London: NLB, 1978. p. 184.

段将之表现出来。果真如此的话,则但丁的《神曲》将只能由他本人才能欣赏,艺术恐怕也将名存实亡了。不过,也不妨换一个角度来看克罗齐的"依存性"和"整一性"原理,即:一方面,不能片面强调艺术中的概念、功利、道德等现实因素;另一方面,也不能把它们同艺术截然对立,因为艺术毕竟不是空中楼阁、无中生有的,而是个性与共性、普遍性与特殊性的统一。并且,概念、功利、道德等因素并不是强加于艺术之上,而是交融于纯直觉当中,即这些都是通过纯粹直觉的方式表现出来的。这样一来,克罗齐的直觉说应该会更具说服力。

  同是高扬直觉,另一位直觉论大师柏格森与克罗齐的看法有一定区别。如前所述,克罗齐所谓的直觉类似于直观,是一种感性认识,强调的是在艺术创造过程中心灵赋情感于个别意象的活动。而柏格森所谓的直觉,是一种本能地把握对象的内在生命本体——他称之为"绵延""绝对""自我""生命冲动"等的心灵洞察力。柏格森反对理性主义宣扬的依赖于表面现实的所谓理智的认识,不无讽刺地指出:"我的感官和意识,显示给我的现实只不过是实用的、简化了的现实。在感官和意识为我提供的关于事物和我自己的景象中,对人无用的差异被抹杀了,对人有用的雷同之处被强调了,我的行为应该遵循的道路预先就被指出来了。"[1]柏格森认为,出于功利的目的,理智使人们对于事物的认识局限于表象,其实质则不可避免被歪曲,而且,理智靠概念进行抽象推理,因此又不免受制于各种符号或其他媒

---

[1] 柏格森:《笑:论滑稽的意义》,第92页,徐继曾译,中国戏剧出版社,1980年。

介,自然难于认识事物的真相。总之,柏格森的直觉是主体的一种超感觉、超功利、超概念的内在认识,表现在艺术上便是注重现实事物的某一点所唤起的主体的纯主观的联想,呈现在作品当中则是大量的梦境、幻觉、意识流等的描写。

直觉论对现代艺术的影响是有目共睹的,尤其是打破概念和功利的束缚,可谓现代派作家所努力追求的一个目标。然而,无可否认的是,在现代艺术家看似随心所欲、即兴发挥的表面之下,并非纯粹偶然的、随意的意识流动,也不可能完全摆脱当时的社会背景,而是隐蔽地、曲折地揭示出特定的历史环境以及基于此之上的创作主体的思想观念。

以小说《墙上的斑点》为例,作为弗吉尼亚·伍尔夫的早期力作,《墙上的斑点》在意识流小说史上具有开创性意义,换一个角度看,这部小说表现出鲜明的反现实主义文学传统的特质,简言之,"作为一个小说家,弗吉尼亚·伍尔夫的原动力即来自于对现实主义的摈弃"[①]。正是这样,在其著名的演讲《班奈特先生和勃朗太太》中,伍尔夫直言:"人与人之间的一切关系——主仆之间、夫妇之间、父子之间——都改变了。人的关系一变,宗教、德行、政治、文学也将随之而改变",然而,"在1910年左右开始写小说的男男女女面临着这样一个巨大的困难——没有一个活着的英国作家可供他们效仿",传统的

[①] Blamires, Harry. *Twentieth-Century English Literature*. London: Macmillan, 1982. p. 117.

小说家们"不看生活,无视人性。发展了一套适合他们的意图的小说技巧,他们缔造工具、树立规范来达到自己的目的。但是他们的工具不是我们的工具,他们的目的不是我们的目的。对于我们,这些规范是毁灭,这些目的是死亡"①。基于这种反传统的精神,伍尔夫在小说创作实践中亦大胆革新,《墙上的斑点》便成为其在意识流小说方面勇敢探索的一部开山之作。

与传统小说不同,时间、地点、人物、事件诸要素,在《墙上的斑点》中均找不到确定无疑的答案。小说开篇第一句话:"大约是在今年一月中旬,我抬起头来,第一次看见了墙上的那个斑点。"②其中,"大约"一词点出了时间的不确定性,主人公"我"的身份也十分模糊,"斑点"与"我"的联系亦纯属偶然。再往下看,无论"斑点"还是"我",几乎都处于静止不动的状态,因此谈不上什么情节的发展,与之形成鲜明对照的是,"我"的意识活动异常活跃,成为小说描绘的重心所在。并且,与传统小说的心理描写不同,在《墙上的斑点》当中,主人公"我"的意识活动如同梦中呓语,显得零碎而杂乱,令人摸不着头脑。比如就时间看,从眼前到数月前、数年前乃至千百年前,以及今后乃至遥远的未来甚至于来世,外在的时间顺序完全被打破,过去、现在与未来交织、穿梭在一起。又比如就空间看,虽然小说所描绘的

---

① 弗吉尼亚·伍尔夫:《班奈特先生和勃朗太太》,见柳鸣九主编:《意识流》,第414—424页,中国社会科学出版社,1989年。
② 弗吉尼亚·伍尔夫:《墙上的斑点》,见郑克鲁选编:《20世纪外国文学作品选》,第497页,文美惠译,复旦大学出版社,2009年。本书所引小说中的语句均出自于此,以下仅在引文后标示页码,不再另注。

物理空间应当是极其有限的,但在"我"的意识当中,却没有什么界限,近至触手可及的炉火、烟雾,远到不着边际的旷野、大海,似乎全凭兴之所至而信手拈来,呈现出极大的跳跃性。这里,诚如许多论者所言,客观存在的"斑点"成为连接主人公"我"主观意识的纽带,因为"我"的每一次意识流动都是从"斑点"引发开去,然后又回到"斑点"上来,直到"斑点"的问题得到解决——"哦,墙上的斑点!那是一只蜗牛"(第502页)。"我"的意识流动即随之告停,小说亦由此而结束。然而,归根结底,"我"的意识流动并非统一、有序的,与传统小说不同,在这里,人物的几段思绪漫游并没有因为"斑点"的存在而有任何逻辑关联,并且,"斑点"只不过作为一次次思绪漫游的"中转站",意识活动本身则与"斑点"之间没有任何必然的联系。由此,整篇小说读上去仿佛随意拼凑而来,并不构成一个顺理成章、井然有序的虚构的世界,作者的主观倾向性亦十分模糊。

那么,是否就如同直觉论所主张的,小说《墙上的斑点》无涉于现实及理性、只是抒写个人的直觉呢?恐怕并非如此简单。如上所述,作者弗吉尼亚·伍尔夫是一个有着强烈的理论自觉意识的作家,就创作方法而言,她对现实主义传统从理论上进行了猛烈的抨击:

> 向内心看看,生活似乎远非"如此"。仔细观察一下一个普通日子里普通人的头脑吧。头脑接受千千万万个印象——细碎的、奇异的、转瞬即逝的、直到用利刀镂刻一般的。这些印象像无数原子一样,从四面八方纷至沓来。当它们降落下来,当它们

构成星期一或星期二一天的生活时,着重点所在和从前不同了,要紧的关键换了一个地方。这一来,如果作家是个自由人而不是奴隶,如果他能写他想写的而不是写他必须写的,如果他的作品能依据他的切身感受而不是依据老框框,结果就会没有情节,没有喜剧、没有悲剧、没有已成俗套的爱情穿插或者最终结局,也没有一颗纽扣是按照邦德大街上裁缝的那种标准方式缝起来的。①

基于这种打破文学常规的精神,伍尔夫以意识流创作方法代替传统的现实主义方法,正是这样,小说《墙上的斑点》看似杂乱无章、随意拼凑,实际却是作者探索文学发展新出路的自觉而为之的结果,其中蕴含着伍尔夫对当时文坛状况的反思以及对未来文学发展的严肃思考。再推而广之,撇开文学问题不谈,在人物看似不经意的自由联想过程中,作家亦通过似乎随意闪现的意识的火花,表达了对各种人情世事的独特见解。比如:"生命是多么神秘;思想是多么不准确!人类是多么无知!……人的生活带有多少偶然性啊……要是拿什么来和生活相比的话,就只能比作一个人以一小时五十英里的速度被射出地下铁道,从地道口出来的时候头发上一根发针也不剩。光着身子被射到上帝脚下!头朝下脚朝天地摔倒在开满水仙花的草原

---

① 弗吉尼亚·伍尔夫:《现代小说》,转引自侯维瑞:《现代英国小说史》,第287页,上海外语教育出版社,1985年。

上,就像一捆捆棕色纸袋被扔进邮局的输物管道一样!头发飞扬,就像赛马会上一匹跑马的尾巴。对了,这些比喻可以表达生活的飞快速度,表达那永不休止的消耗和修理;一切都那么偶然,那么碰巧。"(第498页)这里,伍尔夫以一系列奇特的情景揭示生活的莫测、世事的无常,与之相应,人显得那样的软弱、无助,而人如果不自知,妄图以理性去穷尽存在的奥秘,又是多么的可笑、可悲。又比如:"我奇怪现在到底是什么代替了它们,代替了那些真正的、标准的东西?也许是男人,如果你是个女人的话;男性的观点支配着我们的生活,是它制定了标准,订出惠特克的尊卑序列表;据我猜想,大战后它对于许多男人和女人已经带上幻影的味道,并且我们希望很快它就像幻影、红木碗橱、兰西尔版画、上帝、魔鬼和地狱之类的东西一样遭到讥笑,被送进垃圾箱,给我们大家留下一种令人陶醉的非法的自由感——如果真存在自由的话……"(第499—500页)作为公认的女权主义先驱,这时的伍尔夫虽尚未形成明确的女权主义思想,但对于男权传统的嘲讽与反抗已经清晰可见。总之,小说《墙上的斑点》看似散乱、随意,实则不然,"充满了伍尔夫对艺术、文学、生命、死亡的深刻思考"[①]。

此外,小说《墙上的斑点》与其所创作的时代背景又是怎样的关系呢?恐怕同样不能抹杀二者之间的内在关联。乔治·艾略特曾经说过:"我们从艺术家身上——不管他是画家、诗人抑或小说家——

[①] 代新黎:《伍尔夫小说概论》,第57页,陕西人民教育出版社,2009年。

得到的最大好处,便是同情心的极大增长。"①《墙上的斑点》正是如此,主人公似乎随意流淌的思绪漫游与社会现实发生着若有若无的微妙联系,由此触发人们对于现实问题的深切关注和思考。比如小说当中多次出现与战争相关的话题,像开头部分的"过去关于在城堡塔楼上飘扬着一面鲜红的旗帜的幻觉又浮现在我脑际,我想到无数红色骑士潮水般地骑马跃上黑色岩壁的侧坡"(第497页),又多处出现有关"上校""营地""箭镞""坟墓"等的联想。直至小说结尾部分由买报纸而引发的诅咒:"不过买报纸也没有什么意思……什么新闻都没有。该死的战争;让这次战争见鬼去吧!"(第502页)。值得注意的是,小说《墙上的斑点》创作于1917年,第一次世界大战的阴影挥之不去,战争所导致的惨痛的心灵创伤更是难以平复,对此,小说虽不曾正面观照,却也巧妙传达出了战争所带给人们的心灵上的威压,随之而来,无法摆脱的精神困境便在主人公所有的意识活动当中如影随形,显然,这种精神困境并非主人公所独有,而是整个西方现代社会精神生活的写照。

总之,作为一种创作技巧,"意识流"已经广泛渗透于西方现代派文学当中。"几乎没有一本现代派作品不是直接或间接地受到意识流的影响,并从它的创作方法中得到启示的。"②必须注意的是,意识流小说表面上看似主观、随意,然而,其与特定历史环境的联系以及

---

① Sue, Roe and Sellers Susan. *The Cambridge Companion to Virginia Woolf*. Shanghai Foreign Language Education Press, 2001. p.191.
② 侯维瑞:《现代英国小说史》,第312页。

在此基础之上的作家的自觉追求终究隐约可见。

如果说神上论把文艺的主体高度神圣化,直觉论则努力将之拉回到平常人间来。而同样是从主体一维来探求文学的奥秘,无意识理论又将视角伸入到人们意识之外的领域,用克罗齐的话来说,就是"把天才从高到人不可仰攀的地位降到人不可俯就的地位"①。

弗洛伊德首先开始对无意识领域进行的系统研究,并将之与文学现象紧密联系起来。他把现实中未被满足的愿望视为幻想的动力,指出:"每一个单一的幻想都是愿望的满足,都是对令人不满意的现实的纠正。"②至于文学创作,在弗洛伊德看来,也不过如同白日梦一般,是作家在现实中未被满足的愿望的一种曲折的表现方式。这里所谓"未被满足的愿望",主要便是指性欲,并且集中于恋母情结——弗洛伊德称之"俄狄浦斯情结"——之上。仿佛掌握了一把"万能钥匙",弗洛伊德由此对文学艺术展开了独特的精神分析式的解读。于是,诸如《俄狄浦斯王》《哈姆莱特》《卡拉马佐夫兄弟》等等包蕴着无比丰富的文化内涵以及无比深邃的社会意义的文学巨著,经由弗洛伊德的分析,不过成了一场场对于女人的性竞争的演练。读者欣赏的快乐亦同此理,表现出现实当中受压抑的愿望的满足,并且"这个效果的不小的一部分归功于作家使我们开始能够享受自己

---

① 克罗齐:《美学原理 美学纲要》,第 22 页。
② 弗洛伊德:《作家与白日梦》,徐伟、刘成伦译,见弗洛伊德:《论文学与艺术》,第 102 页,常宏等译,国际文化出版公司,2001 年。

的白日梦而不必自我责备或感到难为情"①。通过对潜意识领域的发掘,弗洛伊德把文学创作与现实欲望结合起来,并尤为注重从作家的童年生活中搜寻蛛丝蚂迹,论证自己的所谓"情结"理论,将极为丰富、复杂的文学现象大大简单化了。

值得注意的是,弗洛伊德一方面坚持从作者一维来解释文学创作的起源,另一方面,他又把文学创作乃至欣赏统统归结为人们植根于幼年时期的某一特定情结,从而从根本上否认了主体的差异性、自觉性。这在某种意义上正契合了20世纪、尤其是20世纪中后期以来人们对主体性的反思乃至拒斥的思想倾向,因而深受瞩目。至于弗洛伊德的学生荣格,则更明确表示艺术创作不是作家个人的事,个人方面的东西不能作为评价艺术作品的标准,"真正的艺术作品的基本要义就在于:它成功地摆脱了个人的局限,走出了个人的死胡同,自由畅快地呼吸,没有个人那种短促气息的样子"②。于是,弗洛伊德的个体无意识被荣格发展为集体无意识,简而言之,即由遗传形成的某种心理气质。荣格主张取消作家的个性,不是以其个人、而以一个大写的"人"的身份向全人类诉说,因为"艺术家不是一个赋有力求达到其目的的自由意志的人,而是容许艺术通过自己以实现它的目的这样一个人。作为一个人,他可以有一定的心情、意志和个人目的,可是作为一个艺术家,他是一个更高意义上的人——他是一个

---

① 弗洛伊德:《作家与白日梦》,见《论文学与艺术》,第108页。
② 荣格:《分析心理学与诗的艺术》,见荣格:《人、艺术和文学中的精神》,第79—80页,卢晓晨译,晏玄校,中国工人出版社,1988年。

'集体人',一个带领并且塑成全人类之潜意识的心理生活者"①。至于读者,荣格认为,也只有在集体无意识支配之下,才能真正领悟艺术作品的意义。以此为据,反观周围社会,荣格批评现代人往往过于相信自己的理性,极度缺乏内省,以致产生日益焦灼不安的心理疾病。总之,在荣格那里,主体的决定性地位应归于集体无意识,有时他又称之为"原型"或者"原始意象","它们是生命本身的一个组成部分——以情感为中介,将自身与生命个体连为一体的种种意象"②。

荣格的集体无意识理论力图将作者和读者提升至一个不受其周围环境干扰的、与人类本真的生存状态相勾通的境界,为此,他拒斥主体特定的历史境遇的影响。然而,就实际文本看,作家及其笔下的人物终究不能完全脱离他们所处的历史环境,托尔斯泰的安娜·卡列宁娜的命运如此,聂赫留朵夫和玛丝洛娃终究未能结合的《复活》结局同样如此。又比如巴尔扎克,其代表作《高老头》中的鲍赛昂夫人贵为王室后裔,对新兴资产阶级不屑一顾,却教导不谙世事的年轻大学生拉斯蒂涅:"你得以牙还牙对付这个社会。……你越没有心肝,越高升得快。你得不留情的打击人家,叫人家怕你。只能把男男女女当做驿马,把它们骑得筋疲力尽,到了站上丢下来;这样你就能到达欲望的最高峰。"③一番赤裸裸的训诫把鲍赛昂夫人贵族的体

---

① 荣格:《心理学与文学》,见《人、艺术和文学中的精神》,第110页。
② 荣格等:《人及其表象》,第99页,张月译,宋运田校,中国国际广播出版社,1989年。
③ 巴尔扎克:《高老头》,第70页,傅雷译,人民文学出版社,1978年。

面、尊严一扫殆尽,她纵然竭力维持表面的高傲,骨子里实际上已经认可了资产阶级社会尔虞我诈、金钱至上的行为准则。身为作者,巴尔扎克一方面出于对贵族头衔的尊敬和向往,对鲍赛昂夫人的黯然归隐深表同情,另一方面也客观地写出了贵族衰败的历史命运。鲍赛昂夫人形象包含着作者独特的情感体验以及特定的历史背景。对之视而不见,显然不利于准确、深入地把握作品的思想内涵。遗憾的是,荣格的集体无意识却要拒其于门外。

弗洛伊德的个体无意识理论专注于作家幼年时期的生活经验,从中挖掘所谓俄狄浦斯情结的线索,荣格的集体无意识理论则将视角触及辽远的人类历史早期以及广阔的社会生活,相比较前者,显然包括着更为丰富的历史内涵。与此同时,集体无意识理论虽然还是突出了作家通过创作代整个人类立言的地位,但对其所处具体的历史境遇以及自觉努力等自身状况的忽视,又使得其对主体与历史关系的研究不够全面。至于精神分析学说的后期代表拉康,则结合当代的学术思潮对弗洛伊德理论进行新的改造,"突出了语言对于身份的优先地位"[①],主体消融于语言机制之中,受制于语言的游戏规则,至此,主体性不免名存实亡了。不容忽视的是,弗洛伊德所开创的无意识理论的意义不在其结论,而在于它对无意识领域的发现与探寻,这一点应当说已为批评界所公认。

[①] Baldick, Chris. *Criticism and Literary Theory 1890 to the Present*. New York: Longman Publishing, 1996. p. 176.

以《安娜·卡列宁娜》的创作为例。托尔斯泰创作《安娜·卡列宁娜》的初衷很明确:写一个贵族妇女的不忠以及由此而产生的悲剧,把描述的重点从《战争与和平》的浩大的历史视野转向相对比较琐屑、也更为人所熟知的家庭生活。关于小说的具体写作缘起,一向流传着三种说法:一是与一位同叫安娜的妇女有关,她因为嫉妒情人移情别恋而卧轨自杀,托尔斯泰曾亲眼目睹了其血肉模糊的惨状;二是与幻觉有关,托尔斯泰曾对友人描述他在一次昏昏欲睡之中出现过一个女人的幻觉,美丽而痛苦,唤起他与之交流、并探求其心灵秘密的愿望;三是与诗句有关,托尔斯泰曾读到普希金诗作的开头一句"客人来到了乡居",甚是称许,认为这简单几个字一下子把人物投入到事件的中心,可谓小说开篇的典范,于是就摹仿之,开始了《安娜·卡列宁娜》的写作,其全书的第二句、亦即叙事的第一句便是"奥布隆斯基家里乱成一团"[①]。这里,安娜的自杀也好,幻觉也好,普希金的诗作也好,无一不带有偶然性的特点,表面看来,似乎可以把小说的创作归于作者的一时兴起或灵感突发。然而,具体考察小说《安娜·卡列宁娜》的创作情况,则文本与历史环境的密切关系很难回避,由此,创作主体决定式的阐释亦不免令人质疑。

首先,从表层的意义看,小说中存在着大量取材于真人真事的部分。比如主人公安娜相貌的某些特征取自普希金的女儿玛丽娅,另

[①] 列夫·托尔斯泰:《安娜·卡列宁娜》,第3页,姜明译,北京十月文艺出版社,1998年。

一位主人公列文,则带有明显的托尔斯泰自己的影子,其仆人阿加菲娅更是托尔斯泰家中同名女仆的翻版。此外,卡列宁、斯捷潘、尼古拉等人以及围绕他们所发生的事件,无不或多或少带有现实的痕迹。因此,把小说的创作完全归于作者的凭空虚构显然是不恰当的。托尔斯泰作为一个有着丰厚艺术修养的大师,也从未满足于自己的艺术天赋,而一贯重视从生活中收集素材,并最终创作出富含生活底蕴的现实主义佳作。如果再作深层次的发掘,可见小说《安娜·卡列宁娜》不仅有着毕肖现实的一面,还深刻揭示了具有社会本质意义的问题。就以女主人公安娜看,她显然与作者心目中理想的妇女形象有差距。托尔斯泰的夫人索菲娅曾经在日记中写到:"他(指托尔斯泰)一贯反对妇女自由和所谓平等。昨晚他突然说,一个女人,不管她做哪一种工作:教书、行医、搞艺术,都追求一个目标——性爱。一旦达到这一目标,她的全部业务就将荒废。"①其对妇女的贬低和蔑视显而易见。与此相应,托尔斯泰将相夫教子视为妇女的最高使命。基于这种妇女观,他将多莉和基蒂塑造成了贤妻良母式理想妇女的典范。

值得注意的是,托尔斯泰的这种妇女观并非偶然,而有其深刻的社会历史根源,是俄罗斯落后、保守的传统思想的反映,处于沙皇统治下的具有封建色彩的农奴制社会,更有着孕育这一保守的妇女观

---

① C·A·托尔斯泰娅:《托尔斯泰夫人日记》,第 377 页,张会森、晨曦译,中国社会科学出版社,1983 年。

的丰厚土壤。与此同时,老迈的俄罗斯毕竟正值十九世纪后期个性解放、人格自由等在西欧蓬勃兴起的资本主义新思潮蜂拥之时,作为一个敏于观察、勤于思索的艺术家,托尔斯泰的世界观也不可避免地悄然改变。于是,他原本要加以批判的抛夫弃子的坏女人安娜,却因其身上所闪现的争取个性解放、爱情自由的光辉而令人不由得心生喜爱、尊敬和赞美。这样,一个本应受到唾弃的不贞的女人,在作者几经易稿之后,形象终于发生了根本性的改变。并且,受保守与激进的社会思潮双重影响的托尔斯泰,其笔下的人物也充满着激烈的内心矛盾。比如安娜就时常陷入无罪与有罪、高傲与自卑、幸福与不幸的内心冲突当中,作为一个上层社会的贵妇人,她固然一度有勇气冲破世俗的牢笼,却无法根本摆脱传统思想的束缚,以致从不幸的家庭走出,却走向了更加不幸的结局。

曾经有人对安娜的惨死不满,认为作者的安排未免太过残酷,托尔斯泰却回答:"我那些男女主角有时常常闹出一些违反我本意的把戏来:他们做了在实际生活中常有的和应该做的事,而不是做了我所希望他们做的事。"[①]有人对此不以为然,提出作者实际上早已预示了安娜的结局。其实不管托尔斯泰有意也好,无意也罢,有一点可以肯定,那就是作者对其笔下的人物毕竟不好随心所欲地处置[②],原因就在于作家及其笔下的人物不可能完全脱离他们所处的历史环境,

---

① 刘国柱:《托尔斯泰传》,第171页,世界知识出版社,2001年。
② 如前所述,在小说《复活》的最后,聂赫留朵夫和玛丝洛娃终究不能结合,虽然作者原本中意于此。

即便作家要刻意安排人物的命运,其中蕴含的深刻的社会历史因素还是清晰可辨。

直觉论、无意识论等主体中心论对于主体与历史之间的密切关系显然认识不足,兴起于20世纪60年代的接受美学,站在读者的立场上对此做了有力的反拨。

接受美学的奠基人尧斯(又译姚斯)深受加达默尔诠释学的影响。加达默尔明确表示:"艺术的万神殿并非一种把自身呈现给纯粹审美意识的无时间的现时性,而是历史地实现自身的人类精神的集体业绩。所以审美经验也是一种自我理解的方式。"① 加达默尔反对将文学阐释等同于追溯过往、尤其是作者主观意图的活动,而应考虑到历史发展因素,用他的话说:"所谓理解文学首先不是指推知过去的生活,而是指当代对所讲述的内容的参与。因此,这里根本不涉及两个人之间的关系,例如读者和作者之间的关系(作者也许是读者完全不认识的),而是涉及到对本文向我们所作的传达的参与。"② 从中可见加达默尔强调文学研究的当下阐释,读者的地位随之被突显。在此基础上,尧斯指出:"文学作品首先是为接收者而写的。因为无论是对一部新作进行评判的批评家,还是面对前面一部作品正反两方面的标准构思作品的作家,或是把一部作品归入其传统并做出历史解释的文学史家,在他们对文学的反思关系本身能够重新变得具

---

① 加达默尔:《真理与方法:哲学诠释学的基本特征》,第124页,洪汉鼎译,上海译文出版社,1999年。
② 加达默尔:《真理与方法:哲学诠释学的基本特征》,第500页。

有创造性之前,他们首先都是读者。"①考察以往的文学批评理论,尧斯不无失望地发现,它们大多强调作者的功能,或者把文本完全置于历史的决定之下。至于晚近出现的新批评理论,则又把批评的视角集中于文本自身。如此种种,在尧斯看来,形成了一个个封闭的圈子,违背了文学的开放性和交流性。与此相对,尧斯提出应从作品与读者不断的对话的角度去考察文学史。值得注意的是,虽说对新批评的理论主张颇不以为然,尧斯毕竟不能完全忽视当时重视文本自身研究的潮流,而努力将其吸纳进自己的理论框架,正如有论者所指出的:"尧斯承认社会学区分的可能性,但严格坚持审美经验的特殊性,认为正因为这种特殊性,它才得以对社会生活产生影响。"②概言之,尧斯注重从读者接受的角度来进行文学研究,力求把文学的美学方面和历史方面贯通起来。尧斯明确表示:"奠基于接受美学之上的文学史的价值取决于它在通过审美经验对过去进行不断的整体化运用中所起到积极作用。这就需要接受美学一方面与实证主义文学史的客观主义相对,有意识地尝试建立一个标准;另一方面与古典主义的传统研究相对,如果不打破已接受的文学标准,就要进行批判性的修改。"③于是,围绕着"重新撰写文学史"的问题,尧斯提出了自己的

---

① 尧斯:《作为向文学科学挑战的文学史》,王卫新译,见陆梅林、程代熙主编:《读者反应批评》,第142页,文化艺术出版社,1989年。

② Fokkema, Douwe and Elrud Ibsch. *Theories of Literature in the Twentieth Century: Structuralism, Marxism, Aesthetics of Reception, Semiotics.* London: C. Hrust & Company, New York: ST. Martin's Press, 1995. p. 155.

③ H. R. 姚斯:《走向接受美学》,见 H·R·姚斯、R·C·霍拉勃:《接受美学与接受理论》,第25页,周宁、金元浦译,滕守尧审校,辽宁人民出版社,1987年。

七点主张,其主要内容包括:文学史基于读者的文学经验以及读者与作品的对话;要从可以客观化的期望参照系统中去分析读者的文学经验;作品的期望视野会发生历史地转变;期望视野的重建有助于理解文学阐释上的差异;要把单个作品放入其"文学系列"之中去考察其历史地位和意义;要注意从共时的角度出发进行文学研究;文学的社会功能应予以突出①。尧斯肯定文学史有与一般历史的不同之处,原因在于经过读者的阐释,即在读者的参与之下,艺术史应被有意识地安排具有"总体化"的能力,包容艺术中的丰富的人类经验以为当今时代所感知,只有这样,艺术史才能为自己赢得其存在的合理性。尧斯肯定艺术与社会历史的关联,反对像新批评那样将文学孤立起来进行研究,明确指出:"既然文学类型具有它在'生活中的位置'和社会功能,文学演变就超出自身的共时性与历时性之间的关系,而受着它在一般历史过程中的社会功能的制约。"②

尧斯从宏观的角度出发,论证了文学的历史性及其特殊的发展规律、读者的参与对文本的意义、文学的社会功能等问题,为接受美学研究搭构了一个总的框架。与尧斯的宏观视野明显不同,接受美学的另一重要代表伊瑟尔,则主要从微观的角度出发,结合具体文本展开论证,精心填补尧斯所留下的空白,与之形成互补之势。

伊瑟尔着重考察文本与读者之间的动态关系,认为文本的意义

---

① 尧斯:《作为向文学科学挑战的文学史》,见《读者反应批评》,第144—173页。
② 姚斯:《走向接受美学》,见《接受美学与接受理论》,第135页。

并非一个可以解释的实在,而是一种动态的发生。所谓"动态的发生",应该具有两方面的含义,分别就文本与读者的角度而言。从文本看,"文学作品与历史的思想系统之间的相互作用产生了文学保留剧目的基本构成因素,各种思想体系不管从以前继承了什么因素,都将自动地重新编制出一套符号,使这些思想体系的不足达到平衡"①。由此可见,文本的历史性并不仅仅体现在文本受制于历史,反之,文本也能对历史起到一定的调节作用。此外,文本之中还存在着大量的"空缺"或者说言外之意,有待读者去填补、揭示,"在一个充满尝试与错误的过程中,我们组织和重组各种本文所提供给我们的资料。这些资料是既定的因素,是我们的'解释'所基于的一些固定点,我们的'解释'试图按我们以为作者意欲将它们(既定因素)装配起来的方式把它们组装在一起"②。这一切无疑都离不开读者的参与。与此同时,从读者看,伊瑟尔指出:"读者经验了本文提出的不同观点,将不同观点相互联系成特定模式,这样不仅发动了作品,也发动了读者自身。"③可见,在阅读的过程中,读者自身也经历着变化和发展,得以从现实的局限中提升出来,成为文本所提供的"暗隐的读者",由此与人类感知的基本原则相暗合,于是,"平凡琐细的场景突然具有了

---

① 伊瑟尔:《阅读活动:审美反应理论》,第 90 页,金元浦、周宁译,中国社会科学出版社,1991 年。
② 伊瑟尔:《阅读过程:一个现象学的论述》,朱立元译,见朱立元总主编:《二十世纪西方美学经典文本》,第 694 页,复旦大学出版社,2001 年。
③ 伊瑟尔:《阅读活动:审美反应理论》,第 29 页。

一种'永久生命形式'的形态"①。总之,在伊瑟尔看来,阅读是读者与文本之间交互作用的动态过程,双方由此获得一定程度的延展,并对社会现实发生影响。

艾尔默·莫德在其为托尔斯泰所著的传记中曾经写过这样一段话:

> 他觉得人生是重要的,而艺术是生活的一个侍女。他要辨明什么是善,什么是恶;要帮助前者,反抗后者。他的作品企图给人生的混沌以规律秩序,因为这件事是人所能做的最重要的一件事,所以他的作品也是近代文学中最有趣味、最重要的了。他也没有装作高傲,要把他的艺术从他的生活中砍去,或隐瞒他的希望——仁慈应胜过暴虐的希望。人生使他发生了兴趣,因此反映人生这件事也使他发生了兴趣,并且艺术的诸问题就是人生的诸问题;那些问题便是爱、热情、死亡和求善的愿望。②

联系托尔斯泰的人生探索与艺术创作,不难发现二者是密切相关的。托尔斯泰想要通过艺术创作来表达自己的人生态度,宣扬自己的人生理想。然而,不管作者在创作中有着怎样的自觉意识,读者

---

① 伊瑟尔:《阅读过程:一个现象学的论述》,见《二十世纪西方美学经典文本》,第679页。
② 艾尔默·莫德,《托尔斯泰传》,第480页,宋蜀碧、徐迟译,北京十月文艺出版社,2001年。

在阅读其艺术作品时,却纷纷从各自的立场出发,做出不同的阐释。

具体到《安娜·卡列宁娜》这部作品,可以说,从它诞生之日起,围绕着女主人公的评价问题,人们一直进行着不休的争论。比如保守派们把小说视为攻击妇女解放论者的工具而大加赞赏,作为一位民主阵营的评论家,屠格涅夫却明确表示:"我不喜欢《安娜·卡列宁娜》,尽管偶而有几页确实出色(赛马,刈草,打猎)。但是这一切都是酸溜溜的,散发着一股莫斯科、敬畏神祉、老处女、斯拉夫主义、贵族主义等等的气味。"①如前所述,托尔斯泰的创作时代,处于新旧思潮交替并且斗争比较尖锐的阶段,以上两种针锋相对的态度,显然与新旧思潮的对抗以及双方各自所持的立场密不可分。至于列宁把托尔斯泰比作"俄国革命的一面镜子",也不过是从其革命者的立场出发,认为托尔斯泰的作品真切反映了处于变革中的俄国社会生活状况,然而,几乎可以肯定的是,托尔斯泰本人固然一生经历着从贵族地主向宗法制农民立场的巨大转变,与列宁所倡导的革命毕竟还有一定的距离,主观上恐怕很难有如列宁所认同的为俄国无产阶级革命树立起一面镜子的愿望。因此,列宁的论断也不过是把托尔斯泰作品的客观效果与自己的革命实践结合而形成的一种阐释。此外,象征派作家则从其艺术主张出发,认为托尔斯泰的创作乃至整个人生都充满着象征意义,并对此予以认同和推崇。还有陀思妥耶夫斯基,他

---

① 尼·尼·古谢夫:《列夫·尼古拉耶维奇·托尔斯泰:1870—1881年传记材料》,转引自朱春荣:《苏联安娜形象研究简评》,见倪蕊琴主编:《列夫·托尔斯泰比较研究》,第312页,华东师范大学出版社,1989年。

对《安娜·卡列宁娜》也是极为赞赏。结合自己的宗教观和创作实践,他认为托尔斯泰在小说中揭示了罪恶存在于心灵的最深处、只有至高无上的上帝才能洞悉一切的人类真相。陀思妥耶夫斯基对小说所作的阐释无疑深印着其自身思想的痕迹,因为就托尔斯泰而言,他心目中的上帝已经与基督教教义中所宣扬的上帝有一定的距离,是一种道德意义上的上帝,简单说来,即一种仁爱精神。

与之相应,中国读者对于安娜形象的评论也是褒贬各异,莫衷一是。其中有建国初期受俄苏文坛及政治意识形态影响的从阶级立场、政治倾向、社会价值等颇为宏大的角度对安娜的批判或歌颂;有从女权主义的角度分析卡列宁、渥伦斯基乃至安娜本人思想的局限性所造成的对其爱情以及生命的扼杀;有从人性的角度论证隐藏在光彩照人的外表之后的安娜的自私的本性;有从宗教的角度论证托尔斯泰的宗教道德理想导致其对安娜态度的矛盾……如此等等,不一而足。

仔细分析上述千差万别的论断,可见这其实正是有关文学阅读主体或者说接受主体面对现实困境而自觉不自觉地在文学阐释上所采取的应对策略的体现。毫无疑问,就《安娜·卡列宁娜》这一特定文本而言,任何一种有其一定立足之地的阐释,它的背后都存在着相当的社会历史内涵。加达默尔曾经说过:"历史思维的尊严的真理就在于承认根本不存在什么'现代',只存在不断更换的未来和过去的视域。说某种表现传统思想的观点是正确的,这决不是固定不变的(也决不可能是固定不变的)。'历史的'理解没有任何特权,无论对今天或明天都没有特权。它本身就被变换着的视域所包围并与它一起运动。"①由上述对《安娜·卡列宁娜》所作的多样乃至矛盾的阐释,应该不难理解加达默尔这番话所蕴含的深刻意义。如其所言,对文学的接受也应当是一个吸纳过去与现在、并且关涉未来的过程,因此,它不可能是固定不变的,不同的读者会自觉不自觉地根据自身的内外在情况予之以修正。对此,如前所述,接受美学进行了较为充分的阐发。

与神上论、直觉说、无意识论诸学说相比较,接受美学强化了文学的历史性内涵,主张运用历史的发展的眼光,围绕读者这一维度进行文学研究,文学的社会功能得以张显,历史的视野也远较开阔,与历史主义有着相通之处。除此之外,还应该看到,虽然在理论上承认创作主体的意义和作用,然而由于种种可以理解的原因,接受美学在具体的批评实践中对创作主体的重视显然不够充分。拿上述有关小说《安娜·卡列宁娜》的阐释来看,不管是赞同还是反对,作者托尔斯泰恐怕是每一位读者在阅读时都无法完全忽视的一个路标。

创作主体与阅读主体对于文学批评确实都有举足轻重的意义,主体的独特性、创造性亦不容否认,然而将之上升到主体中心论的高度,甚至完全忽视历史环境的因素,未免失之偏颇,只有将主体与历史相结合,才能全面、深入地认识主体性,也才能在文学批评中得出较为中肯的结论,进而为主体的完善与历史的发展产生积极的影响。

---

① 加达默尔:《真理与方法:哲学诠释学的基本特征》,第705页。

第三节　文本自足论批判

进入20世纪以来,一种新的、突显文本自主性的文学批评以其别具一格的革命性的态势,在文论界掀起了轩然大波。它们着重从语音、语义、语法等语言学的角度展开对文本的分析,对于历史与主体,则要么不屑一顾,要么极力贬低,终至从结构走向解构,形成20世纪独具特色的文本自足论式的批评主张。文本自足论旨在发掘文学的特有属性,反对文学研究脱离文本、进而演化为其他学科附庸的倾向。这样一种批评视角确有其一定的价值,尤其是提醒人们在文学研究中要注意从文本出发,探求文学的艺术规律和独特意义。然而,文学文本并非空中楼阁,不可能与历史环境隔绝开来,也离不开创作主体与阅读主体的活动,他们自己的批评实践足以表明脱离历史与主体的文学批评实际上是不可能存在的。

作为一种从语音的角度出发进行文学研究的批评流派,俄国形式主义深受索绪尔语言学的影响。1916年出版的索绪尔的《普通语言学教程》,使传统语言学发生根本性的动摇。索绪尔把语言学分为外部语言学和内部语言学,外部语言学是研究语言与文化、政治等的关系,索绪尔虽然肯定了其重要性,却明确将之排除在自己的语言学研究之外,他所从事的是内部语言学研究。在索绪尔看来,外部语言学所研究的语言的外部因素是变化的,包括有人为的作用,"至于内部语言学,情况却完全不同:它不容许随意安排;语言是一个系统,它只知道自己固有的秩序"①。与此相仿,俄国形式主义也力图探求文学的内在本质,用其代表人物雅各布森的话来说:"文学科学的对象不是文学,而是'文学性',也就是说使一部文学作品成为文学作品的东西。"②为此,俄国形式主义者集中探讨了用来产生"陌生化"(又译"奇特化""反熟悉化""反常化"等)效果的文学的形式技巧。概言之,"陌生化"即艺术形式的复杂化,艺术由此使事物能够以被感觉而非被认知的面貌呈现在读者面前,"它增加了感受的难度和时延,既然艺术中的领悟过程是以自身为目的的,它就理应延长;艺术是一种体验事物之创造的方式,而被创造物在艺术中已无足轻重"③。这使得人们在阅读时也仿佛第一次见到那些事物一般,产生新鲜感和惊奇感,得以摆脱现实的影响,领略艺术的独特魅力。然而,俄国形式主义者无疑过分夸大了陌生化效果,因为作为一种力图给人以新奇之感的具体艺术手法,其本身难免会流于习惯化和常规化,从而使读者逐渐丧失对描述对象的真切的感受力。究其实质,俄国形式主义者的目的当然并非仅仅在于使艺术给读者造成独特的新奇感,而是希望借助于陌生化来摆脱文学艺术与生活的联系,实现所谓"艺术永

---

① 费尔迪南·德·索绪尔:《普通语言学教程》,第46页,高名凯译,岑麒祥、叶蜚声校注,商务印书馆,1985年。
② 转引自鲍·艾亨鲍姆:《"形式方法"的理论》,见茨维坦·托多罗夫编选:《俄苏形式主义文论选》,第24页,蔡鸿滨译,中国社会科学出版社,1989年。
③ 维克托·什克洛夫斯基:《作为手法的艺术》,方珊译,张惠军校,见维克托·什克洛夫斯基等著:《俄国形式主义文论选》,第6页,方珊等译,生活·读书·新知三联书店,1992年。着重号为原文所有。

远是独立于生活的,它的颜色从不反映飘扬在城堡上空的旗帜的颜色"①。不过,这归根到底只是其理论主张的一种极端化的表述,带有很大的理想化成份。拿雅各布森来说,他就曾明确表示:"逐步探索诗学的内部规律,并没有把诗学与文化和社会实践其他领域的关系等复杂问题排除在调查研究之外。"②还有艾亨鲍姆也曾表示了坚持理论与历史相结合的愿望。

关于这一点,俄国形式主义对于形式与内容的关系的探讨更可谓之一个有力证明。在他们看来,所谓内容与形式的划分只是一个约定的抽象,并没有实际的意义,因为在艺术中不存在没有形式的内容或没有内容的形式。因此,以往对内容与形式的划分是不科学的,应将二者统一起来。与此同时,也应该看到,形式与内容在这些形式主义者的心理天平上还是有其轻重之分的,如其所言,"如果说形式成份意味着审美成份,那么,艺术中的所有内容事实也都成为形式的现象"③。这样,内容被融入于形式之中。总之,俄国形式主义者力图用形式来涵盖文学的各个方面,将形式作为文学艺术的决定因素,这一基本主张使得他们固然也曾考虑到把历史因素结合进来,但在具体操作过程中却往往表现出忽略历史的倾向,使得其论述显得牵强而单薄。

---

① 什克洛夫斯基:《文艺散论·深思和分析》,转引自方珊:《俄国形式主义文论选·前言:俄国形式主义一瞥》,见《俄国形式主义文论选》,第11页。
② 罗曼·雅各布森:《序言:诗学科学的探索》,见《俄苏形式主义文论选》,第2页。
③ 维克托·日尔蒙斯基:《诗学的任务》,见《俄国形式主义文论选》,第212页。

新批评在20世纪20年代肇始于英国、30年代形成于美国并于40、50年代在美国臻于鼎盛。纵然新批评内部派别林立,分歧不断,但均维系着一个基本的共同点,即强调以文学作品为本体,着重从语义学的角度展开文本研究。

作为一种文学批评流派,新批评的崛起带有鲜明的挑战传统文论的色彩,尤其是对以往偏重于从作者或者历史环境的维度来进行文本分析的批评模式极为反感,用其代表人物韦勒克和沃伦的话说:"文学研究的合情合理的出发点是解释和分析作品本身。无论怎么说,毕竟只有作品能够判断我们对作家的生平、社会环境及其文学创作的全过程所产生的兴趣是否正确。"[1]基于此,他们把文学研究分为外部研究和内部研究两种。所谓外部研究,简而言之,即脱离文本,从文本之外去搜寻其阐释依据的文学批评模式。在新批评派看来,文学的外部研究忽视了文学的特殊性,尤其是对具体文本缺乏准确、深入的把握,结果只能是隔靴搔痒,在文学的外围打转而终不得其要领。为此,韦勒克和沃伦提出文学的内部研究的主张,将讨论的层面定位于声音层面、意义单元、意象和隐喻、形式与技巧等等,认为只有抓住这些所谓的文学的内部特质,才算真正掌握了文学研究的钥匙。

那么,文学的内外部研究是否可以截然分开,换言之,被韦勒克

---

[1] 韦勒克、沃伦:《文学理论》,第145页,刘象愚、邢培明、陈圣生、李哲明译,生活·读书·新知三联书店,1984年。

和沃伦奉为典范的文学的内部研究是否可以完全抛开外部研究的诸种因素呢？答案恐怕只能是否定的。这里，不妨以其中的"意象，隐喻，象征，神话"部分为例，对韦勒克、沃伦在文学研究中着重于文本自身而轻视历史因素的批评主张作一简要驳析。在这一章的开篇，他们就明确表示："就其语义来说，这四个术语都有相互重复的部分，显然，它们的所指都属于同一个范畴。也许可以说，我们这样一个排列顺序，即意象、隐喻、象征、神话，代表了两条线的会聚……一条是诉诸感官的个别性的方式，或者说诉诸感官的和审美的连续统一体……另一条线是'比喻'或称'借喻'这类'间接的'表述方式，它一般是使用转喻和隐喻，在一定程度上比拟人事，把人事的一般表达转换成其他的说法，从而赋予诗歌以精确的主题。"[①]由此可见，作为新批评派的重要代表，韦勒克和沃伦虽然力求把文学研究限定于文本内部，但在其最主要的诗歌研究中，还是不经意地把他们所极力排斥的所谓外部研究的诸要素纳入到其讨论的层面上来。因为尽管意象、隐喻、象征、神话这四个术语存在着相当棘手的语义上的困难，甚至在不同的语境中有着截然相反的含义，但还是可以肯定一点：它们都重在发掘字表之外的深层意蕴。因此，对诗歌进行语义分析，不可避免要联系到单个文本之外的世界以及文学系统内部其他相关的文本。与之相应，后代读者面对一些文本之所以产生不知所云或者莫明其妙的困惑，则往往是由于他们对当时特定的历史背景缺乏足够

---

① 韦勒克、沃伦:《文学理论》，第200页。

的了解。举例言之,每一时期的艺术有其独特的比喻风格,其中寄予一定的世界观的内涵,因此,在阅读中,当然不应该把眼光仅仅局限于每一首诗歌自身,而应用心揣摩其中富含的历史底蕴。诗歌即如此,单就形式而言,叙述性的小说在所谓虚构与现实的关系上无疑有着更为严格的要求。其实,韦勒克和沃伦也曾颇耐人寻味地指出:"文学总需有趣味;总需有一个结构和审美的意义,有一个整体的连贯性和效果。当然,它和生活之间必须要有一种可以认知的关系,但是,这种关系却是非常复杂的:生活可以被提高、滑稽地模仿或对照。文学在任何时候都是为了某种特殊目的而从生活中选择出来的东西。"①如果从文学艺术对生活的改造或者说对生活的某种程度上的超越的角度来看,的确无法否认新批评在强化文本自身特质方面的努力有其一定的意义,然而,无论"提高""滑稽地模仿",还是"对照",实实在在的生活始终可谓文学艺术的根基或指归所在。因此,尽管韦勒克和沃伦极力主张在文本与历史环境之间划开一道界限,但就在他们的阐述中却隐约可见二者密不可分的关系。

此外,韦勒克和沃伦还从创作者的角度着眼,极力缩减文学批评所给予创作主体的关注。他们把诗人分为主观的诗人和客观的诗人两种,认为主观的诗人即爱在作品中进行自我表现的诗人,客观的诗人则恰与此相反,在作品中尽量展现外在世界,对自己的具体个性则采取消泯的态度。他们强调指出,即使是主观的诗人的诗作也不应

---

① 韦勒克、沃伦:《文学理论》,第236页。

被等同于其自传性叙述。同两人的批评主张相一致,他们的用意无非还是要把文学研究限定于文本内部,反对从创作主体身上考察文本的意义。无独有偶,本身作为一个诗人的新批评派的开拓者之一的T·S·艾略特,在其最著名的论文《传统与个人才能》中就曾提出"诗人无个性"的观点,明确表示:"我的意思是,诗人没有什么个性可以表现,只有一个特殊的工具,只是工具,不是个性,使种种印象和经验就在这个工具里用种种特别的意想不到的方式来相互结合。"①这一取消作者个性的主张后来在罗兰·巴特那里获得了回响。既然诗人本无什么个性表现于作品中,文学研究者当然无须费力去发掘特属于创作者方面的各种因素,而要去关注那"种种特别的意想不到的方式",换言之,即诗歌的艺术表现方式。至于维姆萨特和比尔兹利,更通过有关所谓"意图谬见"和"感受谬见"的阐述,把新批评的这种文学研究方法进一步理论化。他们指出:"意图谬见在于将诗和诗的产生过程相混淆……其始是从写诗的心理原因中推衍批评标准,其终则是传记式批评和相对主义。感受谬见则在于将诗和诗的结果相混淆……其始是从诗的心理效果推衍出批评标准,其终则是印象主义和相对主义。"②顾名思义,两个所谓的"谬见",主要是针对从作者和读者的角度进行文学研究的批评方式,在维姆萨特和比尔兹利看

---

① T·S·艾略特:《传统与个人才能》,卞之琳译,见赵毅衡编选:《"新批评"文集》,第33页,百花文艺出版社,2001年。
② 威廉·K·维姆萨特、蒙罗·C·比尔兹利:《感受谬见》,黄宏熙译,见赵毅衡编选:《"新批评"文集》,第257页。着重号为原文所有。

来，它们似是而非，忽视了诗歌本身这一批评的具体对象。拿作者来说，其构思或意图并不能决定诗歌的真实面貌，因此不足以作为衡量诗歌成功与否的标准。同样道理，他们认为，诗歌是情感得以固定的一种方式，因此情感性是诗歌本身固有的属性，与读者无关，至于读者在阅读过程中所有的诸种感受，相对于诗歌本身来说是外在的，偶然的，亦不足以凭此来评定诗歌的优劣。其实，仔细考察这两篇论文可见，所谓"意图谬见"和"感受谬见"，除了把矛头直指主体中心论批评外，对于其他从社会历史角度进行文学研究的批评方式，均给予了否定和抵制，这与上述韦勒克和沃伦的有关文学的内、外部研究之分，无疑是息息相通的。

伊格尔顿曾经说过："文学是社会问题的解决而非其中的部分，诗歌必须从历史的束缚中解脱出来而提升到一个较高的层面上去。"①这里所谓的"提升"是从文学的社会功能着眼，因此诗歌摆脱历史束缚之后的最终所指应当说还是服务于社会现实，无论其实际的作用是多么隐蔽，也无论其真正的效果是怎样莫测。用伊格尔顿的话说："文学看起来似乎是在描述世界——有时也的确是如此，但它的真正功能却是按照一定的常规运用语言以在读者身上产生相当的影响。"②而新批评所做的却是把文学变成了一种脱离历史环境的偶像。诸如"文学的内部研究""文学的独立的知识""特别的意想不到

---

① Eagleton, Terry. *Literary Theory: An Introduction*. p. 42.
② Eagleton, Terry. *Literary Theory: An Introduction*. p. 103.

的方式""意图谬见""感受谬见"等等,无非是强调文本在文学研究中的中心地位,甚至想要以此把单个的文本从历史中孤立出来,进而完全抹杀文本之外的其他因素对于文本的意义。然而在具体的批评实践中,想要完全摆脱各种所谓外在因素的影响,恐怕是不可能的。就拿"感受谬见"来说,如果照此标准,则新批评派自己都难免不步入雷区,一不小心便会被自己设下的批判的武器所击中。为此,有人非常形象地称"感受谬见"说是新批评派在批评实践中为自己套的一件"很不舒服的紧身衣"①。应当看到,文学文本是主体与历史环境交互作用的产物,想要摆脱历史和主体因素来孤立地对某一特定的文本进行研究显然是不现实的。正如新批评家布鲁克斯所用的一个比喻——"精制的瓮",新批评力求把文学研究置于单个文本内部,终究不利于全面地、发展地去认识文学的特征及规律。

新批评对于强化对文本自身的研究,尤其是对文学艺术规律的研究有其独特的推动作用,在20世纪学派林立的批评界也绝非孤立无援,而有其声势浩大的同盟军。上述俄国形式主义批评及由此而来的结构主义诸学说,固然探讨的角度不一样,在突显文本在文学研究中的主导地位上,与新批评无疑保持着高度的一致。

以法国为中心的结构主义文论是直接承继俄国形式主义理论发展而来的,同时亦吸收了英美新批评的理论成果,可谓20世纪形式主义文论的集大成者,相对于前二者而言,表现出更为严密的逻辑

---

① 赵毅衡:《感受谬见·编者按》,见赵毅衡编选:《"新批评"文集》,第256页。

性。"结构主义的核心就是系统概念:一个通过改变自己的特点但同时保持其系统结构来适应新条件的完整的、自我调节的实体。"①可见,结构主义研究的重点不是某一单个的文学现象,而是各现象之间的关系。结构主义力图挖掘文本的深层结构,为文学研究提供一套限定在文学系统内部的客观、准确、有效的批评范式。

罗伯特·休斯的一番话可谓正中形式主义的要害:

> 形式主义谬误就是缺乏对文学作品的"意义"或"内容"的关注。这就是人们对拒不承认文学作品之外的文化世界以及文学系统之外的文化系统的那种文学批评所经常提出的指责。必须承认,纯形式的文学作品和文学系统描写是结构主义方法论的一个重要组成部分。但这个谬误之所以是谬误,并不是因为它要对所研究的材料的某些方面作出必要的隔离,而是因为它拒不承认这些并非仅有的方面,或者因为它坚持认为,这些方面是在一个完全封闭的、没有受到文学之外的世界的任何影响的系统内运转。被正确理解了的结构主义远不是被囚禁在与世隔绝的一个形式监牢之中,而是在几个不同的研究层次上直接接触外部世界的。②

---

① 罗伯特·休斯:《文学结构主义》,第15页,刘豫译,生活·读书·新知三联书店,1988年。
② 罗伯特·休斯:《文学结构主义》,第16页。

那么,结构主义是否真的能免受这一指责呢?换言之,结构主义是否真的做到了直接与外部世界相接触呢?这对于一种以文本为研究中心、力求借助于语言学的概念来建构一套科学的文学结构模式的批评流派而言,恐怕是很难实现的。索绪尔把语言符号分为所指和能指两个方面,"分别代替概念和音响形象"①,"在他的体系中运行路线都是向两侧的,从一个符号到另一个符号;而不是正面的,不是从词到物,因为这一运动方向已经包含并内化在符号自身之中了,即从能指向所指的运动。因此,尽管没有明说,但符号这个术语有助于强调符号系统自身的内在联系,强调它能靠内部产生意义,强调它的自主性。……所有这一切的哲学含义就在于不是单个的词或句子'代表'或'反映'了现实世界中的具体事物,而是整个符号系统、整个语言系统本身就和现实处于同等的地位"②。作为深受索绪尔语言学影响的批评流派,结构主义同样很难跨出由符号到符号的怪圈。简单说来,结构主义在文学研究中也是力求从共时的角度出发,归纳出各种语言范式,即"结构",将文本的意义归于语言符号之间的转换替代,至于其所指涉的外部世界则不予考虑。如伊格尔顿所言:"文本的真实与历史的真实相联系,但并非作为历史真实的一种想象的置换,而是作为有一定意味的实践的产物,其来源和所指最终落实于

---

① 费尔迪南·德·索绪尔:《普通语言学教程》,第102页。着重号为原文所有。
② 弗里德里克·詹姆逊:《语言的牢笼·马克思主义与形式》,第27页,钱佼汝译,百花洲文艺出版社,1995年。

历史自身。"①诚然，文学与历史之间不能直接画上等号，但历史终究是文学所依据的根本，结构主义的一套看似精巧的批评模式则往往带有极大的主观随意性，将文本孤立于历史环境之外的倾向最终导致结构的死板和空虚。

不能说不受这一排斥客观所指而游戏于语言符号之间的理论主张的影响，结构主义符号学的重要代表罗兰·巴特赫然宣布了"作者的死亡"："一件事一经叙述——不再是为了直接对现实发生作用，而是为了一些无对象的目的，也就是说，最终除了象征活动的练习本身，而不具任何功用——那么，这种脱离就会产生，声音就会失去其原因，作者就会步入他的死亡。"②在巴特看来，写作的过程就是作者主体性取消的过程，"只有言语活动在行动，在'出色地表现'，而没有'自我'"③。联系巴特早年提出的"零度写作"的主张，不难看到，作者的死亡是零度写作的必然结果。而所谓"零度写作"，又称"直陈式写作"或"非语式的写作"，简言之，即不带任何主观感情色彩的写作方式。基于此，巴特主要从五种符码（又译代码，信码）——布局符码、意素符码、文化符码、阐释符码和象征符码——的角度对文本进行阐释，因为文本的形成即此五种符码穿梭往来的结果。这样，作者便不是"创造"文本，而是摹仿和重复利用以前的文本材料——巴特

---

① Eagleton, Terry. "Towards a Science of the Text". See Eagleton, Terry. *Criticism and Ideology*. London: NLB, 1976. p. 76.
② 罗兰·巴特:《作者的死亡》，见罗兰·巴特著:《罗兰·巴特随笔选》，第 300—301 页，怀宇译，百花文艺出版社，1996 年。
③ 罗兰·巴特:《罗兰·巴特随笔选》，第 302 页。

称之为"拼贴",作者也便失去了其传统的意义。

就否认作者的主体性而言,类似主张有很多。比如福柯就曾把写作视为书写主体个人特征的消隐,"通过利用他建立在他自己与其创作之间的一切人为的粉饰,书写主体消除了他独特个人化的符号。作家的标志降低到不过是他独一无二的不在场(或非在,隐在),他必须在书写的游戏中充当一个死者的角色"①。所谓作者功能,在福柯看来,归根到底是话语的功能,是话语在一定社会中的存在、流通和发挥效用,至于"谁在说话",福柯认为是无关紧要的。保尔·德·曼则从修辞学的角度出发,将文学等同于语言的修辞潜能,作者的身份由此堪可动摇,因为"比喻或修辞术允许作家说一回事,却表达另一层意义,用一种意义替换另一种意义(隐喻),或者将符号链中的某一符号所代表的意义替换另一符号所代表的意义(换喻)"②。对于德·曼来说,文本的意义和价值不一定与其语言结构相一致,因此,文学不可能是作家主观意志所能决定的,其偶然性、灵活性在所难免。

说到这里,贝克特笔下的戈多或许提供了一个很好的例证。在《等待戈多》一剧当中,因为戈多始终未曾出场、剧中人几乎对他一无所知、但全剧又始终围绕对他的等待而展开,戈多显得那样神秘、重

---

① 福柯:《什么是作者》,米佳燕译,心哲校,见王岳川、尚水编:《后现代主义文化与美学》,第288页,北京大学出版社,1993年。
② 拉曼·塞尔登主编:《文学批评理论:从柏拉图到现在》,第409页,刘象愚、陈永国等译,北京大学出版社,2000年。

要。由此,戈多究竟是谁?人们不厌其烦地进行了各种各样的揣测。在莫衷一是的情况下,据说也曾有人好奇地向作者讨教问题的答案,没想到贝克特的回答是:"我要是知道,早在戏里说出来了。"[1]由此看来,似乎上述巴特等人的理论主张得以确认,换言之,似乎作者对其创作确非随心所欲、享有至高无上的权威。如果再联系该剧支离破碎的情节、模糊不清的形象,那么,《等待戈多》便难免不被视作闹剧一场了。果真如此吗?答案显然并非这样简单。就语言看,毋须讳言,虽然《等待戈多》保留了如传统戏剧般的大量的对话,但这些对话往往前言不搭后语,显示出表达及沟通的困难,因此而终究不知所云。例如:

  爱斯特拉冈 瞧这个。(他拎着叶子根部把吃剩的胡萝卜举起,在眼前旋转)奇怪,越吃越没滋味。

  弗拉季米尔 对我来说正好相反。

  爱斯特拉冈 换句话说?

  弗拉季米尔 我会慢慢地习惯。

  爱斯特拉冈(沉思了半晌) 这是相反?

  弗拉季米尔 是修养问题。

  爱斯特拉冈 是性格问题。

---

[1] 若利韦等:《诺贝尔文学奖秘史》,第319页,王鸿仁译,中国友谊出版公司,1989年。

| 弗拉季米尔 | 是没有办法的事。 |

| 爱斯特拉冈 | 奋斗没有用。 |

| 弗拉季米尔 | 天生的脾性。 |

| 爱斯特拉冈 | 挣扎没有用。 |

| 弗拉季米尔 | 本性难移。① |

这里,两个流浪汉从胡萝卜的味道这一微不足道的小事说起,突然又一本正经地谈论"修养""性格"云云,前后反差强烈,再联系两人穷困潦倒的处境,这样故作深沉的探讨终究让人感觉不合时宜,因而也就消解了其庄重、严肃的意味。又比如:

| 爱斯特拉冈 | 所有死掉了的声音。 |

| 弗拉季米尔 | 它们发出翅膀一样的声音。 |

| 爱斯特拉冈 | 树叶一样。 |

| 弗拉季米尔 | 沙一样。 |

| 爱斯特拉冈 | 树叶一样。 |

〔沉默〕

| 弗拉季米尔 | 它们全都同时说话。 |

| 爱斯特拉冈 | 而且都跟自己说话。 |

〔沉默〕

---

① 撒缪尔·贝克特:《等待戈多》,施咸荣译,见《荒诞派戏剧选》,第22—23页,外国文学出版社,1983年。本书所引该剧中的话均出自于此,以下只在引文后标示页码,不再另注。

弗拉季米尔　　不如说它们窃窃私语。

爱斯特拉冈　　它们沙沙地响。

弗拉季米尔　　它们轻声细语。

爱斯特拉冈　　它们沙沙地响。

［沉默］

弗拉季米尔　　它们说些什么？

爱斯特拉冈　　它们谈它们的生活。

弗拉季米尔　　光活着对它们来说并不够。

爱斯特拉冈　　它们得谈起它。

弗拉季米尔　　光死掉对它们来说并不够。

爱斯特拉冈　　的确不够。

［沉默］

弗拉季米尔　　它们发出羽毛一样的声音。

爱斯特拉冈　　树叶一样。

弗拉季米尔　　灰烬一样。

爱斯特拉冈　　树叶一样。

［长时间沉默］（第77—78页）

　　这段对话充满重复,看上去同样显得毫无意义,不知作者意欲何为。但如果说上一段对话在平凡与高深的反差当中透露出两个流浪汉无比辛酸的处境的话,这段对话则又以极其细腻的口吻表达了两人对自然万物的感受:万物同人一样,无论活着还是死去,总会留下一些印迹——发出各种各样的声音,尽管这些声音可能很轻微,就像羽毛、树叶或者灰烬一样。人也是这样,无论多么卑微,总是会以各种各样的方式去表达和交流,以显示自己的存在。剧中人爱斯特拉冈和弗拉季米尔何尝不是如此,他们固然已经落魄到极点,几乎找不到任何真正给他们带来一些快慰的话题,但他们还是在无休无止地诉说着,既是消磨时间,同时也是本性使然。又比如弗拉季米尔的话:"最可怕的是有了思想。"(第79页)波卓的话:"他们让新的生命诞生在坟墓上,光明只闪现了一刹那,跟着又是黑夜。"(第117页)如此等等表白,看似荒诞不经,实则表达了说话人极端的空虚、恐慌和绝望。再联系该剧创作的时代背景,可见作者就以这些看上去颠三倒四、混乱不堪的语言,无比真切地写出了二战之后西方世界的精神危机。简言之,在这个荒诞的世界当中,人们百无聊赖、惶惶不安,试图寻求救助,却抓不到一根救命的稻草——戈多始终不来,也看不出到来的希望。当剧中苦苦等待的流浪汉喊出"全人类就是咱们"(第103页)时,该剧对现代人的精神困境的揭示应当说便较为明确了,作者的用心亦由此可见一斑。也正因此,《等待戈多》看似一场闹剧,实则无限悲凉、发人深省。

既然如此,被宣判死刑的"作者"究竟所指为何,还有待进一步辨析,而不应盲目夸大。"米歇尔·福柯从未否认作者身份的真实性,只不过坚持最好将之作为一个法律的、政治的、历史的范畴来理解,而不是作为意义的某种超验的来源;雅克·德里达从未否认意图的真实性,只不过揭示出那种带有意识形态特征的宣称——作者意图无时无处不处于文本意义的决定地位——或者设想有这样一种像被符号的游戏所推延和折射的意图,从来不能充分地展现自己。"①巴特等人所反对的"作者"其实是根基、起源、权威、上帝式的作者,在这个意义上,"作者的死亡是通向拒绝赋予文本(以及作为文本的世界)一个'神秘的'终极意义的最初的、也是足够的一步"②。也正是在这个意义上,可以说作者的死亡即人的死亡,是一般而言理性的、权威的、作为主体的人的死亡,这与德里达所宣扬的"反逻各斯中心主义"显然是一脉相通的。与此同时,正是因为取消了主体意义上的作者,读者获得了"重写"文本的权利,得以反客为主,成为新的作者。可见,"一旦重写得以实现,则消除作者主体的愿望退隐,作者得以复归"③。罗兰·巴特对巴尔扎克作品《萨拉辛》的解读,便可谓这样一种"重写"的范本。从这个角度来理解所谓"作者的死亡",则这一理论主张不乏可取之处。正如历史主义的一条基本原则——主体不可能完全超越一定的历史环境,作为创作主体,作者固然对于文本的阐释有独到的意义,却并非一劳永逸地解决了问题,在历史环境的影响之下,千差万别的阐释现象必然在所难免。历史主义坚执于"历史",就巴特等人而言,他们的落脚点则不在历史,而在"文本"。确切地

---

① Eagleton, Terry. "Self-authoring Subjects". See Biriott, Maurice and Nicola Miller ed. *What Is an Author*. Manchester:Manchester University Press,1993. p. 42.

② Burke, Sean. *The Death and Return of the Author:Criticism and Subjectivity in Barthes, Foucault and Derrida*. Edinburgh:Edinburgh University Press, 1993. p. 24.

③ Burke, Sean. *The Death and Return of the Author:Criticism and subjectivity in Barthes, Foucault and Derrida*. p.159.

说,他们强调的是主体、历史、文本之间的"互文性"关系。正如有论者所指出的:"在后现代的进程中,每一个事件都可能是文本,但没有文本是单一的。"① 基于此,巴特纵然强调:"写作按特性完全就是阅读的声音:在文之内,只有读者在说话。"② 此外,如同福柯所谓的"话语的功能"或者说"书写的功能",巴特将作者看作"纸面之存在",是"互文"之一文。然而,按照巴特的思路,读者必然也难逃其咎,成为"互文"之一文。用他的话说:"读者是无历史、无生平、无心理的一个人;他仅仅是在同一范围内把构成作品的所有痕迹汇聚在一起的某个人。"③ 这样,巴特又无异于宣布了"读者的死亡"。在保尔·德·曼看来,"从认知和道德判断出发,试图发现一种关于'虚构'(fiction)的绝对自由的文学意识形态批评,这显然是弄巧成拙的。保尔·德·曼本人已经明确表示,他总体上基于对解释所做的怀疑的阐述,不仅包括道德判断,而且包括所有避免或批评它们的努力"④。其目的就在于否定一切试图对文学进行决定性评判的倾向,认为这实际上是间接地拔高了作家的地位。为此,德·曼得出结论:"在符号学的修辞语法化中,正如在非惯用语的语法修辞化中一样,我们最终陷

---

① Ermarth, Elizabeth Deeds. *Sequel to History: Postmodernism and the Crisis of Representational Time.* Princeton N. J.: Princeton University Press, 1992. p. 3.
② 罗兰·巴特:《S/Z》,第253页,屠友祥译,上海人民出版社,2001年。
③ 罗兰·巴特:《S/Z》,第307页。
④ Knapp, Steven. *Literary Interest: The Limits of Anti-Formalism.* Cambridge, Mass.: Harvard University Press, 1993. p. 96.

于同样的悬而未决的无知状态。"①可见,就取消作者主体性而言,巴特的"作者之死"主张与自然主义相似,但自然主义主张纯客观的写作,以客观存在为标准,而巴特则主张以语言符号自身为标准;再就与接受美学的关系看,接受美学主张把阐释的重心指向读者,重视文学的历史意义,而巴特、德·曼等则将之归于语言符号,强调符号的任意性,其差异不言而喻。

正如有论者所指出的:"文学效果是在一个确定的、具体的过程中的社会产物,这是一个文本的组成——即文本的制作和撰写——过程。现在,作者不再是高级的发明者、他所提呈的特定环境的创立者,也不再是其对立面——可消耗的媒介,据此灵感、历史、时代、甚至阶级的不可名状的力量得以呈现。"②而作为后期结构主义的重要代表,巴特等人则从取消人的主体性到取消作者与读者,将文本视为语言的自由运作,同时强化语言符号的偶然性、任意性,甚而提出"文学应成为语言的乌托邦"③,否认文本所包蕴的历史的真实内涵,完成了从"结构"到"解构"的过渡。然而,仔细考察其最初的理论来源——

---

① de Man, Paul. "Semiology and Rhetorical". See de Man, Paul. *Allegories of Reading: Figural Language in Rousseau, Nietzsche, Rilke, and Proust*. New Haven and London: Yale University Press, 1979. p. 19.

② Balibar, Etienne and Pierre Macherey. "On Literature as an Ideological Form". I. McLeod, J. Whitehead and A. Wordsworth trans. See Eagleton, Terry and Drew Miline ed. *Marxist Literary Theory: A Reader*. Oxford, OX, UK: Blackwell Publishers Ltd, 1996. p. 290.

③ 罗兰·巴特:《符号学原理:结构主义文学理论文选》,第109页,李幼蒸译,生活·读书·新知三联书店,1988年。

索绪尔语言学可见,这些解构主义者实在是把索绪尔所谓"语言符号的任意性"无限夸大了,或者说有意识地曲解了索绪尔的理论。在提出"任意性"伊始,索绪尔就明确表示对"任意性"这个词要加上一个注解,"它不应该使人想起能指完全取决于说话者的自由选择。……一个符号在语言集体中确立后,个人是不能对它有任何改变的……它是不可论证的,即对现实中跟它没有任何自然联系的所指来说是任意的"①。由此可见,应当从语言的起源状态来理解"语言符号的任意性",随着时间的推移,在各种历史因素的作用之下,语言逐渐形成比较稳定的状态,简言之,即约定俗成,不再允许随意变动,这应当才是索绪尔所反复强调的"语言符号的可变性与不变性"的内涵。

无论所指与能指之间有着怎样的差异,无论权威与表征之间有着多远的距离,固然"在我们的时代,语言的、文化的产物及价值的方式模棱两可"②,语言终究不是绝对自由的,在时间的流程中,它必将受制于各种历史因素的作用,具有相对稳定的特质。因此,对语言施行任意的操纵必然使自己落入无人理解的尴尬境地。上述文本自足论——更确切地说是语言自足论的文学批评主张,将主体人置于"语言的牢笼"之中,最终只能是一种乌托邦——一种幻想,而坚执于别人无法理解的叙说,则无异于一种疯狂。

---

① 费尔迪南·德·索绪尔:《普通语言学教程》,第104页。着重号为原文所有。
② Weimann, Robert. "'Bifold Authority' in Reformation Discourse: Authorization, Representation, and Early Modern 'Meaning'". See Smarr, Janet Levarie ed. *Historical Criticism and the Challenge of Theory*. Urbana and Chicago: University of Ilinois Press, 1993. p. 167.

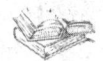

第四章　历史的规定性

　　历史主义文艺学强调文学研究的历史维度,肯定历史对文学主体的制约作用,又由于历史本身处在前承后续、源远流长的动态发展之中,因此,坚持历史制约论与历史发展观相结合,才能有效避免简单化和绝对化倾向。从文学主体的角度看,虽然不能割舍其与历史的密切关联,却也并非完全被动地承载历史的约束,而对历史有其积极的、主动的作用,此即所谓文学主体的动力功能。简言之,文学主体的动力功能指的是文学主体在创作或阅读活动中所特有的影响历史的力量。应当明确,历史对主体有着重要作用,但这并非意味着主体在与历史的关系中始终处于被动的地位,而有其积极主动的一面。

　　有关主体的受制约性,应辩证视之,至于由此引发出的取消主体性的结论,未免有失武断。哈贝马斯与福柯曾经有过一场著名的"主体"之争:"哈氏保存了启蒙运动的理性主体概念,理性主体既作为历史领域,又作为认识论关键。而福柯则通过与自己的历史境遇相符合,从而把自己构建为话语主体。"①其中蕴含着极为复杂的哲学背

---

① 莫伟民:《主体的命运:福柯哲学思想研究》,第326页,上海三联书店,1996年。

景,孰是孰非很难简单下结论。但有一点是可以肯定的,哈贝马斯充分认识到"社会化"本身既具有造成"理性、先验、本体"的能力,又具有造成"个人身份的本质上的不稳定性和永久的脆弱性"的能力,并力图直接通过后者来建构正义的绝对性。① 这里,从文学批评的立场思之,可见哈贝马斯对于主体与历史关系的认识颇为中肯。与之不同的是,本书并无意为主体寻求引领历史的保证,而是确立主体动力功能的产生缘由,即在意识与无意识、经验与超验、客观与主观等内外多重因素交融之下,作为文学的创作与欣赏的主体,作者与读者对历史发挥独特的动力功能。

第一节 历史制约论与历史发展观

进入 20 世纪、尤其是其后半期以来,人们对于历史的认识从原本倾向于追寻根本意义、价值的宏大叙事转为多元化、边缘化乃至修辞化、虚构化。"历史的真实性"这一原本为人们所耳熟能详、确定无疑的观念,不可避免地悄然改变。受此影响,与传统历史主义强调历史的完整、统一不同,新历史主义主张历史犹如一个巨大的文化网络,琐屑而凌乱,不仅如此,新历史主义还着力打通历史与文本之间的界限,换言之,它既赋予历史以一定的真实有效性,同时也在有意

---

① 慈继伟:《正义的两面》,第 82—89 页,生活·读书·新知三联书店,2001 年。

无意之间为之打上了诸多问号。

新历史主义的历史观提醒我们,在肯定文本的历史性前提之上,亦有必要拓宽历史的视野,从宏大与微小、相近与相异、一致与矛盾等等多质的、动态的角度探讨文本的历史性内涵。这样,文学研究也便有可能获得更加充实的历史依据及历史意义。在此,本书将从"历史制约论"与"历史发展观"两个方面展开对文学研究之历史维度的探讨。

一 历史制约论

"历史制约论",顾名思义,即肯定历史的制约作用。从某种意义上说,历史制约论可谓历史主义文艺学根基之所在,否则,历史主义恐怕也便名存实亡了。应当承认,无论是作者的创作还是读者的阅读,都离不开相应的历史背景以及特定的历史境遇,随之而来,文本的意义也会在不同的历史环境中获得不同的阐发。与此同时,由历史观的演变可见,历史的制约因素亦有可能是多元的、动态的。

以女性创作为例。翻检文学史即可发现,女性与男性创作的差距几乎可以说有天壤之遥,相比较男作家的星罗棋布,女作家可谓寥若晨星。究其原因,其实并非缘于女性天生低劣于男性,而是通常情况下,在男权社会,女性从事文学创作活动会被认为异想天开而举步维艰,就像弗吉尼来·伍尔夫满怀激愤地申诉:"我们若看书看见一个女巫被人投到水里去,一个女人着了魔,或是一个聪明女人卖草药,甚或一个出众的人有一位母亲,这时候我想我们就隐约看见了一个失去的小说家；一个抑郁不得志的诗人；一个默默的忍辱的简·奥斯丁；或是一个艾米莉·勃朗特在草原上碰石而死，或是因有天才而痛苦以至疯狂而在大路上踯躅。"①正是这样，假设莎士比亚是一位女性——一位极有艺术才华的女性，那么，受性别所限，她所能做的不过是在家学习做饭、洗衣服，然后结婚、生子；换言之，她的艺术才华得不到锻炼、施展，终其一生将不过是一个小人物。基于同样的观点，波伏瓦（又译波伏娃）断言："一个人在开始时无论多么有才能，如果他或她的才能由于他或她的社会条件和周围环境而得不到开发的话，这些才能只能是死产的。"②如此一来，人们对于女性的艺术才华往往视若无睹或者嗤之以鼻，抑或干脆把她看作疯子、怪物，其中极少数女性在文学创作上获得成功，还不得不在很大程度上归于她们被当作男孩子来教育、培养③。为此，波伏瓦一针见血地指出："男人和女人的处境完全不同，女人的条件比男人的条件差，给予她们的机会要少，因此她们的成就也就会少。"④鉴于男权社会中女性低下的历史地位，相应地也便可以理解女性在创作过程中所采取的种种应对策略。比如有意无意地迎合、适应男性文化，以求得男性的认可，

---

① 弗吉尼亚·伍尔夫：《一间自己的屋子》，第60页，王还译，生活·读书·新知三联书店，1992年。

② 西蒙·德·波伏娃：《妇女与创造力》，第144页，郭棲庆译，见张京媛主编：《当代女性主义文学批评》，北京大学出版社，1992年。

③ 比如伍尔夫和紫式部，幼年时都曾被父亲当作男孩子对待，培养并鼓励她们去写作。

④ 西蒙·德·波伏娃：《妇女与创造力》，第159页，见张京媛主编：《当代女性主义文学批评》。

正如有论者所评价的那样:"没有一个男作家主要或大多半时间为妇女写作,在选材、定题和运用语言时他从未思考过来自女性的评判。然而,每个女作家都或多或少地为男性写作,甚至包括弗吉尼亚·伍尔夫那样被看作是为妇女而写作的作家。"① 之所以出现这样的情况,原因很简单,如果把写作比作一场游戏的话,其游戏规则是由男性制定的,如果不服从男性的规则,便有被淘汰出局的危险。与此同时,完全遵照那些规则无疑是不可能的,也违背了女性的特质和意愿。由此,打破男性规则的情况便可能在有意无意之间闪现出来,比如疯女人、女巫之类形象便似乎隐含着女性的叛逆抑或抗拒情绪。

不仅仅是女性创作,从历史制约论的角度看,不少经典女性形象所承载的历史的重负亦多多少少被忽视了。比如美狄亚形象,长期以来被视为女性反抗压迫的斗士,其坚毅、果敢的强者品质历来为人所称道。然而,应当承认,在那样男尊女卑的境况之下,看似强悍的美狄亚其实也是软弱、无助的。同很多女性一样,她对丈夫伊阿宋同样有着强烈的依赖性或者说依附性,只不过,与一般女性相比,面对伊阿宋的背信弃义,美狄亚除了悲哀、痛恨之外,还有着太多的无奈,原因在于,她虽然也贵为公主,但为了伊阿宋的缘故而早已失去娘家的庇护,换言之,她走投无路,哭告无门。当美狄亚决心以杀子的方式惩罚丈夫时,其报复行为无疑达到了高潮,然而,不容忽视的是,在

---

① 艾德里安娜·里奇:《当我们彻底觉醒的时候:回顾之作》,第127页,金利民译,见张京媛主编:《当代女性主义文学批评》。

这一过程中，弃妇的恨与慈母的爱在美狄亚的心里始终相互纠结——她一次次地举刀，又一次次地放下，这令人心碎的一幕足以证明美狄亚对于幼子的舐犊深情。随之而来，当手起刀落、孩子应声而亡之时，美狄亚的伤痛又将是何等的惨烈。由此可见，美狄亚的报复不仅伤害了作恶者，还伤害了无辜者，她本人亦不能幸免。进而推之，在先失去丈夫、又失去孩子之后，美狄亚固然得以全身退出，留在她心底的又是何等的创痛！由此思之，悲剧家欧里庇得斯纵然在其剧作结尾借用"机械上的神的力量"解决问题，并由此遭到亚里士多德的诟病①，但这样的结局对于悲剧主人公美狄亚而言终究虚无缥缈，更何况，即便成功逃脱，由于她的报复行为，她自己已然不仅失去了丈夫而且失去了儿子，从一个弃妇又落入更为悲惨的一无所有的境地。对于美狄亚这样一个热情似火、深爱自己的丈夫和儿子的妻子与母亲来说，她在这一系列悲剧事件中所承受的痛苦和伤害可想而知，从这个角度来看，她的成功无异于更为惨痛的失败。

当代德国文坛的一部佳作《生死朗读》中的一段有关二战往事的记述亦颇值得玩味。小说通过倒叙——具体而言便是法庭审判的方式，间接地展示出那桩罪行的历史：当时，为了防止犹太犯人逃跑，包括主人公汉娜在内的纳粹女看守们任凭大火肆虐、坚持不打开充当临时监狱的教堂的大门，致使绝大多数犯人惨死于火海之中。在法庭上，对于当年的这一惨剧，因为证据确凿，被告们都没有异议，换言

---

① 亚里士多德：《诗学》，第49—50页。

之,她们确实参与了这一桩罪行,汉娜也不例外。最后,法庭审判的焦点集中在究竟是谁主使残害在押的犹太人,进而牵涉到当年的那份报告究竟为谁所写。汉娜原本一直在为自己奋力辩解着,虽然辩解得并不高明,但生性倔强的她显然不会轻易放弃。然而,当面对进行字体鉴定的要求时,形势便急转直下了,为了避免暴露自己是文盲、不会读也不会写,汉娜拒绝做字体鉴定,承担了主犯的罪名。这里,对于当年的那一罪恶事件,人们的描述显然并不一致,似乎历史有着各种各样的版本,并且法庭审判的结果亦不完全符合历史的真相。至于把根本就不会读写的汉娜认定为报告的执笔人,更是荒唐至极,是对历史的歪曲。那么,这一段历史是否就因为汉娜的认罪伏法而被改写吗?显然不能这样简单而随意,历史文本的破绽终究会暴露出来,还事实以真面目,比如小说男主角米夏尔和监狱长便都先后发现了汉娜是文盲的秘密。此外,还有一个事实不应忽视:对于那一罪恶事件,无论主使与否,无论出于什么样的原因,汉娜确曾参与,她确实有罪。从这个角度看,汉娜服刑受罚也算是罪有应得,就如同汉娜自己描述的那样,那些惨死的人总是会来找她,她可以对活着的人置之不理,却无法回避这些死去的人。从这个角度看,在精神上,汉娜认罪服刑可能要比逍遥法外还要轻松、自在,就像《罪与罚》里的拉斯科尔尼科夫(又译拉斯柯利尼科夫),比起先前心灵的煎熬,他后来去服苦役、流放,固然身体上备受折磨,精神上反而觉得幸福了。总之,固然过去的情形不可能再现,但有一点是毋庸置疑的,那就是汉娜确曾参与残害犹太人的罪行,因为这样一个历史污点的存在,她无怨无悔地接受了惩罚。不仅是汉娜,米夏尔亦无法逃避历史,与汉娜的关系就是如此——汉娜足可以做米夏尔母亲的年龄以及因效力于纳粹政府而获罪的身份,这些构成了两人爱情的无法祛除的阴影。正是这样,面对汉娜,米夏尔长期以来选择了沉默。然而,与此同时,他又自始至终无法抹去汉娜的痕迹,与汉娜的交往历史对于他的爱情、婚姻、家庭、事业都产生了挥之不去的影响,正如他不由自主地感慨:"人们对历史遗产茫然无知,不知我们深深地打上了历史的烙印,我们生活在历史中。"①由此可见,历史因其不可能复现而似乎不可知,与此同时,历史又确切无疑地融入现在及未来之中。于是,历史固然不会回头,但历史的悲剧却完全有可能重演,因此,必须承认历史、正视历史。小说中的汉娜就是这样,她没有回避过去的罪孽,因此无论服刑还是死亡,都走得坦然而从容。

总之,在文学研究中应充分考虑历史的制约因素,即便其中可能有隐藏抑或歪曲,但历史事实终究不容抹杀而有其重要的、甚至决定性的影响。

二 历史发展观

"历史发展观"强调从发展的角度看待文学的历史因素。如古希腊先哲赫拉克利特所言:"人不能两次踏入同一条河流。"历史的长河奔流不息,但从来不可能回到过去,换言之,过去发生的事情从来

---

① 本哈德·施林克:《生死朗读》,第163页,姚仲珍译,译林出版社,2000年。

不可能原模原样地从头来过。但历史的不可复现并不意味着不可知,只是应当明确,历史既承载着过去,又维系着将来,从历史发展的角度着眼,文学研究才有可能突破成规,结合不同的历史语境而生发出不同的意义。

例如丹尼尔·笛福的小说《鲁滨逊漂流记》,主人公鲁滨逊改造荒岛的行为一向被人们津津乐道,鲁滨逊在改造荒岛的过程中所表现出来的不屈不挠的精神和巨大的劳动热情,使之具备了重要的教育意义。尽管鲁滨逊形象带有明显的殖民者的特征,但在殖民开发方兴未艾的年代,他所表现出来的占有欲和开拓精神也是值得肯定的。至于鲁滨逊对荒岛的开发、对野人礼拜五的改造直至以荒岛主人而自居的态度,则在很长一段时间以来被视作文明战胜自然的典型个案。① 然而,换个角度看,鲁滨逊这个主人的身份颇值得怀疑,他只是偶然漂泊到荒岛,也就是说,早在他到来之前,荒岛就已经存在,在他到来之后,荒岛则为他提供了生活的必要保障。这里,虽然不能否认鲁滨逊为自己的生存所付出的辛勤努力,也不能否认人类文明在这一过程中所起到的重要作用,但同样不能否认的是,荒岛的自然存在是这一切发挥作用的前提条件,换言之,如果没有荒岛,其他一切都是枉然。然而,小说所着力宣扬的却是鲁滨逊改造自然、征服自

---

① 卢梭则恰恰相反,基于"回到自然"思想,卢梭认为鲁滨逊是脱离了社会关系、在自然状态下依靠自然法则生长的"自然人",鲁滨逊的经历体现出自然的力量,由此出发,卢梭主张用自然来医治社会文明的弊端。不过,应当看到,在鲁滨逊的荒岛生活中,现代文明并非全然隐退,并且,鲁滨逊从现代社会来,最终仍回到现代社会去——并且对荒岛也实施了文明化的改造,因此很难说是一个真正的、彻底的"自然人"。

然的强者风范,荒岛不过是人的行为的被动的承受者而已。丹尼尔·笛福在小说《鲁滨逊漂流记》的结尾,只是很简略地交待了一下荒岛在鲁滨逊治理之下的改观①,其具体面貌不得而知,但联系历史上诸多被殖民开发的地区,则作为殖民地的荒岛的未来还是可以想象的。由此可见,笛福的《鲁滨逊漂流记》表现出较为明显的人类中心主义的色彩,以鲁逊滨为代表的所谓文明人以自身的利益为出发点,对自然施以改造,自然则不过是任人宰割的对象,而小说毫不掩饰对于鲁滨逊上述行为的欣赏和赞美。因此,有生态批评家断言:"从生态思想的角度看,鲁滨孙②是整个人类反生态文明和反生态的社会发展的缩影,是反生态文学的一个重要原型。"③

颇具反讽意味的是,法国当代作家米歇尔·图尼埃对笛福的《鲁滨逊漂流记》进行改写,于1967年发表了长篇小说《礼拜五——太平洋上的灵薄狱》。两相比较可见,虽然图尼埃的鲁滨逊更具诗情和哲理,但还是继承了笛福的鲁滨逊的某些基本特质,比如辛勤劳作、坚定执着、对文明社会抱有强烈的亲近感等等。然而,现代的鲁滨逊又是和过去的鲁滨逊有所不同的,比如就其与野人礼拜五的关系看,起初,同笛福笔下的主人公一样,鲁滨逊也是以主人自居,把礼拜五视作被统治者、是要被改造的对象,但随着两人的交往、特别是当礼拜

---

① 比如带器物工具、送妇女移民、分租土地给岛上居民等等。
② "鲁滨孙"为"鲁滨逊"的另一种译名,下同。
③ 王诺:《欧美生态批评:生态文学研究概论》,第150页,学林出版社,2008年。

五无意之中将鲁滨逊的山洞①炸毁以后,两人的关系逐渐发生逆转。这一点最直接地体现在两人经常玩的角色互换的游戏上:礼拜五扮演鲁滨逊,戴上帽子,装上假胡子,举着棕榈叶当遮阳伞,费力地说着英语,对着鲁滨逊指手画脚,鲁滨逊则扮演礼拜五,说着从礼拜五那儿学来的土话,在礼拜五面前毕恭毕敬,"如果礼拜五是鲁滨孙,过去的那个鲁滨孙,作为奴隶的礼拜五的主人,那么现在,鲁滨孙就非变成礼拜五不可,变成为过去作为奴隶的礼拜五。事实上,在火药爆炸之前,鲁滨孙就已经不再在嘴上蓄着剪成方形的胡子,也不留平顶头,他和礼拜五在外貌上已经不相上下,所以现在要扮演他的角色并不费事"②。当然,这类游戏本身并不足以说明以鲁滨逊为代表的文明拜倒在以礼拜五为代表的自然的脚下,但不可否认的是,爆炸发生之后的鲁滨逊的确有意识地摆脱文明的束缚,转而向自然靠拢。由此,出现了小说让人意想不到的、与笛福原作截然不同的结局:一艘名为"白鸟号"的英国船意外造访荒岛,流落这里长达 28 年、一直期盼回到文明社会的鲁滨逊却最终放弃离开荒岛,而决定留下来;同样让人意想不到的是,礼拜五兴致冲冲地登上英国船,满怀憧憬地驶向文明社会——至此,两人的关系可谓实现了彻底逆转。小说没有交待礼拜五此后的命运,但联系当时殖民地黑人以及印第安人所遭受

---

① 山洞里面储藏着各种带有文明社会印记的东西——衣服、枪、火药、陶瓷等等。
② 米·图尼埃:《礼拜五——太平洋上的灵薄狱》,第 192—193 页,王道乾译,上海译文出版社,2001 年。本书所引小说中的语句均出自于此,以下仅在引文后标示页码,不再另注。

的厄运,礼拜五此去可谓前景堪忧。至于鲁滨逊,"白鸟号"的到来不过是让他再次见证了久违了的所谓文明人的贪婪、骄傲与残忍,比如因为在草地上偶然发现两块黄金,他们便"决定放野火烧掉整片草地,以便于寻找黄金"(第217页)。对此,鲁滨逊既深感震惊又无比悲哀:"若是在过去他准备把岛建设成为花园城市那个时代,看到这一帮粗鲁贪鄙的家伙这样蹂躏这座花园城市,他不知该是多么痛苦。这一帮毫无约束的混账畜生的所作所为之所以引起他特别注意,决不在于他的树木被愚蠢地毁坏、他的家畜被无故屠杀,不是因为这个,而在于这些人,他的同类,既熟悉亲切又疏远陌生的同类,在于他们的行为气质。"(第216—217页)正是这样,当这一群偶然闯入的文明人离开之际,荒岛犹如遭受洗劫一般元气大伤,"露水很重,植物沉重地负载着丰盈的露水,在这一片灰色的光辉下,既没见光亮,也不见暗影,像是一片悲伤的清醒意识,各种植物都泪水盈盈地弯身折腰。鸟雀也噤不出声,冷冷然缄默不语"(第228页)。为此,鲁滨逊断然拒绝搭乘"白鸟号"回到文明社会,以避免再次堕落到"那个败坏不堪、充满污尘和废墟的世界上去"(第226页)。这里,鲁滨逊背弃文明、亲近自然的选择耐人深思,只不过,在人类文明的践踏下,自然还能否保留一方净土着实令人担忧,从这个角度看,同礼拜五的离开一样,鲁滨逊的留下恐怕同样也是前景堪忧的。

生态思想家唐纳德·沃斯特指出:"我们今天所面临的全球性生态危机,起因不在生态系统自身,而在于我们的文化系统。要度过这一危机,必须尽可能清楚地理解我们的文化对自然的影响。……研究生态与文化关系的历史学家、文学批评家、人类学家和哲学家虽然不能直接推动文化变革,但却能够帮助我们理解,而这种理解恰恰是文化变革的前提。"①的确,如果追根溯源,可见,生态危机往往并非自然发生,而是人为的结果。于是,在文学研究中就要直面人类文化传统——尤其是西方文化传统中根深蒂固的人与自然二元对立、且以人为尊的思想观念,对以人类中心主义、科技至上、消费文化等为代表的人类文明进行批判。应当清楚,为满足人的欲望、利益而破坏自然生态的行为固然有可能在一定时间内使人受益,但长远地看,人类其实得不偿失,且后患无穷。这里,基于历史发展观的视角去审视两个鲁滨逊形象,不仅可以看到他们之间的巨大反差——尤其是对鲁滨逊开发荒岛的行为,基于生态批评的原则,可清楚地见出后者对前者的颠覆——并且,如果再追根溯源,当不难发现人类现代化进程中的所谓文明的弊端,进而警醒世人:人与自然其实是平等的,人固然可以利用科技的力量去开发、利用自然,但这并不意味着可以随意地对待自然,更不能以人的需要为借口去破坏自然,否则,人类必将反受其害,乃至无处安身。

总之,历史是变动不居的,从历史发展的角度去审视文学,既可以对固有的文学现象实现新的解读,也可以在相互比照中突显文学研究的当下价值,进而为以后的历史走向提供启示。

---

① Donald Worst, *The Wealth of Nature:Environmental History and Ecological Imagination*,转引自张艳梅、蒋学杰、吴景明:《生态批评》,第 108—109 页,人民出版社,2007 年。

此外，还须强调的是，历史制约论与历史发展观密不可分、相辅相成，正是在这两方面的共同作用之下，文学研究的历史维度才能得以有效维护，文学的历史内涵及意义也才能得以充分开掘。

第二节　主体性的历史与自我生成

文学主体既有其历史的制约性，也对历史发挥独特的动力功能。这一动力功能的产生是历史与主体自我双重作用的结果，其中涉及内外在多重因素的影响。

一　"一般世界情况"——集体无意识·原型

"一般世界情况"出自于黑格尔美学，本书借用此概念来指称文学主体动力功能产生的根源，是从广阔的客观社会环境、以及通过某种内在途径由遥远的过去承继而来的普遍存在于主体的思维模式中的文化积淀着眼，强调对历史背景的总体情况的考察，与此同时，相关讨论亦不局限于客观的历史状况，而试图将历史与主体联系起来。

考察文学主体的特质不应该仅仅局限于个人的生存条件，宏大的社会时代背景相对于主体的有限境遇来说，无疑有着大量带有决定性意味的因素。正是在这个意义上，可以断言荷马不可能产生于现代社会，莎士比亚则只能在文艺复兴那样一个特殊的背景之中才可能创造出如此辉煌的成就。就如黑格尔所谓的"一般世界情况"——"有实体性的东西成为现实存在的一般性质,这种有实体性的东西作为心灵现实范围之内真正本质的东西,就把这心灵现实的一切现象都联系在一起"①,教育、科学、宗教等等,即属于此。如前所述,黑格尔把整个历史看作绝对精神(理念)的演变、发展的结果,至于艺术,在他看来,也不过是作家经由心灵的作用将理念显现于感性材料的产物。同样道理,这里黑格尔又是从其精神至上的原则出发来界定所谓的"一般世界情况"。撇开其唯心主义的神秘外衣,究其实质,可见黑格尔的一般世界情况实际上是从较大的背景来界定历史环境,简单地说,便是较为久远的时间以及较为开阔的空间——即所谓"社会时代背景"。

比如20世纪美国文坛先后兴起的所谓"迷惘的一代""垮掉的一代",他们都对现实充满悲观和失望,其中前者因为找不到出路而痛苦、迷惘,后者则以颓废、堕落的方式发泄对现实的不满,而之所以有这样的迷惘、颓废,则不能不提两次世界大战背景。具体而言,"迷惘的一代"诞生于第一次世界大战的阴影之下,"垮掉的一代"则与第二次世界大战给人们留下的心灵创伤密不可分。正是这样,在"迷惘的一代"抑或"垮掉的一代"的作品当中,战争可能并未被直接触及,但作为时代背景,战争对人的行为及思想无疑有着极其重要的影响。

又比如易卜生的社会问题剧,易卜生曾经否认其中的社会批判意识,他说自己不过是在"做诗"。然而,很难想象,一个密切关注现

---

① 黑格尔:《美学》卷1,第229页。着重号为原文所有。

实问题的作家,对于当时普遍存在的男女不平等现象会无动于衷。正是这样,易卜生在《玩偶之家》当中,用艺术的形式揭示了掩盖在温情之下的女性地位的低下。比如娜拉连自己家的信箱都无权打开,正因为这样,她虽然明明知道柯洛克斯泰的揭发信就在信箱里,虽然明明很想把那个对自己极为不利的证据先拿出来,却也只能怀着战战兢兢的心情、眼睁睁地看着掌握着钥匙的丈夫去拿出那封对她而言如同梦魇一般可怕的信。又比如海尔茂在看过克洛克斯泰的揭发信之后,当即便对娜拉肆意辱骂,其中甚至还牵连到已经死去的娜拉亲爱的父亲——从娜拉的回忆可以推知他们父女之间有着非常深厚的感情,但海尔茂却完全不顾及娜拉的感受,其草率、粗暴的态度,足以看到妻子在他心目当中无足轻重的地位。而放眼其历史背景可见,伴随着这样的被歧视、被压迫的境遇,西方的妇女解放运动正悄然兴起,并且于19世纪末、20世纪初达到了一个高潮。由此可见,娜拉不甘心"玩偶"地位、争取独立和自由,并非异想天开,而有其现实基础。从这个角度看,娜拉离开家庭、走向社会,虽不能说就此解决了妇女解放问题,但也还是拥有一个值得期待的未来吧,如果再联系此前的娜拉在借债、还钱诸种行为中所表现出的一定的谋生能力,还有好友林丹太太在孤苦无依的情况下自力更生的创业经历,那么,鲁迅先生所谓娜拉出走之后"要么'堕落'、要么'回来'"的判断,恐怕未免有些悲观了。换言之,有好友林丹太太为榜样,她自己也不乏勇气和能力,娜拉的离家出走虽不能说就此前途一片光明,但同样不能说就是死路一条吧。那么,鲁迅先生又何出此言呢?答案同样也离不开中国的历史背景,当时中国正值新旧变革的动荡时期,鲁迅从改革社会经济制度的角度探讨妇女解放问题,无疑有其特殊的意义。再换个角度看,时隔几十年之后①,鲁迅仍然对于娜拉出走后的命运深表怀疑、忧虑,足以见出当时中国的女性背负更加沉重的压力,也正因此,相比较娜拉,当时中国的妇女解放之路应当说更加艰难。总之,不管作者承认与否,《玩偶之家》的妇女解放运动背景不容忽视,同样的,该剧作对于妇女解放运动的意义亦不容抹杀,这也是它至今仍备受女性主义者青睐的一个重要原因。

如果再继续追问:易卜生为什么对于20世纪初期的中国文坛有如此大的影响?这里便要涉及一个"选择性接受"的问题。因为仔细考察易卜生在20世纪初期中国的接受情况可见,并非易卜生全部类型的剧作都在中国影响巨大,而是其中的一部分剧作——具体来看,即他的"社会问题剧"在当时的中国备受青睐。原因何在?除了因为当时中国文坛要在戏剧艺术表现形式上借助西方戏剧以革新中国传统戏剧之外,更重要的原因是在于,易卜生的社会问题剧与当时中国反抗旧制度、争取个人独立与自由以及妇女解放等潮流相适应。换言之,虽然所面临的具体社会问题不同,但当时的中国的确迫切需要易卜生在"社会问题剧"中所体现的针砭时弊、抗击俗流的决不妥协的斗争精神。由此可见,20世纪初期中国文坛对易卜生的接受并不完全是戏剧艺术本身的作用,而与中国的历史背景紧密相联。

---

① 易卜生的《玩偶之家》创作于1879年,鲁迅的《娜拉走后怎样》发表于1923年。

宏大的历史环境并非总是作为客观要素全然外在于主体,亦有可能通过某种内在的途径,对主体发生潜移默化的影响,由此呈现出似乎脱离外在的历史经验界而专属于主体自身的特质。比如荣格的集体无意识理论,便与此相类似。如前所述,荣格是从遗传学的角度来界定集体无意识,指出集体无意识是人类从遥远的过去所秉承的某种心理气质。用荣格的话说:"每当集体无意识成为一种活生生的经验,并对一个时代的意识观产生影响的时候,这就进行了一次创造性活动,这一活动对那个时代的每一个人都是重要的。"① 在荣格看,作家的创作与自我意识无关,而完全处于集体无意识的支配之下,此时此刻作家无异于一个"无能为力的世事旁观者,结果创作中的作品成了诗人命运所系的东西,并且决定着诗人的心理发展"②。正是在这个意义上,荣格作出"不是歌德创作了《浮士德》,而是《浮士德》创造了歌德"的著名论断。再联系荣格有关读者同样要受制于集体无意识的论述,则不妨沿着他的思路继续推断:《浮士德》不仅创造了作者歌德,而且创造了读者,创造了具备浮士德精神的全部人类。而这里的"浮士德精神",正是荣格所谓集体无意识的一种具体表征。与之相应,全部人类在这种自强不息、积极进取、永不满足的精神的推动下,不断完善自我,同时亦使整个世界得以改造。作为文学的主体,作者与读者当不例外。这便又与主体的动力功能直接相通,换言

---

① 荣格:《心理学与文学》,见《人、艺术和文学中的精神》,第107页。
② 荣格:《心理学与文学》,见《人、艺术和文学中的精神》,第112页。

之,缘于集体无意识、又经由主体而作用于历史的动力功能应运而生。

还可引述弗莱的"神话—原型"批评以为证。一方面,弗莱的原型同荣格的集体无意识一样,保有同黑格尔的"一般世界情况"式广阔的历史内涵,这可以说从宏观的角度为主体做了一次定位;另一方面,由于原型独特的、带有非理性性质的作用方式,又使之似乎得以摆脱现实环境的困扰而专注于主体自身的无意识领域,基于这个意义,或许可以说弗莱的原型批评是集体无意识理论的具体化以及对之的改造。不满于新批评拘泥于有限文本的研究方法,弗莱主张结合众多具体文本、从漫长的文化传统中去归纳文学批评原理。他的所谓"原型"是指"在文学中极为经常地复现的一种象征,通常是一种意象,足以被看成人们的整体文学经验的一个因素"[①],其中神话是最基本的一种文学原型,各种文学形态不过是"一系列置换变形了的神话"[②]。更具体地说,弗莱主要以圣经为参照对象,来进行批评实践,确立批评模式,这一点在其后期专著《伟大的代码》中有更为清晰的体现。弗莱指出:"在我们自己的想象传统中,圣经显然是一个重要的组成部分;不管我们对它相信多少,这个事实都不会改变。"[③]于

---

① 弗莱:《批评的剖析》,第469页,陈慧、袁宪军、吴伟仁译,百花文艺出版社,1998年。
② 转引自盛宁:《二十世纪美国文论》,第131页,北京大学出版社,1994年。着重号为原文所有。
③ 弗莱:《伟大的代码:圣经与文学》,第9—10页,郝振益、樊振帼、何成洲译,北京大学出版社,1998年。

是，他采用同圣经一样的"双面镜"形式为全书谋篇布局，把圣经与整个文学传统紧紧联系在一起，二者相互参照，相互印证，成为难以割离的一个整体。就其表述的方式和所涉及的主要内容而言，弗莱的原型批评有一定的神秘气息。并且，不容忽视的是，弗莱把原型从荣格的集体无意识演变成在文学中反复出现的具有象征意味的意象，力求从原始的神话中去破译文学的代码，这在相当程度上是一种推演的结果，若从客观经验界去加以证实，则难免失之牵强，从这个意义上，说弗莱为他的理论系统付出了"歪曲证据"的代价[①]，还是颇为中肯的。不过，值得一提、也是与本书此处的论题直接相关的是，渗透于弗莱原型中的历史因素已经内化于主体自身、尤其是主体无意识领域中的存在，基于此，在潜移默化之中，主体通过文学创作与阅读活动将之有意无意地释放出来，进而转化为影响历史的动力。因此，如果换一个角度，联系神话元素在文学中大量而持久的存在，联系圣经意象长期对西方文学乃至文化的重要作用，则恐怕很难否认弗莱的原型批评所包含的合理性。

宏大的历史因素以一种内在的方式直接作用于主体自身，主体秉承深厚的历史内涵而产生对历史的影响。就如同荣格所谓的"集体无意识"或弗莱所谓的"原型"，它们无一例外都强调了历史因素——尤其是就一个广远的范围而言——以非理性的方式、即以内化于主体自身的方式呈现出来，亦即"积淀"。"文化谓'积'，由环境、

[①] 罗伯特·休斯：《文学结构主义》，第193页。

传统、教育而来，或强迫，或自愿，或自觉，或不自觉。这个文化堆积沉没在各种不同的先天(生理)、后天(环境、时空、条件)的个体身上，形成各个并不相同甚至迥然有异的'淀'。于是，'积淀'的文化心理结构既是人类的，又是文化的，从根本上说，它更是个体的。"①将之落实到文学领域中，可见厚重的文化对于主体的影响包含着理性与非理性、意识与无意识的判然有别的层面。比照荣格的集体无意识、弗莱的原型与黑格尔的一般世界情况，在前二者那里主体对于历史的承载方式迥异于后者，带有一定的超验的、非理性的特点，尤其荣格的集体无意识直接源自弗洛伊德的个体无意识理论，带有非理性的意味，强调的是遥远的历史经验直接作用于主体的心灵，而无须外化为客观存在，如同一般世界情况的具体显现那样。于是，历史的经验便不可避免带有了超验的色彩，从而溢出了一般的历史范畴。可见，同作为主体的前在决定性因素，其具体呈现却各有侧重。主体便在这样两股力量的作用下实现着与阔远历史的对接。并且，在这一过程中，主体不是仅仅作为历史条件的承受者，而从其自身生发出作用于历史的动力。

无可否认，受形式主义思潮的影响，弗莱一再强调要从文学自身去探寻文学的意义，但同时亦看到了艺术既与它自己的时代、即它的创作时代又与当下的时代、即它的阅读时代二者之间的相通性，并且表明这两方面是相互补充的，"历史批评的目标就是一种自我复

---

① 李泽厚：《历史本体论》，第130页，生活·读书·新知三联书店，2002年。

活……一切真正的历史批评家,对过去艺术都有一种当代参照意识,这才能保持平衡"①。可见其文学研究贯通着历史的自觉意识。然而,与此同时,也应该充分注意到,弗莱心目中的历史更主要的是着眼于从宏大的历史背景中发掘长久作用于主体心灵的要素。因此,同荣格的集体无意识相类似,弗莱的神话原型虽然也关注于历史因素的考察,但对于不同主体所处的具体的社会历史条件,他们都无一例外缺乏必要的辨析。于是,各种复杂的文学现象不可避免被简单化了,其中实质性的差别也不无轻率地被抹杀了。对此,黑格尔的"情境"说或许能够给我们提供一些启示。

二 "情境"——天才·直觉·个体无意识

"情境"亦出自于黑格尔美学,与所谓"一般世界情况"相类似,本书借用此概念同样是指称文学主体动力功能产生的缘由,但着眼于主体个人的生存状况以及存在于个体天性中的某种不自觉的特质,强调的是对特殊的、有限的历史境遇的探究,并且,与前文相一致,这部分的讨论同样注重历史与主体自我的紧密结合。

主体所生活的具体环境无法完全脱离大的社会时代背景,单就这一有限的环境条件而言,同宏大的历史背景一样,主体会受到诸多外在条件的制约,这一切在主体的创作或阅读活动中发挥作用,同时进而转化为对历史的动力。就如黑格尔"一般世界情况"的具体

---

① 弗莱:《批评的剖析》,第454—455页。

化——"情境",用他的话说:"情境一方面是总的世界情况经过特殊化而具有定性,另一方面它既具有这种定性,就是一种推动力,使艺术所要表现的那种内容得到有定性的外现。"①情境之中蕴含着一般世界情况的因素,在一个大的社会时代背景所统摄之下的相对有限的主体的生存境遇,这便是我们基于黑格尔的情境说所作的引申。

仍以《玩偶之家》为例。如前所述,该剧诞生于西方妇女解放运动的历史背景之下,具体到当时的挪威,虽然相对落后于西欧各国,妇女解放运动却也已经有所发展,不仅如此,有资料表明,易卜生与当时的女权主义者曾经有过密切的交往,同情、支持争取妇女权利的斗争,《玩偶之家》即如此,娜拉的遭遇便以现实中真实发生的事件为原型。同样道理,很难想象,不经过自己的农庄改革和痛苦的人生探索,托尔斯泰能塑造出列文、比埃尔、聂赫留朵夫等一系列忏悔贵族的典型。又比如左拉,如前所述,他一向极为重视写作过程中的资料收集、实地调查等等,小说《娜娜》的创作便如此。为此,左拉甚至提出要扼杀作家的想象力,抛弃所谓的艺术技巧问题,认为作家只要如实表现现实便算完成了使命。撇开其理论主张的明显的偏激之处不论,单从小说《娜娜》看,左拉的创作渗透着其本人耳闻目睹的社会现实,并使之得以真切的展现,产生强烈的震撼效果。总之,无论是创作主体还是阅读主体,他们在历史上创造的巨大的推动力,显然深含着相应环境条件的烙印。

---

① 黑格尔:《美学》卷1,第254页。着重号为原文所有。

此外，受天才、直觉、无意识①诸说的启发，类似于个人天性的某些因素在主体动力功能产生上的作用亦值得关注。如前所述，天才、直觉、无意识诸说都是把眼光投注于主体自身，就其所关注的重心系于主体的有限存在而言，它们同黑格尔的情境说无疑有一定的相通性。然而，二者的差异也是很明显的，正如同一般世界情况之于集体无意识和原型，对此，可分别从客观的、经验的、理性的层面与主观的、超验的、非理性的层面来阐释其加之于主体动力功能的影响。相对于情境而言，天才、直觉、无意识等也是在超现实的意义上对主体发挥着作用，只不过它们不似集体无意识与原型那样从遥远的过去挖掘对当今的有限个体深有影响的因素，而更强调当下性与自发性。这里，因为天才、直觉、无意识以及集体无意识、原型等带有非理性意味的作用方式，为了论述的方便，可暂且统称之为"内在的因素"，以与通常所说的政治、经济、科技、宗教、家庭等主体生活的客观的"外在的因素"相对照。不难看到，无论是内在因素还是外在因素，它们对于主体的作用都是不可抹杀的。确切地说，正是在这两方面因素的共同作用下，主体性才得以最终确立，作者与读者才最终获得对于历史的动力功能。须指出的是，所谓内在因素与外在因素的划分，只不过是一种表述的权宜之计，二者之间并没有一条可以判然作别的分界线，而是相互融合、密不可分的。正是在这个意义上，即在内外在因素相互融合而非简单堆加之下，如盐之溶于水、有味而无痕一

---

① 这里的"无意识"强调的是"个体无意识"。

般,主体的动力功能得以产生。

说到这里,再回过头来看主体与历史的关系,或许会有更新的认识。正如历史主义所一贯倡导的那样,主体与历史是密不可分的,"主体与历史同在,倘若我们离开了那遮掩了主体的纯粹的真实身份的社会、心理学和历史确定性,那么,我们就不能发现'真正的'主体和自我。我们不可能在'赋予意义'的主体的哲学中去发现先于历史及我们和他人的关系而存在的纯粹的本质主体性。我们不可能去探求一个每个人都可以接受的普遍价值或道德、甚至'同感'"①。与此同时,也应该看到,人作为历史的主体,既是历史的存在,又是历史的创造者。同样道理,作为文学的创作主体与阅读主体,作者与读者既受制于经验,又秉承着先验,正是在内外两方面的合力之下,他们最终得以在有限的历史环境中开发出无限的意义,对现在乃至对未来发挥其独特而重要的作用。

其实,就以黑格尔本人来说,他在阐述关于艺术作品究竟怎样通过主体的创造劳动而由心灵产生出来的问题时,也是颇感为难,因为这用抽象的哲学原理实在很难说得清。当然,他并没有回避这个问题,而另辟专节来论之。在这一部分,黑格尔明确表示艺术"需要一个特殊的资质,其中天生的因素当然也起重要作用。……艺术创作,正如一般艺术一样,包括直接的和天生自然的因素在内,这种因素不

---

① 莫伟民:《主体的命运:福柯哲学思想研究》,第325—326页。

是艺术家凭自己所能产生的,而是本来在他身上就已直接存在的"①。与此同时,作为一个理性主义大师,黑格尔在这一部分还是小心翼翼地力求贯彻他的艺术、逻辑与历史统一的原则,为此,他讽刺那种无所事事、指望灵感会凭空而降的念头纯属荒谬。换言之,所谓天才、灵感、独创性等等固然在艺术创作中有着举足轻重的作用,却也并非全然无中生有的产物,还是不能脱离历史的巨大作用。与之相应的,克罗齐的直觉说固然干脆在艺术与直觉之间画上了一个等号,却也不得不补充进"依存性"与"整一性"原则,使得其整个理论体系获得了变通的余地。又比如弗莱,与新批评派一样,他主张文学研究应从文学内部着手,反对从政治的、道德的等等外在状况对文学进行评判,但从他所选定的原型的基准——《圣经》来看,联系其在整个西方社会各个领域所产生的持久而重大的影响,要想无视那些所谓的外部因素,恐怕是不可能的。总之,在文学创作与欣赏当中,确实存在着许多历史环境的制约因素,同时亦隐含着大量带有自发性与本能性意味的特质,二者相反而又相成,对立而又统一,共同促成了主体动力功能的产生。

李泽厚总结了人生的三重悲哀:一是不得不活的悲哀;二是不得不受某些社会性的支配、控制甚至主宰的悲哀;三是特别在社会转型期的历史与伦理的二律背反之中而无所适从的悲哀②。对此,他的

---

① 黑格尔:《美学》卷 1,第 361 页。着重号为原文所有。
② 李泽厚:《历史本体论》,第 131 页。

对策是:"个人作为'我意识我活着',得努力去自己寻找,自己决定,自己负责。即凭着自己个体的独特性,去走向宗教、科学、艺术和世俗生活,以实现自己的人生。"①接着他又援引中国传统的"实用理性"与"乐感文化"对此作了进一步解释,即"以对生活、自然、艺术的自由享受,使个体从集体、从理性、从各种约束中解放出来"②。愿望可谓美好,但终究未能说清个人在重重的社会化之重压下,其自由、其解放谈何容易?所谓"个体的独特性"究竟从何而来?李泽厚毕竟对此语焉不详,让人难以信服。诚如李泽厚所言,主体必然承受着种种历史条件的束缚,但如上所述,主体并非全然被动的,而在历史与主体的双重作用之下,对历史发挥着动力功能,这便是我们所理解的主体的自由与解放。

总之,历史的层面与主体自我的层面归根结底是不可截然分开的,文学主体的动力功能便产生于这两方面的合力。

---

① 李泽厚:《历史本体论》,第131页。
② 李泽厚:《历史本体论》,第132页。

第五章 主体的动力性

文学主体动力功能的产生是历史与主体自我两方面互动的结果,就其具体运作而言,则涉及个体境遇的言说、现实的审美变形以及过去、现在与未来的融合等方面,由此出发,在现实与理想两个层面上产生一定的历史效果。本章着力探讨文学动力功能的运作,即承接新历史主义的"协调"说,回答动力功能究竟如何发挥作用的问题。一言以蔽之,主体与历史实际上是交融在一起的,没有主体的历史与没有历史的主体都是不可能存在的。因此,时刻注意结合历史与文学主体两方面的因素,有效把握二者之间的动态关系,此即本书所理解并接受的文学领域中历史主义的核心内容。

新历史主义文论的重要代表格林布拉特提出"协调"说,阐述主体对历史发挥动力功能的方式,不仅把主体置于历史的制约之下,而且注意到主体对历史的积极影响,相对于传统历史主义文论而言,有其一定的开拓性。同时,协调说本身亦存在着不足之处,在此基础上,可沿着协调说的思路,继续深入探寻主体对历史的动力功能的具体运作。

协调说有其非常可贵的创新之处,它较为有效地解决了以往历史主义在处理主体与历史的关系时所面临的尴尬境地——如前所述,以往历史主义以强调历史环境的作用而著称,其中主体的作用或多或少受到忽视。但是无论协调的方式与结果如何,新历史主义始终把主体与历史紧密联系在一起。然而,与此同时,也应充分注意到协调说的局限性,概言之,即忽视主体各个不同的生存境遇,对于主体在现实与文本的转换过程中所涉及的审美因素缺乏应有的关注,历史的视野不够开阔。对此,可结合具体的文学现象予以阐发。

第一节 个体境遇的言说

动力功能的运作离不开作为具体存在的个体的生存境遇,正是通过对各个不同的生存境遇的言说,文学主体的动力功能得以有效运转,并呈现出各具特色的艺术效果。

以陀思妥耶夫斯基的创作为例。从陀思妥耶夫斯基对其人格的分裂性、苦难、疾病、宗教信仰等极具个性化的生活以及情感体验的抒发,应当不难领略主体动力功能的具体运作。

陀思妥耶夫斯基生活于 19 世纪,其创作时期主要是在 19 世纪的后半期,与列夫·托尔斯泰基本上属于同一时代。然而在世界文学史上,陀思妥耶夫斯基却有其独特的地位,被公认为一个具有标志性意义的作家。他的创作带有深刻的现代意味,他本人亦成为现代小说的伟大奠基者之一。由于陀思妥耶夫斯基的创作带有非常复杂的特质,往往得到大相径庭、甚至完全对立的解释,"几乎每一种哲学流派和美学流派,都非常想把他'拉'到自己一边,把他说成是自己的志同道合者或先驱。在19世纪末、20世纪初的大量专著和文章中,陀思妥耶夫斯基不是被描绘成自然主义作家,便是被描绘成象征主义的先行者。后来,陀思妥耶夫斯基的景仰者们根据自己的爱好,时而把他当作尼采之前的尼采学说的拥护者,时而把他当作基督教哲学家,时而又把他当作存在主义者"①。

在众多有关陀思妥耶夫斯基的阐释中,巴赫金的复调理论可谓独树一帜,颇有影响。巴赫金指出:

> 有着众多的各自独立而不相融合的声音和意识,由具有充分价值的不同声音组成真正的复调——这确实是陀思妥耶夫斯基长篇小说的基本特点。在他的作品里,不是众多性格和命运构成一个统一的客观世界,在作者统一的意识支配下层层展开;这里恰是众多的地位平等的意识连同它们各自的世界,结合在某个统一的事件之中,而互相间不发生融合。陀思妥耶夫斯基笔下的主要人物,在艺术家的创作构思之中,便的确不仅仅是作

---

① 格·米·弗里德连杰尔:《陀思妥耶夫斯基与世界文学》,第3页,施元译,胡德麟校,上海译文出版社,1997年。

者议论所表现的客体,而且也是直抒己见的主体。①

巴赫金把小说叙述方式以及由此而来的主人公的类型分为独白型与对话型两种,"认为前者与史诗传统相联系,寻求把一种单独的声音和单线的叙述强加于事件之上,宣称没有任何错误和背叛、无法摆脱的单一的、无可辩驳的真理,这是科学的、历史的(史撰学的)的话语,用权威的声音来诉说;认为后者与苏格拉底的对话、麦尼皮的讽刺文学以及狂欢的传统相联系,这在现代小说中达到了顶峰,它用集合主体的多声部取代了单独的声音和史诗作者的无所不在的权威,对话的方式用多种被压制的声音来诉说,属于大众的和民主的传统"②。巴赫金认为,在陀思妥耶夫斯基笔下,主人公享有高度的独立自主性,不是作者的某一思想的被动承载体,而对自己及其周围世界进行积极的思考、评判,呈现出思想者的特征。这些主人公似乎超越了作者的控制,整部作品也由此充满了分裂与纷争。

无可否认,陀思妥耶夫斯基的小说通过人物之间的对话以及对话式的独白,将种种对立的思想意识一并呈现出来。其中每一种声音都热烈地为自己辩护,而且似乎都有不可抗拒的理由。孰是孰非在这里是不存在的,也似乎并不重要,重要的是赋予各方以充分申诉

---

① M·巴赫金:《陀思妥耶夫斯基诗学问题:复调小说理论》,第 29 页,白春仁、顾亚玲译,生活·读书·新知三联书店,1988 年。

② Smith, Stan. *The Origins of Modernism: Eliot, Pound, Yeats and the Rhetorics of Renewal*. New York: Harvester Wheatsheaf, 1994. p. 59.

的权利。并且,身为作者,陀思妥耶夫斯基也似乎无力、或者说无意于对之进行评判。这样的一种生存状态无疑是极富冲撞力的,陀思妥耶夫斯基通过如此不避锋芒而穷形尽相的描绘,给人以强烈的震撼效果。比如《罪与罚》的主人公拉斯科尔尼科夫,便是这样一位矛盾重重的思想者形象。一方面,他冷酷,残忍,是杀人凶手;另一方面,他善良,和蔼,痛恨为富不仁者,同情被污辱与被损害者的命运。陀思妥耶夫斯基在极短暂的时间内,将魔鬼与圣徒两方面截然相对的品质集于拉斯科尔尼科夫一身,使之处于冰与火的双重煎熬之中。就人物之间的对话而言,无论是争锋相对还是迂回试探,双方都坚定而执着地维护着自己的立场,毫不妥协地为自己进行辩护。比如拉斯科尔尼科夫与索尼亚(又译索尼雅)之间关于"有无上帝"的对话:

"也许上帝根本就不存在。"拉斯科尔尼科夫甚至幸灾乐祸地回答道,一边望着她,笑了起来。

索尼雅的脸色骤然变得很可怕:脸上掠过一阵痉挛。她流露出难以形容的责备的神情,瞥了他一眼,想要说什么,可是一句话也说不出来,只是忽然用手掩住脸,很伤心地哭起来了。

……

"索尼雅,那么你很多次祈祷上帝吗?"他问她。

索尼雅默不作声。他站在她身旁,等待着回答。

"没有上帝,我能做什么呢?"她嘟嘟囔囔说,说得又快又有力,那对闪闪发光的眼睛向他投了一瞥,又紧紧地握住了他的手。

"嗯,一点儿也不错!"他心里想。

"那么上帝赏给了你什么呢?"他更逼近一步追问。

索尼雅久久地默然不语,仿佛答不上来似的。她那瘦弱的胸脯激动得不住地起伏。

"别说啦! 别问啦! 您不配! ……"她突然扬声叫道,神色严峻,愤怒地望着他。

"真是这样! 真是这样!"他坚持地暗自反复说。

"上帝是万能的!"她喃喃地说得很快,头又低下了。[①]

这里,拉斯科尔尼科夫俨然一个审判者,以索尼亚所面临的生不如死、且为了一家大小的生计甚至连以死解脱都不得的困境,毫不客气地质疑了上帝的存在。简言之,如果公正、仁慈的上帝真的存在,那么,这一切苦难何以发生? 而作为一个卖淫女,索尼亚固然地位卑贱,身体上有着无可掩饰的污点,却以其无限虔诚的信仰,始终保持着精神上的纯洁和强大。由此,拉斯科尔尼科夫看似理直气壮,讥讽索尼亚是"狂热的信徒"(第 378 页),实际上却由于信仰的缺乏而精神更加地无助、痛苦。于是,两相较量的结果,拉斯科尔尼科夫终为善良、虔诚的索尼亚所打动,向着她顶礼膜拜,而索尼亚则以救赎者

[①] 陀思妥耶夫斯基:《罪与罚》,第 376—377 页,岳麟译,上海译文出版社,1987 年。本书所引小说中的话均出自于此,以下仅在引文后标示页码,不再另注。

的身份,引导拉斯科尔尼科夫回归对于上帝的信仰当中。

又比如拉斯科尔尼科夫与波尔菲里之间关于"罪与罚"的对话,人物的软弱与坚强,渎神与虔诚,迂腐与敏锐,残忍与仁爱……种种坚锐对立的力量几乎在同时一并迸发出来,其动荡与分裂,冲突与对抗可想而知,对话的自主性、开放性由此得以尽显。在这里,警官波尔菲里抓住拉斯科尔尼科夫的一篇论犯罪的文章借题发挥①,对拉斯科尔尼科夫进行旁敲侧击:

"那么您还相信新耶路撒冷吗?"

"我相信。"拉斯科尔尼科夫意志坚定地回答道……

"您也——也——也相信上帝吗?请原谅我这样好问。"

"我相——相信。"拉斯科尔尼科夫抬起眼来打量着波尔菲里,又说了一遍。

"您也——也相信拉撒路复活吗?"

"我相——相信。您问这干吗?"

"您真的相信?"

"真的相信。"(第303—304页)

---

① 在这篇文章中,拉斯科尔尼科夫讨论了所谓"平凡的人"与"不平凡的人"的区别,"平凡的人"循规蹈矩,不敢越雷池一步,是世俗法律的执行者;"不平凡的人"则是新法律的制订者,他们凌驾于社会律法之上,为了达到自己的目的,甚至杀人、流血也在所不惜。(见《罪与罚》,第三章第五节)

波尔菲里如此执拗、甚至有些无礼地追问拉斯柯尔尼科夫的信仰,当然并非如他自己说的只是出于好奇,而想通过这一确证来进一步探寻拉斯科尔尼科夫犯罪的深层动因。至于拉斯科尔尼科夫不假思索地一番对答,则从一个侧面揭示了其尚未泯灭的对于良知、至善、理想的追求。基于此,可见拉斯科尔尼科夫此前每每表露出的对上帝的怀疑、嘲讽,其实不过是失望与渴望相交织的产物,也正因此,他在似乎有充足的理由杀人之后却不可避免陷入了激烈的内心冲突当中。当波尔菲里进一步带有暗示性地追问拉斯科尔尼科夫,如果有人以自己是超人为由而触犯了津法,该如何处置呢?拉斯科尔尼科夫冷笑着回答:

"流放、监狱、法庭和苦役充分保障着社会的安宁,有什么可忧虑的?您只要去捉贼!……"

"要是我们把他逮住了呢?"

"他活该。"

"您的见解的确合乎逻辑。那么他的良心怎样呢?"

"他的良心关您什么事?"

"本着人道精神嘛。"

"有良心的人,如果他认识到犯了错误,就会感到痛苦的。这也是对他的惩罚——苦役以外的惩罚。"(第307页)

两个人一番唇枪舌剑,波尔菲里看似迂腐可笑,实际却暗藏杀机,拉斯科尔尼科夫则情急之下不乏敏锐,同时高度戒备,小心提防。一番话仿佛很随意的说笑,却无异于一场说者有心、听者亦有意的惊心动魄的论战。这样的对话听上去并不包含对或错的评判,也很难说哪个更胜一筹,重要的是双方各执己见,并且彼此抗辩,充分展示自己的观点、立场。

不仅如此,小说当中人物的内心独白也带有明显的对话色彩,人物绝非只是自言自语,而往往站在多个人的立场上说话,于是独白亦成了众声喧哗的场所,形成巴赫金所谓"多声部"或者说"狂欢化"的效果。比如拉斯科尔尼科夫在杀人之后由于种种偶然的原因,他本来完全可以幸运地逃避法律的惩罚,但在内心深处,他却不由自主地为自己开设了一个道德法庭,于是有罪与无罪的辩论在那里此起彼伏,使他寝食难安,几近崩溃,丧失了正常生活的勇气和能力。而他最后被判往西伯利亚服苦役,虽然身体上受尽折磨,相对于此前心灵的煎熬,反而是一种幸福了。

那么,人物形象的这一系列矛盾、对立的思想意识究竟从何而来?真的如巴赫金所言,陀思妥耶夫斯基笔下的主人公已经脱离了作者意识的控制、对世界发表独立自主的见解吗?联系作家的生活实际,恐怕不得不对此深表怀疑。小说人物观念、个性的巨大反差归根结底都是作家创造的产物,其思想意识的分裂也好,冲突也好,是作家有意无意孕育的结果,有着深刻的现实根源。联系陀思妥耶夫斯基本人的生存境遇可见,正是通过对其人格的分裂性、苦难、疾病、宗教信仰等极具个性化的生活以及情感体验的言说,陀思妥耶斯基身为创作主体的动力功能得以有效运作,并对历史发挥一定的影响。

作为一位天才作家,陀思妥耶夫斯基留给世人的印象一向复杂而矛盾,带有明显的双重人格特点。他既骄傲又谦卑,既堕落又纯洁,既愚钝又敏锐,充满令人惊异的悖谬。有人把陀思妥耶夫斯基的心灵比做一个角斗场,"在那里,道德与无道德、爱与憎在搏斗,在不间断地、胜败无常地搏斗……陀思妥耶夫斯基的主人公们……代表着作家的不同的观点和情感。他们宛若中世纪寓言剧中的寓言形象,体现着他的矛盾思想。他分成许许多多小部分,把自己的各部分分置于每个主人公身上。可是他又置身于他们之外,因为他不承认他们的任何一种思想是彻底的,甚至已经摈弃和破除了许多思想"[1]。托尔斯泰也曾表示陀思妥耶夫斯基笔下的人物都是"用作者的语言说话",而且"表达的是作者本人的思想"[2]。精神分析大师弗洛伊德则从文艺创作心理着眼,指出:"通常心理小说的特性无疑在于现代作家通过自我观察而将他的自我分裂为许多部分自我的倾向,结果就将他自己精神生活和冲突趋势表现在几个主角上。"[3]陀思妥耶夫斯基可谓其中的一个突出代表。总之,多元乃至对立的意识在一个

---

[1] 扎东斯基:《为什么加尼亚·伊沃尔金没有去取十万卢布?》,张耳译,见中国社会科学院外国文学研究所《世界文论》编辑委员会编:《陀思妥耶夫斯基的上帝:陀思妥耶夫斯基研究论述》,第38—39页,社会科学文献出版社,1994年。
[2] 列夫·托尔斯泰:《列夫·托尔斯泰论艺术和文学》,见《陀思妥耶夫斯基的上帝:陀思妥耶夫斯基研究论述》,第37页。
[3] 弗洛伊德:《作家与白日梦》,见《论文学与艺术》,第105页。

人的头脑中并存,在现实当中并不鲜见,对于一个有着丰富情感体验的作家来说,这一点无疑表现得更加明显,而对于像陀思妥耶夫斯基这样本身充满着种种矛盾冲突倾向的艺术大师则尤为突出。因此,陀思妥耶夫斯基笔下的人物,固然如巴赫金所言,带有"直抒己见的主体"的特征,却归根结底是作者意识或潜意识的产物,不可能完全脱离作者而独立自主地存在。当然,巴赫金的目的并不在于取消作者,而是指出陀思妥耶夫斯基打破了以往独白型小说的叙述模式,使主人公得以彻底展示自己的内在逻辑与独立性。由此可见,陀思妥耶夫斯基的贡献就在于结合本人的思想意识、从一个独特的叙述视角把人物纷乱复杂的内心世界淋漓尽致地展现出来。

如果把眼光再放开阔一些,则应当看到,陀思妥耶夫斯基所展现的激烈的对立与纷争有其深刻的社会现实基础。简而言之,陀思妥耶夫斯基所处的时代正是保守、落后的俄罗斯经受着资本主义文明大举侵袭的时代,旧有的稳定的价值观念迅速瓦解,资本主义所标榜的个人至上原则更加速了社会的分裂与冲突,这一切自然给人的心灵带来剧烈的震荡。陀思妥耶夫斯基曾经旅居欧洲几年,亲眼目睹了所谓资本主义文明的腐败、堕落、黑暗,然而旧的传统毕竟是一去不复返了,作家也只能与千千万万俄罗斯民众一样,在忧愁与迷茫中体味着社会的动荡。而正是基于作者本人意识的分裂性与俄罗斯年轻的资本主义社会的分裂性,陀思妥耶夫斯基笔下的人物发出了极具冲撞力的复调之音。较之传统的现实主义创作,陀思妥耶夫斯基这种旨在探索人的内心深处、挖掘人的灵魂真相的写法毕竟呈现出很大差异。他不限于展示社会的表面真实,更关注俄罗斯大众的深广的精神世界,为此,他不无骄傲地宣称自己是"最高意义上的现实主义者"①。这里,本书无意于辨析文学创作方法与原则的具体流变,只是想说明特殊的文学效果其实由历史与主体共同促成。具体到陀思妥耶夫斯基身上,除了上述双重人格特征外,他的苦难,他的宗教信仰,他的疾病,都或多或少影响着他的创作,或者更准确地说,都渗透、参与到他的创作当中。与此同时,身为主体,陀思妥耶夫斯基又通过其创作介入历史的流程,产生一定的效应。

终其一生,陀思妥耶夫斯基历尽苦难,贫穷、疾病、苦役……这一切使他的身体与精神都饱受折磨。对苦难的切身体会,使得种种人间惨状不由自主地滑落到他的笔端。拿《罪与罚》来说,马尔梅拉朵夫一家便可谓痛苦与灾难的缩影。不仅如此,陀思妥耶夫斯基还把视角伸向人类灵魂深处,发掘人的精神痛苦。比如拉斯科尔尼科夫,他杀死放高利贷的老太婆,原本也有出于金钱的困窘,但他从老太婆那儿拿到钱之后并没有就此摆脱痛苦,反而陷入更加深重的痛苦的煎熬中。究其实质,可见人物的心灵痛苦与其宗教信仰是密不可分的。就拉斯科尔尼科夫而言,他虽然自认为是不平凡的人,可以超越世俗的法律去杀人;虽然他要谋杀的对象是一个既聋又病、既愚蠢又狠毒的放高利贷的老太婆,像只虱子或者蟑螂一般,杀死她,对于社

---

① 陀思妥耶夫斯基:《陀思妥耶夫斯基论艺术》,第390页,冯增义、徐振亚译,漓江出版社,1988年。

会大众可谓有百利而无一害;虽然由于种种巧合,他完全可以逍遥于社会律法之外,但是他却在内心为自己安排了一场又一场灵魂的拷问。拉斯科尔尼科夫为什么要如此跟自己过不去呢?正因为在他的灵魂深处还保有对道义、良知的尊崇,"当苦难深重,迷障重叠时,它总是能敞开一条漫长的道路,这条路不是返回死亡的世界,而是超越这个世界,走向上帝。"①拉斯科尔尼科夫也只有在身体上服苦役而心灵枷锁解脱之后,才真正获得了生活下去的希望和信心。身为作者,陀思妥耶夫斯基又何尝不是这样?他经历了那样多的苦难,耳闻目睹的现实又使他很难信服各种各样的社会变革途径,但他始终没有丧失生活的信心,始终梦想新生活的开始。带着这种信念,陀思妥耶夫斯基走向宗教,希望通过对上帝的膜拜获得精神的安慰与满足。然而,现实是残酷的,对上帝的虔诚信仰毕竟没能减轻事实上的苦难,"陀思妥耶夫斯基的上帝不仅创造了天、地、人、动物,而且创造了卑贱、报复、残忍。在这里,他又严防这些恶魔干预到他的作品中来。这就是为什么所有这些声音都充满了原始的生命力的原因"②。于是,思想意识的分裂、动摇、冲撞便在所难免了,表现在作家身上,是陀思妥耶夫斯基明显的双重人格倾向;表现在作品当中,则是主人公狂乱的思想斗争。除此之外,陀思妥耶夫斯基患有癫痫病,严重时甚

---

① 赫尔曼·海塞:《陀思妥耶夫斯基(1821—1881)》,斯人译,见《陀思妥耶夫斯基的上帝:陀思妥耶夫斯基研究论述》,第 60 页。
② Benjamin, Walter. "Surrealism: The Last Snapshot of the European Intelligentsia". See Benjamin, Walter. *One-Way Street and Other Writings*. Edmund Jephcott and Kingsley Shorter trans. London: NLB, 1979. p. 235.

至两三天便发作一次,每次发作他都要经历一场由生到死、死而复生的巨大折磨。对此,茨威格从艺术创作的角度予以阐发:"癫痫,这个他生命中最明显的威胁,被他以最高明的秘密手段变了模样:他从这种病态中吸取了一种世人从未见过的神秘的美,一种由叠印在瞬间中的预感组成的自我陶醉。……就像托尔斯泰对自己的健康非常感谢一样,陀思妥耶夫斯基的天分是那样感谢这疾病,感谢这恶魔般的厄运。它把他高高抛到高度集中的知觉状态……赋予他高深莫测的目光深入情感的隐秘世界与生死之间的灵魂空间。"[1]茨威格用极富诗意的语言把陀思妥耶夫斯基的病态体验描绘成如灵感突发般的情形,其中包含着一定程度的想象,可能多少带有这位传记作者本人的创作体会。然而,无可否认的是,陀思妥耶夫斯基的疾病确实在他的文学创作中留下了深深的烙印,一个最明显的特征便是他笔下出现了不少患有神经官能症的人物形象。比如拉斯科尔尼科夫就是一个癫痫病人,小说多次非常逼真地描绘了他发病时的晕眩乃至迷狂状况,与其激烈的内心冲突互相映衬,加之小说中大量出现的人物潜意识活动,极大地拓宽了艺术描写的领域,产生独特的感染力和震撼力。由此可见,充塞着陀思妥耶夫斯基作品的苦难有其深刻的现实根源,自身亲历的痛苦遭际和耳闻目睹的人间惨状,给作家敏感的心灵带来巨大的震动,这一切再经过特殊的艺术加工,一系列形神兼备

---

[1] 斯蒂芬·茨威格:《三大师:巴尔扎克、狄更斯、陀思妥耶夫斯基》,第90—92页,姜丽、史行果译,西苑出版社,1998年。

的形象便呈现在了读者面前。因此,无论小说中的人物表现得是如何性格迥异,甚至尖锐对立,终究逃不开创作主体这一基本要素的制约。此外,身为作家,陀思妥耶夫斯基不仅真实再现客观的社会现实,更以其对人的精神生活——包括潜意识领域——的着力发掘,成为一名现代文学艺术的先行者。

有鉴于此,在感受小说人物的丰富的内心世界的同时,怎能忽略作者的地位呢?其实身为陀思妥耶夫斯基研究专家,巴赫金也不可能对陀氏小说中的众多带有作者思想原型的形象视而不见。仔细考察其复调小说理论,应当承认,在巴赫金看来,作者陀思妥耶夫斯基的声音是作品中多种声音之一,他毕竟没有像罗兰·巴特那样干脆提出"作者的死亡"。然而作者的影响在这里无疑被大大削弱了。此外,巴赫金还提出:"艺术家从来不是从一开始就作为艺术家开始的,也就是说,从一开始他就不可能只同审美成份发生关系。两个规律性支配着艺术作品:主人公的规律性和作者的规律性,内容的规律性和形式的规律性。如果艺术家从一开始就只同审美因素发生关系,作品就会是做作、空虚和无所克服的,因而实际上也就不能形成任何有价值重量的东西。"[①]可见,巴赫金并不赞成在文学批评中仅仅关注于艺术形式的做法,然而其复调理论却有明显的着重作品的表现形式而忽视其中蕴含的深刻的现实根源——包括作家个人乃至整个

---

① M·巴赫金:《审美活动中的作者和主人公》,见《巴赫金文论选》,第530页,佟景韩译,中国社会科学出版社,1996年。

社会——的倾向。为此,他主张:"作者应该站在他创造的世界的边缘,作为这个世界的积极的创造者出现,他如果闯入这个世界,那就会破坏它的审美稳定性。"①如果从超越性的角度看,巴赫金的这番话无疑是有一定道理的。但就像作者不能脱离一定的历史环境一样,他也不可能完全脱离他所创造的艺术世界,尽管他或许会以很隐秘的方式参与其中。作者是一定社会的一分子,他绝不仅仅是一个旁观者,更是一个参与者。由上述论析可见,创作主体这一特殊身份的确立,离不开作者个体境遇的言说,并由此介入于社会发展的流程。拿陀思妥耶夫斯基的作品来看,其小说自诞生之日起所引发的巨大的警世作用,应当说是有目共睹的。诚然,随着人类文明的进程,越来越多的人已经摆脱了小说描述的千般苦难,社会法制也越来越趋于健全,然而各种各样新的罪恶却应运而生,人的心灵世界的冲突与动荡同样愈演愈烈。因此,如何获得心灵的解脱、精神的安慰,仍然是现代人孜孜以求的一个梦想。因此,陀思妥耶夫斯基所开创的艺术世界——尤其是分裂、纷争的内心世界——仍将是处于现实困境中的现代读者思考、争论的一个重要范本。陀思妥耶夫斯基安排了一个个平等、自由的对话世界,使各种各样的思想意识获得同台抗辩的机会,这可以说也在一定程度上契合了现代人日渐高涨的民主意识,并使之通过生动的艺术表现形式,产生直击心灵的力量。与此同时,还应该看到,虽然陀氏的小说世界是众声喧哗、莫衷一是的

---

① M·巴赫金:《审美活动中的作者和主人公》,见《巴赫金文论选》,第523页。

所在,却并非意味着创作主体的无所事事抑或无动于衷,仔细研读其作品,不难发现,在激烈的对话中还是可以听到作者有意无意之间流露出来的意向。比如《罪与罚》,拉斯科尔尼科夫在自觉承受身体的苦难后,终于获得了心灵的解脱,小说结尾暗示了其新生的开始,从中应该能体会到作者陀思妥耶夫斯基为灾难深重的现代社会所探寻的一条出路。与之相应,同小说内部极为复杂、激烈的矛盾冲突一样,由于各人的文化背景、生活经历、审美情趣等等各方面的差异,读者会从各自不同的立场来对小说进行阐释,会有意无意地赋之以一种与其本人的思想意识相契合的意义,从而使对话双方难以维系对等的地位,得出相异乃至相反的结论,进而由此对各自所处的历史环境发生一定的影响,这一过程无疑又是阅读主体动力功能的运作及结果。因此,小说《罪与罚》所呈现出的"多声部"应当说是作者、读者与历史的共同作用的产物。

当然,陀思妥耶夫斯基作为一位作家的伟大的独创性不容抹杀,就拿《罪与罚》来说,他通过"对话"——包括作者与人物之间、人物与人物之间、人物自己的多重思想意识之间等等——的方式,使得多重声音——即多元意识——在作品中得到了极为充分的展现,给人们造成更为直接而强烈的印象,从而有效拓宽人们的视野,为文学批评提供了更为丰富、多样的途径。同样,巴赫金作为一位批评家的伟大的独创性亦不容否认,他敏锐地把握到陀思妥耶夫斯基创作中的新要素,将之系统化、理论化,指出:"不看重信念和信念通常所具有的独白性;探寻真理但不把真理当作是自己意识得出的结论;根本就不是在自己意识的独白型环境中寻找真理,而是到理想的权威的另一形象中去探寻真理;面向他人的声音和他人的议论——这些便是陀思妥耶夫斯基组织作品形式的观点见解所具有的典型特征。"①这在当时专注于历史文化决定作用的苏联批评界可谓独树一帜,与后来在西方颇具影响的有关"取消作者主体性"的讨论相遥应,预示出文学批评的一种新动向,同时也与20世纪盛行于整个西方文论界的形式主义倾向相契合。并且,联系当时特定的历史背景以及巴赫金本人的坎坷遭遇,可见正如同新历史主义对传统的宏大历史观的苛责有它自身的政治原因一样,巴赫金对独白型小说的非难也隐约地透露出对当时专制独裁的不满以及对民主自由的召唤,用他的追随者戴维·洛奇的话说,巴赫金的对话理论使得小说"成为一种非常民主、反对极权的文学形式:在这里任何一种思维方式或道德观念都会受到挑战和对抗"②。从某种意义上看,作为一个文艺批评家,巴赫金的对话理论也正提供了阅读主体动力功能运作的生动个案。

再以勃朗特姐妹为例。夏洛蒂·勃朗特与其笔下的简·爱之间的诸多共性已为批评界所公认,由此,简·爱被视为带有作者自传色彩的一个文学形象。就情节安排看,比如小说中的洛伍德学校,便以现实中夏洛蒂·勃朗特所曾经受教的考文桥学校为原型。考文桥学校名义上是一所专为贫穷牧师的女儿提供教育的半慈善性质的学

---

① M·巴赫金:《陀思妥耶夫斯基诗学问题:复调小说理论》,第147页。
② 戴维·洛奇:《小说的艺术》,第143页,王峻岩等译,作家出版社,1998年。

校,实际上却是一个寒冷、饥饿、孤寂的地方,孩子们在这里饱受缺衣少食和严厉教规之苦,纷纷病倒,夏洛蒂的两个姐姐也在这里不幸染病,回到家没多久便双双死去。所有这一切,对于年幼的夏洛蒂而言,可算得上是无比惨痛的经历,也在她的心头留下了难以祛除的创伤。由此,在创作《简·爱》时,她便从主人公的视角,绘声绘色地写出了洛伍德这个所谓"慈善学校"的极其恶劣的境况。在众多的可怜的孩子们当中,除简·爱外,海伦·彭斯形象无疑特别值得关注,她善良、温顺、虔诚,却最终在身心的备受摧残之下不幸夭折,其生命之花的过早凋零既是对现实环境的控诉,更激起了简·爱的抗争意识。而联系作者的生平可见,海伦·彭斯形象即以夏洛蒂的大姐玛丽亚·勃朗特为原型,换言之,夏洛蒂将对姐姐的哀思融入到了其艺术创作当中。无独有偶,小说中的另一主要人物罗切斯特,亦带有现实当中人物的回响。[1]

简·爱独立不羁的个性和自尊自强的精神,自然备受女性主义者的青睐。按照女性主义文论,简·爱形象在很大程度上体现出对男权传统的反叛。女性主义者注意到,在男权文化的观照之下,以往的女性形象大多被歪曲:"由于文学文本持一种男性的再现生活的角度,因而妇女形象在男性作家笔下就走向了'天使'和'女巫'的两

---

[1] 为了开办学校,夏洛蒂·勃朗特曾经两次赴布鲁塞尔学习德语,在那里,她结识了已婚的埃热先生,并不知不觉地心生爱慕,《简·爱》中的罗切斯特身上便带有埃热先生的影子。

极。"①前者因为极尽对男性的奉献或牺牲受褒扬,后者则因为违逆其意志遭贬斥。并且,在男权中心思想的作用之下,男性总是将女性置于"他者"的地位,所塑造出来的女性往往"拥有双重的、欺骗性的形象……她从善到恶,被赋予了所有的道德品格及其对立面……他将自己渴望和畏惧、喜爱和憎恶的所有东西,都加之于她的身上。"②与此相应,女性形象的内外在属性往往表现出深刻的矛盾:她们即便具有光鲜艳丽的外表,有的甚至于是美的化身,以此来取悦于男性,然而,从内在的思想、心灵或者精神层面看,她们却往往有着无法掩饰的缺陷,表现为或者缺乏头脑,愚昧无知,或者阴险狠毒,宛如罪恶的化身。在这种情形之下,女性受到歧视、贬低甚至于打压就在所难免了。而这样的女性形象并非真实的,其结果便是维护了男性至上的文化霸权,而女性本身的地位、价值则受到严重的歪曲。简·爱形象却与上述传统女性形象截然不同。她是一个贫穷的孤女,身材矮小,相貌平平,又从事着当时被认为是卑下的家庭教师的工作。因此,就外在条件而言,简·爱显然不具备吸引男性的魅力,依据上述男权文化传统,她原本没有资格充当女主人公的角色。然而,夏洛蒂·勃朗特的故事就围绕着简·爱展开,并且,就是这样一个其貌不扬又孤单、贫穷的小女人,却有着常人难以企及的优美的内在素养,她坚强、勇敢、聪慧、敏锐,同时也不失善良、宽厚。凡此种种,让她即

---

① 屈雅君:《新时期文学评判模式研究》,第121页,陕西人民教育出版社,1997年。
② Morris, Pam. *Literature and Feminism: An Introduction*. Oxford and Cambridge: Blackwell, 1993. pp.14—15.

便是在压抑得令人窒息的环境里,如孤寂、冰冷的里德舅妈家和刻板、严厉的洛伍德学校,即便屡屡受到排斥、打击,其内在的光辉还是不可遏制地释放出来,令每一个人、即便是对她心怀仇恨的人也不得不由衷地叹服。这里,特别值得一提的是,小说安排了一段非常富有戏剧性的情节:简·爱与英格拉姆小姐这一对情场上的对手遭遇了,表面上看来,二者的差异不啻于天壤,一个相貌平平,一个光彩照人;一个囊中羞涩,一个家财殷实;一个孤单落寞,不为人所注意,一个气度不凡,俨然众星捧月。然而,同场竞技的结果,却是简·爱大获全胜,赢得了罗切斯特的爱情,在简·爱优美的内在素养以及强大的人格魅力面前,英格拉姆小姐这个传统美人显得那样浅薄而愚蠢。由此可见,简·爱形象的成功塑造本身即颠覆了男权文化所确立并维护的对女主人公角色的设定,对男权传统而言,表现出鲜明的反叛性。

  小说中的疯女人伯莎形象也特别受到女性主义批评家的关注。在他们看来,19世纪的女性文学作品中,类似伯莎这样的"疯女人"形象一再出现,她们从某种意义上说是女性作家自我的投射,投射的内容即对男权社会的反叛。受男权文化传统的影响,女性作家的作品存在着表层与深层双重结构,其中表层结构与固有的文化传统相一致,深层结构则以叛逆为特征。女性作家用作品的表面图像"模糊或隐去了深层的、不易理解亦不易被社会接受的意义层次……通过遵守和屈从父权制文学标准的途径,同时获得了真正的女性文学权力"①。疯女人形象便成为解读该深层结构的一个充满象征意义的符号。换言之,女性作家以疯女人为替身,抵制和拒绝着种种男权社会规范。在此基础上,女性主义者注重发掘伯莎与简·爱之间的内在联系,通过疯女人形象窥探女主人公的内心隐秘,于是,简·爱对世俗传统的反叛就以一种奇特的方式表现了出来。与此相关,女性主义批评家注意到,英国19世纪女性作家的文本却大多为发泄"愤怒"的产物,愤怒情绪发展到极至,女主人公干脆以上述"疯女人"的另类形象出场,或者说,她们成了拖着"疯女人"阴影的安琪儿②。其他女性作家是否果真如此,这里姑且不谈,夏洛蒂·勃朗特的创作确乎可以作为一个有力的注脚,尤其是简·爱形象,面对习俗、宗教、制度的压迫,她愤然而起,令人惊叹。比如在桑菲尔德,眼看自己心爱的人即将娶别人为妻,而自己却不得不远走他乡,简·爱不无痛苦地向罗切斯特发出了"我们本来就是平等的!"③这样掷地有声的宣言,在此,女主人公郁积心中的满腔愤怒将貌似公允的男权传统对女性的限制和规范冲撞得飘摇欲坠。总之,面对种种不公正的待遇,简·爱没有逆来顺受、委曲求全,而是大胆发出了愤怒的抗议,即便因此受到更严厉的惩罚,也毫不退缩。

---

① Gilbert, Sandra M. & Gubar, Susan. *The Madwoman in the Attic: The Woman Writer and the Nineteenth-Century Literary Imagination*. New York: Yale University Press, 1979. p.73.
② 陶莉·莫依:《性与文本的政治——女权主义文学理论》,第80页,林建法、赵拓译,时代文艺出版社,1992年。
③ 夏洛蒂·勃朗特:《简·爱》,第298页,凌雯译,浙江文艺出版社,1995年。

反叛的简·爱在很大程度上表现出与传统女性形象的不同,由此,小说在发表之初,引起了一帮卫道者们的恐慌与批判。与之相对,站在女性主义的立场,简·爱又俨然女性觉醒、解放的先锋,其反叛直指男性霸权,饱含战斗的激情和力量,给众多女性读者以极大的安慰和鼓舞。不过,与此同时,也应当看到,处于维多利亚时代[①]初兴阶段的夏洛蒂·勃朗特,固然由于命运多舛,对世俗传统颇有不满,但在当时谦恭、克制、礼让、忍耐诸如此类的社会风尚——尤其对女性要求更为严格——的影响之下,她也难免在一定程度上自觉不自觉地融入其中。就其笔下的简·爱形象而言,对于根深蒂固的男权文化传统,在反叛的同时,亦表现出不容忽视的回归倾向,比如真诚期盼与里德舅妈和解、安然执教于洛伍德学校以及最终与罗切斯特欣然结合。简·爱的回归令激进的女性主义者未免有些失望,以至于女性主义阵营内部亦不乏对简·爱的否定和批评。然而,公允地看,上述反叛与回归之间的矛盾并非不可理解。从外在环境看,小说毕竟创作于女性受到重重严格束缚的维多利亚时代,身为中产阶级的妇女,体面地嫁人可谓最好的出路,于是,"婚姻依然是妇女生活的目标和酬彩"[②]。可现实情况却是,当时的中产阶级妇女往往成为婚姻市场上的老大难,因为她们既不肯屈尊嫁给下层男子,又由于财

---

① 1838年,维多利亚女王即位,1901年,女王去世,但一般所谓"维多利亚时代"却一直延续到1914年第一次世界大战爆发。在维多利亚时代,英国工业发展迅速,科学、文化、艺术空前繁荣。

② Mukherjee, Meenakshi. *Women Writers: Jane Austen*. Houndmills: Macmillan Education Ltd, 1991. p. 30.

产、年龄、生活环境等原因,很难有幸为同阶层的男子相中,甚至显得比工厂里的女工还不受欢迎。在这种情况下,老处女现象便司空见惯了,"大量妇女从未结过婚,例如,在1881年,英格兰45到54岁的妇女,有12%从未结婚,在苏格兰,是19%"①。而从夏洛蒂本人的迟到的婚姻②,当不难体会她在这一问题上的切身之痛。由此反观作者对于简·爱结局的安排,不能不说其中包含着对于当时这种社会理想的趋同心理。何况,还有一个更加现实的问题摆在作者面前,那就是必须争取小说能够顺利出版,并且尽量能受欢迎,以保证最大限度地赚取利润。③ 考虑到这一点,夏洛蒂·勃朗特在塑造简·爱形象时,向当时的主流文化传统做一定程度地靠拢或者说回归,应当也算是在情理之中了。不仅如此,身为女性作家,夏洛蒂·勃朗特等的文学创作行为在当时并不受鼓励,"恰恰相反,她们受到冷遇、打击、训斥和劝告"④。于是,面对潜在的批评,简·爱的作者如果一味地渲染人物形象的反叛性,无异于有将自己推入众矢之的的危险。鉴于此,夏洛蒂对小说《简·爱》采取了一系列颇为有效的策略,包括以匿名的方式发表⑤、运用哥特式小说的流行元素、安排大团圆的结局

---

① Thompson, F. M. L. *The Rise of Respectable Society: A Social History of Victorian Britain, 1830 — 1900*. Cambridge, Massachusetts: Harvard University Press, 1988. p.52.

② 夏洛蒂·勃朗特直到38岁才步入婚姻的殿堂。

③ 在此之前,勃朗特一家饱尝生活拮据之苦。

④ 弗吉尼亚·伍尔夫:《论小说与小说家》,第114页,瞿世镜译,上海译文出版社,2000年。

⑤ 小说《简·爱》最初是以"柯勒·贝尔"这样的中性名字发表。

等等,这些策略在有效保证作品为当时社会主流认可、欢迎的同时,也难免对女主人公的反叛性有所缓和甚至消解,换言之,它们对于男权至上的文化传统表现出一定的妥协或者说回归。此外,夏洛蒂的出身和教养,也在一定程度上决定了她不可能与当时的主流文化彻底决裂。

总之,简·爱的反叛及回归看似矛盾,却与当时的历史文化条件相一致,也符合人物自身的性格发展,对于作者夏洛蒂·勃朗特而言,这也不是一种简单的折衷,而是在表达其自身境遇的基础之上,体现出对女性命运的积极思考。基于此,简·爱的矛盾或者说作者的困惑,即便对于现代女性而言,仍然有其重要的启示意义。

与姐姐夏洛蒂·勃朗特赋予其笔下的主人公简·爱鲜明的自传色彩不同,在小说《呼啸山庄》当中,艾米莉·勃朗特巧妙隐匿了自我。艾米莉别出心裁地设置了两个主要的叙事者——管家耐莉和房客洛克乌德,前者充其量不过是小说故事的边缘人,后者则几乎纯粹是故事的局外人。正因为如此,他们之间的听说问答是平淡而冷静的,作者则由此隐匿了自己的态度,有效地实现了与读者的疏离。"当作者之声陷于沉默时,读者对于'作为信息的故事'的目的和意义就拿不太准了。"[①]正是这样,读者固然从两位叙事者那里知晓了呼啸山庄和画眉田庄两代人三十年间的爱恨情仇,但至于作者对其中人物、事件的偏好倾向,终究无从寻觅,亦无可奈何,换言之,很难从

---

① 华莱士·马丁:《当代叙事学》,第 158 页,伍晓明译,北京大学出版社,2006 年。

作者这一维度去确立道德判断的依据。与此同时,小说中的激情描绘则真切而强烈,具有冲撞人心的效果。尤其是其中激情的彰显——爱与恨,可谓坚决而彻底的,爱起来不顾一切,恨起来亦不计后果,很难用世俗的道德标准去衡量。至于小说的结局,虽然看似明朗:复仇的"恶魔"希刺克厉夫死了,哈里顿和小凯瑟琳即将结婚,并且打算从阴森森的呼啸山庄搬往温馨、舒适的画眉田庄,至此,情感的狂澜似乎平静了下来。那么,是否可以认定,原本充溢于小说字里行间的激情,到最后就完全平息了呢?答案应当是否定的,小说的结局激情仍在,只是表现得不像前文那样醒目,而是以"暗流"的形式奔涌。比如希刺克厉夫,此时看上去沉默寡言、心平气和,但就在平静的外表下,他对凯瑟琳的爱从未有丝毫的减损,以至于他停止报复哈里顿和小凯瑟琳,并不是因为什么"幡然悔悟",而是预感、并盼望着自己的死亡——在他看来,自己的死亡即意味着与心爱的凯瑟琳重新相聚。抱着这一信念,希刺克厉夫对世事都听之任之了。可见,希刺克厉夫因爱生恨,也因爱消恨,自始至终,激情一直在他的心中奔涌。至于最后哈里顿与小凯瑟琳的结合,从篇幅上看,不足全书的十分之一,其中两人态度的转变也显得有失草率,很难与希刺克厉夫和凯瑟琳贯穿始终、惊天动地的爱情相提并论。鉴于此,关于小说结尾,所谓"人性的复苏"、所谓哈里顿与小凯瑟琳之间的"人间的爱"战胜了希刺克厉夫与凯瑟琳之间的"超人间的爱","冲破了仇恨,终于建立起来的爱情,就是冻僵的、麻木的人性复苏了,受压抑、被扭曲的人性终于得到解放了。人类是永远有希望的"①。如此美好的图景，固然令人憧憬，但恐怕多少带有一厢情愿的意味吧。这里，还有一个细节应该可以说明希刺克厉夫的态度，当耐莉劝他反省一下自己的行为、特别是找个牧师来听听宣教时，希刺克厉夫断然拒绝："我从来没有做过什么不公正的事，所以也就没有什么可反省的。……用不着请牧师来，也不需要为我念什么经文——我告诉你吧，我就要到达我的天堂了，别人的天堂对我毫无价值，我根本不想进！"②由此可见，临终之际的希刺克厉夫满怀与凯瑟琳长相厮守的热望，这份痴情堪称奇绝，非常理可循，其死亡的方式——心满意足地绝食而死，亦称得上惊心动魄，激情势不可挡。更何况，根据小说的描述，希刺克厉夫死后，他和凯瑟琳的灵魂还在两人都深爱的荒原之上四处游荡，这份生死相依、虽死犹生的爱情，以这种奇特的方式抒写着自己的永恒。

那么，如此等等激情叙事是否意味着与作者的生存境遇相脱节呢？其实不然，《呼啸山庄》的激情宣泄正是对现实处境的自发反动。小说《呼啸山庄》创作于英国19世纪中期，当时现代工业文明已经有了长足发展，但是，所谓"文明"并非包治百病的灵丹妙药，其本身在演进的过程中也会滋生与人的自然天性相违背的新问题，可惜问题

---

① 方平：《希望在人间》，见方平：《欧美文学研究十论》，第68页，复旦大学出版社，2005年。
② 艾米莉·勃朗特：《呼啸山庄》，宋兆霖译，见宋兆霖主编《勃朗特两姐妹全集》第2卷，第384页，河北教育出版社，1996年。

往往被文明的表象所蒙蔽。在小说当中,作为社会文明的代言人,呼啸山庄和画眉田庄的两位男主人辛德利·恩萧和埃德加·林敦远远谈不上公正、贤明,他们虽然个性差异明显——前者强横而后者柔弱,却无一例外都固守着惯例习俗。比如作为"上等人",他们从一开始就严格排斥来历不明又不名一文的希刺克厉夫,当后者渐渐构成对他们身份、财产的威胁时,他们更是不遗余力地阻拦、甚至施行残酷无情的迫害,终于造成了希刺克厉夫与之势不两立的仇恨。再就埃德加、希刺克厉夫与凯瑟琳的关系看,毋须讳言,以社会现实功利的标准衡量,埃德加具备明显的优势,一个是呼啸山庄的小姐,一个是画眉田庄的少爷,犹如金童玉女,天造地设。相形之下,希刺克厉夫对凯瑟琳的追求,则无异于痴心妄想、大逆不道了。从同样的角度看,凯瑟琳对希刺克厉夫的依恋,也未免有失体面、令人痛心。总之,在由财产、身份而确立种种习俗规范的时代,辛德利和埃德加的所作所为有其社会依据及合理性,与此相应的,希刺克厉夫与凯瑟琳的爱恋以及由此产生的仇恨与报复,就带有了一种批判社会、反抗习俗的意味。如果再联系小说创作的维多利亚时代背景,换言之,尤其是在那样一个讲究礼制、规范、秩序的环境当中,《呼啸山庄》的激情叙事看似不可理喻,实则难能可贵。如前所述,小说出版之初饱受批评,甚至有人质疑《呼啸山庄》的作者:"怎么写了十来章居然没有自杀?"[①]态度如此刻薄,着实耐人寻味。

---

① Gerin, Winifred. *Emily Bronte*. London: Oxford University. 1979. p.210.

具体到作者本人,作为一个经历简单、性格内向、沉默寡言的年轻女子,艾米莉·勃朗特与《呼啸山庄》的激情叙事之间似乎很难相融,然而,外表的简单、沉静并不能阻挡内心的丰富和活跃。早在幼年时期,艾米莉就表现出刚毅、坚强的个性特点,比如面对电闪雷鸣、风呼雨啸,她不仅不畏惧,反而欢欣雀跃,毫不掩饰对那些在大自然的狂怒面前瑟瑟发抖的人的蔑视。[1] 只不过,在那样一个等级森严、规范严明、讲究所谓淑女礼仪的时代,出身于普通牧师家庭的艾米莉的才华与激情时常遭受压抑,尤其是女性处于从属、依附地位的社会现实,使得她们"除了因为属于某个阶级或阶层等原因之外,还仅仅因为身为女性而受压迫"[2]。正像小说中的凯瑟琳母女以及依莎贝拉,她们虽然原本都是富家小姐,但却远远谈不上独立自主,而必须受到父亲、兄长抑或丈夫的控制,在追求幸福的过程中屡遭磨难,从肉体到精神均伤痕累累,甚至付出了生命的代价。作家本人生前死后饱受责难的事实,亦足以表明她与整个时代环境不相融合的悲剧。幸运的是,艾米莉对于现实的不满与渴望,终究以文学创作的方式得以抒写,正如弗洛伊德所指出的,文学创作如同白日梦一般,是作家在现实中未被满足的愿望的一种曲折的表现方式,是欲望的宣泄,更是欲望的升华。正是这样,特立独行的艾米莉通过小说创作,写出了压抑内心的苦闷与渴望,成就了《呼啸山庄》的激情叙事。值得注意

---

[1] Gerin, Winifred. *Emily Bronte*. p.207.
[2] 李银河:《女性主义》,第3页,山东人民出版社,2005年。

的是,如前所述,性格内向的艾米莉在倾吐狂风暴雨般激情的时候,通过多层次的叙事方式,巧妙隐匿了自我:"火一般燃烧起来的激情,通过第三者冷漠的语调转达出来,平静的叙述,不平静的内涵,造成了反差,产生一种'审美距离',给予读者在心理承受上所需要的缓冲。"①再考虑到欲望本身在人性中的重要地位,则小说所体现的激情与人性的密切关系应当还是可以肯定的。总之,在呼啸山庄这样一个带有野性与蛮荒色彩的地方,人的天性恰似不可阻遏的狂风暴雨得以淋漓尽致地展现。在这里,呼啸的激情即天性的爆发,它因为冲决了时代规范的樊篱而显得不可理喻,同时又因为顺应人的天性而终究打动了人心。

应当承认,主体不同,其所处的境遇千差万别,在文学创作或阅读的过程中对其个体境遇言说的具体方式亦随之而变化不定。大体说来,个体境遇的言说呈现出自我型、他者型以及二者的中和等多种主要倾向。所谓自我型,指主体在文学创作或阅读活动中带有鲜明的自我色彩,以突显个体自我的人生经历、思想情感等为主。以创作主体为例论之。拜伦用带有强烈的主观抒情的笔调描绘了一系列叛逆者形象,他们高傲、孤独、倔强,既与恶势力势不两立,又不可避免陷入苦闷、无助的绝望之境,这些人物带有明显的作者自己的人生处境和思想性格特征,成为一系列文学史上著名的"拜伦式英雄"形象。身为创作主体,拜伦用饱醮激情的笔,通过这些个性鲜明的形象,尽

---

① 方平:《希望在人间》,见方平:《欧美文学研究十论》,第46页。

情抒发了自己内心的震荡、忧郁和彷徨。再就托尔斯泰而言,联系作者本人的生活以及思想历程,恐怕很难忽视那一个个所谓"忏悔贵族"形象上所体现的托尔斯泰自己的身影。比如列文,他的求婚乃至结婚,他的农事改革,他的精神苦闷和探索,如此等等,无不真切反映了创作主体人生经历中的所作所为、所思所感。至于卢梭的自传《忏悔录》,作者更是将之视为向世人披露自我真实身份的一种重要凭证,并由此期望它成为自己与对手进行战斗的一个重要武器。用卢梭本人的话说:"请看!这就是我所做过的,这就是我所想过的,我当时就是那样的人……万能的上帝啊!我的内心完全暴露出来了……请您把那无数的众生叫到我跟前来!让他们听听我的忏悔……然后,让他们每一个人在您的宝座前面,同样真诚地披露自己的心灵,看看有谁敢于对您说:'我比这个人好!'"[1]可见,卢梭写作《忏悔录》就是想通过自我的真实展示达到张扬自我、进而驳斥对手的目的。无论拜伦的"拜伦式英雄"、托尔斯泰的"忏悔贵族"还是卢梭的"我",不管作者是有意还是无意,也无须考证他们是否做到了自我的真实刻画,可以肯定的是,上述文学创作过程在相当程度上展现了主体的自我生存境遇,此即所谓个体境遇言说的自我型。至于他者型,则与此相对,指主体在文学创作或阅读活动中力求消除自我的痕迹,以展现他者的生存境遇为主。比如自然主义文学的代表作家左拉,就极力主张在文学创作活动中取消作家自我的影响,认为只要如实再现

---

[1] 卢梭:《忏悔录》(第一部),第3—4页,黎星、范希衡译,人民文学出版社,2003年。

自然环境，作家便算完成了其创作的使命。福楼拜也曾明确表示："依照我看，一个小说家没有权力说出他对人事的意见。在他的小说创作之中，他应该模拟上帝，这就是说，制作，然而沉默。"[1]据此，考察文学发展的历史，福楼拜发现他所推崇的艺术大师：荷马、拉伯雷、莎士比亚等等，都无一例外地在其作品当中看不到他们的存在。这一追求客观的态度，直接导致了福楼拜小说叙述视角的转变，简言之，即所谓"作者隐退"。那么，福楼拜果真在他的创作当中无从寻觅了吗？答案当然不是这样简单，否则便很难理解他的另一明确表白："包法利夫人，就是我——根据我来的。"[2]表面看来，这句话与"作者隐退"的主张自相矛盾，但其实矛盾只是表面现象，二者之间体现出一种辩证统一的关系：只有外在于艺术创作的"我"隐退，才能达到"包法利夫人，就是我"的境界；同时，只有与人物合而为一，作者的个性才能得到充分的体现——换句话说，作者的身影虽看似"隐退"，其个体境遇却无比真切地显现于其间。又比如现代象征主义诗歌的重要代表马拉美、瓦雷里等倡导的所谓"无我"之诗，亦明确表达了淡化诗人的自我色彩、追求语词本身的艺术魅力的理论主张。此外，单就形式而言，作为一种艺术体裁，戏剧对于创作主体似乎也有着更高的客观化要求。然而，如前所述，自然主义并非意味着创作者主体性的消失，左拉本人的创作实践也充分证明了主体所处的社会环境及其

---

[1] 李健吾：《福楼拜评传》，第396页，湖南人民出版社，1980年。
[2] 李健吾：《福楼拜评传》，第82页。

个性、审美追求等对创作的重要影响。至于所谓"无我"之诗以及戏剧的创作,则不管作者怎样努力抹除自己在文本当中的身影,然而在词语的选择、组合,在场景的安排以及人物的情感态度等等之中,同样无法完全抹杀属于个体境遇的主体的人生经历以及思想倾向等的存在。换言之,在他者型这里,主体以间接的、隐秘的方式于文学创作中实现着对其个体境遇的言说。与此同时,即便是对上述自我型的言说,也不好在主体与其笔下的艺术形象之间轻易画上等号,正如同不能全然抹杀上述他者型当中的自我因素一样道理,不应该忽视在这些凝结着相当程度的作者自我的因素的形象身上所包含的其他外在的、客观的因素。由此看来,大量介于自我型与他者型之间、或者说对二者进行中和的个体境遇的言说类型的出现就不可避免了。并且,归根结底,个体境遇的言说实际上意味着主体在不同程度上整合各种自我因素的过程。鉴于此,无论自我型还是他者型抑或二者的中和,其实质——即对个体境遇的言说——是相通的,区别只是在于程度上的差异。

总之,个体境遇的言说在文学主体动力功能的运作当中具有不容忽视的意义,无论就创作还是就阅读而言都是如此,一定的历史效果亦由此而产生。当然,这并非意味着在文本与现实之间进行对号入座式的指认,因为所抒写的个体境遇毕竟不是简单直呈于文本之中,还要经过主体有意识地审美加工,这便又涉及到了下述主体的动力功能运作于对现实的审美变形的情况。

第二节　现实的审美变形

作为艺术门类之一的文学，审美效果应当说是其固有的属性，也是创作主体与阅读主体所努力追求的一个重要目标。因此，对之视而不见显然是有欠周详的。当然，本书的目的不在为主体寻求一个与现实隔离开来的屏障，而是强调丰富的现实内涵渗透于变幻的审美形式之中。这是文学主体动力功能运作的一个重要方面，文学艺术由此而产生一定的历史效果，甚至带有令人解放的特质。

如前所述，马克思、恩格斯理论的主要着眼点在于社会政治、经济领域，这就引发了后人对有关艺术理论去做进一步地发掘，其中当代西方马克思主义的代表人物之一马尔库塞的美学颇引人瞩目。同传统马克思主义理论家一样，马尔库塞始终关注着政治斗争乃至整个人类的解放。不过，与以往不同的是，马尔库塞是从审美的角度论之，明确表示："艺术的政治潜能仅仅存在于它自身的审美之维。"[1] 他反对把艺术作为政治的工具或者逃避现实的手段这样两种极端的做法，而结合弗洛伊德有关本能升华的理论指出，通过审美维度的建立，艺术以其自身的形式使心灵得以净化，从而获得虚幻的满足，至

---

[1] 马尔库塞：《审美之维：对马克思主义美学的批判性思考》，见马尔库塞：《审美之维：马尔库塞美学论著集》，第206页，李小兵译，生活·读书·新知三联书店，1989年。

于当代以反升华的形式出现的艺术,则起到了唤醒人们与不合理的现实进行斗争的作用。总之,无论是安慰还是批判,艺术终究以其特有的感性形式,在社会实践中发挥出强大的作用,由此成为文化乃至物质的生产力。① 在此基础上,马尔库塞进而提出未来社会的预想:"在这个阶段,社会的生产的能力可能将与创造性的艺术能力结为伉俪;而且,艺术世界的建立,将同现实世界的重建携手并行,这也就是自由的艺术和自由的工艺学的统一。"②这一设想无疑带有乌托邦的色彩。但马尔库塞将审美维度与现实维度相结合,将个体本能的升华与社会改造的实践相结合,可以说在一定意义上弥补了传统马克思主义在这一问题上的缺憾。当然,如何将审美与现实结合起来尚有很多值得商榷的地方,可以肯定的是,这里所讨论的审美效果在对于历史发挥动力功能方面确有较大的余地。无独有偶,另一位西方马克思主义者阿多诺有关艺术的否定功能的阐述,同样重点论及艺术与实践的关系。他指出:"艺术之所以是社会的,不仅仅是因为它的生产方式体现了其生产过程中各种力量和关系的辩证法,也不仅仅因为它的素材内容取自社会;确切地说,艺术的社会性主要因为它站在社会的对立面。但是,这种具有对立性的艺术只有在它成为自律性的东西时才会出现。"③由此,他提出:"必须从两个方面来考虑艺术的社会本质:一方面是艺术的自为存在,另一方面是艺术与社会

---

① 马尔库塞:《论新感性》,见《审美之维:马尔库塞美学论著集》,第114页。
② 马尔库塞:《审美之维:马尔库塞美学论著集》,第129页。
③ 阿多诺:《美学理论》,第386页,王柯平译,四川人民出版社,1998年。

的联系。"①即艺术的双重本质:自律性与社会现实性。在阿多诺看来,艺术正是在这相互矛盾的双重作用之下,存在于、并参与到社会实践中去。后代马克思主义者对马克思主义美学进行深入发掘,固然有其不足之处,但他们努力将艺术与社会实践统一起来,的确不失为一种有意义的尝试。

作为一个公认的后现代主义文学大师,戴维·洛奇的创作带有非常明显的迥异于传统的特征。称之"狂欢化"也好,"拼帖画"也好,"理论的试验田"也好,如此等等,无一例外都强调了洛奇对传统的完整性、统一性、权威性的创作程式的反叛或者说消解。的确,纵观他的代表作《小世界》,可以清晰地感受到以分裂、杂糅、多元、异质等为特征的后现代主义艺术气息。然而这一切并非意味着洛奇有意放弃其创作者的主体地位,与之相反,他的创作伴有鲜明的自觉意识,对于"作者死亡"之类的理论主张,他明确表示反对,声称:

> 我不能附和这种对文学文本的偏激观点——它简直不符合我的创作经验。创作一部小说是一件艰苦的工作,它包括想象、描写,将人类命运交织成一个时间与空间的网络,在某种程度上,必须使它在诸多不同层次——文体、修辞、道德、心理、社会、历史等方面同时具有意义。写作,尤其是叙事作品的写作,是一个不断选择和作出决定的过程:让你的主人公做这件事而不是

---

① 阿多诺:《美学理论》,第388页。

去做那件事；从这个角度而不是从那个角度去描写这个行动。除了按照某种整体设计——从某种意义上说，那是根据假定的读者们的情况而制定的方案——行事，你如何对此类问题作出决断？《小世界》是一部喜剧兼罗曼司，而喜剧或许是与后结构主义美学最格格不入的文体。作品中引人发笑的场面往往不是偶然发生的，也不是读者创造出来的；它们都是作者的构思。①

可见，与现实相比，后现代文本所呈现的世界尽管有着明显的夸张、变形的特点，充满纷乱和不确定因素。但这一切并非意味着文学主体的无能为力，因为，归根结底，文本是主体对现实进行审美加工的产物，各种现实因素——政治经济形势、文化动态、理论思潮、社会风尚等——深蕴于其中。这一对现实的审美变形的过程即文学主体动力功能的运作过程，由此产生特殊的艺术魅力和社会效应。这里，可以"互文性"这一当代批评中屡见不鲜、也是戴维·洛奇本人极为推崇的概念为起点，结合洛奇的代表作品《小世界》，对这一问题展开具体讨论。

宽泛地说，"互文性"指文本之间互相指涉的关系，由此形成互为文本的文学现象。毋庸讳言，互文性现象其实并非一个新鲜事物，细究起来，在近现代、乃至古代的文本当中均不乏其例。不过，与以往相比，互文性在后现代文坛中的体现应当说还是有其独特之处的，最

---

① 戴维·洛奇:《小世界》导言，见戴维·洛奇:《小世界》，第8—9页，罗贻荣译，王逢振校，重庆出版社，1992年。本书所引该小说中的话均出自于此，以下只在引文后标示页码，不再另注。

明显的莫过于,作家非常自觉、也非常新奇地处理与所指涉文本的关系,由此产生强烈的反差,造成巨大的冲击力,甚至给人以怪诞之感。不过,正如许多论者指出的,互文性的意义并不限于对文本进行追根溯源式的研究,也不纯粹是艺术技巧问题。用戴维·洛奇的话说:"文本互涉不是,或不一定只是作为文体的装饰性补充,它有时是构思和写作中的一个决定性因素。"①他把文本互涉的方式分成滑稽模仿、艺术模仿、附合、暗指、直接引用、平行结构等多种,而从其创作中,当不难发现洛奇本人对这些方式的娴熟运用。这里,就以滑稽模仿、直接引用、平行结构三种方式为例,透视主体的动力功能在对现实进行审美变形中的具体运作。

谈到《小世界》的构思情况,洛奇表示:"当时我考虑到有可能写一本喜剧讽刺小说,描写一些学术名流乘坐喷气机周游世界,去参加学术上和情场上互相竞争的会议,而小说可以建立在亚瑟王和他的圆桌骑士以及他们寻找圣杯这一故事上。"②这就明确指出了《小世界》对神话和中世纪英雄传奇的模仿,其副标题——"学者罗曼司"——无疑也暗示了小说结构与内容上的特点。如同古代的英雄们百折不挠地寻找圣杯一样,小说中的主人公们也在苦苦追寻着各自心目中的"圣杯"。他们身为学者、社会名流,有着受人尊敬的头衔和地位,仅就此而言,小说中人物堪与古代的英雄们相媲美,但他们

---

① 戴维·洛奇:《小说的艺术》,第114页。
② 戴维·洛奇:《小说的艺术》,第114页。

的所作所为完全丧失了英雄的崇高性,他们所追求的"圣杯"亦不再神圣。用作者的话说:"我非常清楚我要表达的是什么——是环球大学的学者们从中国到秘鲁的喷气机旅行中所显现的人类追名逐利的欲望。"(第4页)于是,这样的模仿不免带有强烈的讽刺性,形成洛奇所谓的"滑稽模仿"。仅就小说中人物的名字看,名与实的巨大反差便极为巧妙地烘托了小说的讽刺主题。比如男主人公柏斯,他的名字与圣杯传奇中最终完成寻求任务的伟大英雄柏西瓦尔极为接近,并且,他也像古代英雄一样,为追求自己心目中的圣杯而义无反顾,勇往直前。不过,他的这个圣杯可没有古代英雄传奇中的圣杯那样的无上的荣耀和威力,只是对于一个素昧平生而一见钟情的姑娘的爱。为此,他花光了所有的积蓄,抛弃了难得的就业机会,甚至冒着渴死的危险徒步穿行沙漠,环游世界各地,历尽艰辛。然而,考虑到其爱情追求的虚妄与渺茫,柏斯的勇敢、执着乃至于艰辛,其实都不过徒增可笑而已,根本无法与前人的英雄壮举相提并论。又比如国际文论界的统治者亚瑟·金费舍尔,其名字体现出亚瑟王(Arthur)与渔王(Fisher King)的综合,代表着至高无上的尊贵地位,然而他既丧失了学术上的创造力,又丧失了生理上的性能力,干瘪,衰朽,王者之风早已荡然无存,其统治的有效性与生命力可想而知。总之,在这个学者的小世界当中,所谓道义,所谓原则,如同那些在大会上宣读的论文——只剩下一个冠冕堂皇的形式,无论是说者还是听者,谁都不会认真对待。于是,在这里,装腔作势,互相倾轧,贪求享乐……便不可避免了。由此可见,通过对于英雄传奇的讽刺性模仿,作者巧妙地从学者的小世界折射出后现代社会总体上的浮躁、焦虑与沉沦。

洛奇曾经坦言:"因为我把写小说与学术生涯相结合已经近三十年了,毫不奇怪,我自己的小说越来越间涉各种文本。"[①]作为一个举世闻名的学者型作家,洛奇无论在学术界还是在创作界,均取得了斐然的成就,表现在他的作品当中——尤其是《小世界》这部以描写学者生活为主要内容的小说,便形成了明显的直接指涉理论文本的现象,用洛奇本人的术语,即"直接引用"。在这个学者的生活圈中,无论是报告,讨论,还是日常的交谈,都可以轻而易举地看到活跃于当今批评界的理论主张,并且,毫不夸张地说,它们获得了无比生动而充分的呈现。其中特别值得一提的,是以语言表征危机论为代表的后现代主义批评主张。比如莫里斯·扎普教授在历次会议上所作的大致雷同的学术报告,用他的话说:"在语言里,意义总是从一个能指转换到另一个能指,绝不可能完全把握它。……语言就是一种密码。**但对每一个密码的解释,都是新的密码的编制**[②]。"随之而来,文本就像脱衣舞,"舞女挑逗观众,正如文本挑逗它的读者,给人以最后彻底裸呈的希望,但又无限期拖延。……真正使人兴奋的是脱光的'拖延'而不是脱衣本身,因为一旦一个秘密被揭示,我们立刻就会对它失去兴趣。……阅读就是听任自己陷于无尽的好奇与欲望的转移……文本向我们揭示自己,但决不会让自己被把握住;我们与其殚

---

① 戴维·洛奇:《小说的艺术》,第113页。
② 黑体字原文有。

精竭虑地想把握住它，不如在它的挑逗中寻求快乐"(第43—47页)。既然语言符号能指与所指之间的关系是任意的，文本的意义便不可避免随之陷于永远的解构之中，从中不难窥见德里达、福柯、拉康等理论的影子。与之相应的，这一群学者们在热闹非凡的会议上对有关文学的各类问题自由发挥，似乎充分验证了语言的任意性以及意义的不确定性。尤其小说当中描绘的历次会议的高潮——美国现代语言协会年会，更可谓各种理论文本大荟萃的一个缩影，后现代批评界多元共生、开放自由的特性得以尽显。然而，正如柏斯在大会上向每一位发言人所提出的："如果大家都同意你的观点，其结果会怎么样？"(第515页)换言之，既然一切都不免遭消解的命运，那么，所有这一切差异、冲突、争论的意义究竟何在？对此，亚瑟·金费舍尔的解释是："在实际批评领域里至关重要的不是真理而是差异。如果大家都同意你的观点，他们肯定会步你的后尘，那么你便再也不能从中得到乐趣。赢得这场游戏也就是输掉它。"(第516页)原来如此！归根结底，这些高明的学者们不过是为争论而争论，解构之后的建构是无从寻觅的，拨开那些纷乱重重的歧异的面纱，最后剩下的也不过是——一片虚无。颇值得玩味的是，此时的金费舍尔却对柏斯的提问如获至宝，他一改以往的老迈与萎顿，仿佛久病初愈的渔王，恢复了生机和活力。一个毫无结果的问题却引发出了如此令人振奋的效应，从中不难体会一种深刻的反讽意味。作者戴维·洛奇利用自己深谙各种当今流行的文学批评的优势，通过直接引用的方式，在作品当中贯穿着大量理论文本的成份，这一方面与小说人物的学者身份相契合,另一方面更渗透着洛奇本人对诸种看似热闹、实则虚无的批评主张的反思。应当明确,身为创作主体,戴维·洛奇的用意决不在于炫耀自己的理论素养,而通过饱含讽刺意味的幽默笔法,表达了对文学批评、乃至文化思潮的热点问题的严肃思考,其中主体的动力功能自然是不容忽视的。

互文性在戴维·洛奇创作中的一个具体呈现方式便是"平行结构"。应当看到,这一点与洛奇对巴赫金的推崇备至密切相关。如前所述,巴赫金的对话理论强调在文本之中赋予各种声音——即各种思想观念——以同时迸发、充分申诉的权利和自由。与之相应,他还通过对拉伯雷作品的分析,提出"狂欢化"理论。用巴赫金的话说:"是生活本身在狂欢节上表演,而表演又暂时变成了生活本身。这就是狂欢节的特殊本性,它的特殊存在性质。"[1]巴赫金特别强调的是等级差别的取消,明确表示:"在狂欢节期间,取消一切等级关系具有特殊重要的意义。"[2]于是,一切所谓主流的、权威的思想意识为民主、自由、平等的精神所取代。体现在《小世界》的创作当中,一个明显的特征便是时间顺序的打破,处于中心地位的人物和事件亦无从寻觅。在这里,作者安排多条线索齐头并进,各种大相径庭的场景交错切换,形成平行式结构,关于文学理论专业知识的讨论、世界各地风土人情的介绍、紧张离奇的通俗故事情节等并行而不悖,高雅与通

---

[1] M·巴赫金:《巴赫金文论选》,第103页。
[2] M·巴赫金:《巴赫金文论选》,第105页。

俗、严肃与戏谑、传奇与现实,如此等等交杂在一起,产生类似于电影中的"蒙太奇"效果。加之明显的故事情节拼贴、叙述视角跳跃的痕迹,于是,整部小说呈现出众声喧哗之势,正符合巴赫金所谓"对话"以及"狂欢化"的特点。然而,戴维·洛奇明确宣称对这一切纷乱和分裂掌握着控制权。换言之,固然小说人物、情节等各种要素交杂纷呈,却归根到底是作者审美加工的产物。洛奇对《小世界》平行结构的安排,无疑有利于多层面地展示现实,也突显了后现代社会快速、多变的时代特征,由此产生强烈的吸引力,引人捧腹,更令人深思。

与此同时,不管作者有着怎样的自觉意识,也不管文本自身呈现出怎样杂乱的特质,作为阅读主体,读者们还是纷纷结合各自的生活经历、审美情趣等,从《小世界》中读出了自己的见解。其实,戴维·洛奇本人虽然对作者的地位确信无疑,却也不可能脱离他所处的后现代语境——其一个突出特点便是质疑作者的权威、突显语言的功用。他表示:"语言和文学常规的系统性和共同性具有派生各种意义的能力,它们超越使用语言的个别创作主体甚至与之背道而驰;作者只能从他的读者那里获悉那些隐秘的含义。现在,我就把这任务交给你们了。"(第10页)正是这样,有人从小说所描绘的学术界的丑态出发,视之为一部针砭现实之作,从而引发对现实的反思和批判;有人则从消遣的目的出发,迷恋于作品所展现的紧张、离奇的情节,甚至津津乐道于小说中性爱场面的描写;还有人抱着理论研究的态度,专注于小说中大量的学术热点话题,试图从中搜寻种种文学理论依据……凡此种种,涉及政治、道德、学术研究等等各种领域,这便又进入了阅读主体动力功能的运作阶段,进而对一定的历史环境产生独特的影响。

再以卡夫卡为例。众所周知,卡夫卡是一个具有独特艺术风格的作家,他不追求逼真反映现实,由此,时间、地点、人物身份等等小说诸要素,在卡夫卡的笔下都是模糊不清的,甚至人物姓甚名谁都干脆略去,只剩下一个代码——如K。于是,他的故事看上去荒诞不经,但与此同时,又往往在细节上大做文章,换言之,他的小说在模糊不清的背景之下又不乏极其细致入微的描绘,更重要的是,卡夫卡的作品寓意深刻,尤其是无比真实地传达出了现代人的心声,由此被视为最具有现代社会标志性意义的作家,并且,从某种意义上看,写作是卡夫卡生活中不可或缺的一个组成部分,是他赖以为生的方式之一,就像呼吸一样自然、且重要,套用笛卡尔的那句名言,便是——"我写,故我在"。正如他自己曾经这样说过:"我最理想的生活方式是带着纸笔和一盏灯待在一个宽敞的、闭门杜户的地窖最里面的一间里。饭由人送来,放在离我这间最远的、地窖的第一道门后。穿着睡衣,穿过地窖所有的房间去取饭将是我唯一的散步。然后我又回到我的桌旁,深思着细嚼慢咽,紧接着马上又开始写作。那样我将写出什么样的作品啊!我将会从怎样的深处把它挖掘出来啊!"[①]正因为如此,卡夫卡虽然对于自己的作品发表与否并不关心,但对于作品

[①] 卡夫卡:《致菲莉斯》,见《论卡夫卡》,第713页,中国社会科学出版社,1988年,转引自吴晓东:《二十世纪外国文学专题》,第4页,北京大学出版社,2006年。

的艺术性却有着极高的要求,而并非只是消遣、娱乐。由此,现实的灾难感、陌生感、孤独感被以虚幻的、荒诞的形式揭示出来,其小说也便成为了现代社会的寓言。

比如《变形记》。小说从格里高尔的变形写起,没有任何铺垫,突如其来,开篇第一句话便是:"一天早晨,格里高尔·萨姆沙从不安的睡梦中醒来,发现自己躺在床上变成了一只巨大的甲虫。"①人变虫——这是多么可怕的一件事,然而,就在自己家里,就在睡梦当中,这样的惨剧便发生了。并且,灾难从天而降后,无论格里高尔本人,还是其他人,都无意于追究"变形"这种荒唐的事情究竟何以发生,而是很自然地把它当作既成事实接受下来,仿佛格里高尔不是变形,只是生了一场病而已。究其实质可见,现代人正如格里高尔一样,看似紧张、充实,实则生活在孤独与惶恐之中,灾难随时随地都会降临,于是,便可能如同格里高尔"变形"一般,无可奈何,身不由己。更令人触目惊心的是,变形之后的格里高尔生活在亲人中间,他曾经那么辛辛苦苦地为他们奔忙、赚钱养家,给亲人带来温馨和欢乐。然而,当他变形为甲虫、失去了劳动能力之后,他的至亲至爱之人是如何对待他的呢?父亲不是怒斥便是追打;母亲时常叹气哭泣,虽然也想去看看他,但一看到他又会当即吓晕过去;妹妹一开始还同情、照顾他,但不久便厌烦了,最后终于大喊起来:"对着这个怪物,我没法开口叫他

---

① 卡夫卡:《变形记》,见聂珍钊主编:《外国文学作品选:20世纪外国文学》,第45页,华中师范大学出版社,2009年。本书所引小说中的语句均出自于此,以下仅在引文后标示页码,不再另注。

哥哥,所以我的意思是:我们一定得把他弄走。……如果这是格里高尔,他早就会明白人是不能跟这样的动物一起生活的,他就会自动地走开。……"(第69页)亲人就是如此这般的冷酷、残忍,他们虽然没有直接杀死格里高尔,却毫无疑问地加速了格里高尔的死亡。亲人即如此,格里高尔还能从其他人那里奢求安慰、帮助和爱吗?显然不能。正是这样,格里高尔逐渐心灰意冷,最终悄然死去。格里高尔变形后的遭遇反映了现代人生命之卑微,一旦失去了劳动能力——或者更确切地说,一旦失去了利用的价值,便不可避免地被冷落、抛弃,乃至走向死亡。总之,"变形"固然在现实当中不可能发生,但却无比真实地揭示出了现代人的生存困境:灾难随时随地可能发生,并且,面对灾难,人们无以解脱,只能被动地承受打击、乃至毁灭。

《变形记》中"变"与"不变"的对比亦耐人寻味。表面看来,变化的只是格里高尔,因为他已经失去了人形、变成了虫子。然而,就是这样一个具有虫形的格里高尔,依然保持着人的爱心、温情。而其他人则看上去还是原样,内心却已经悄然发生变化。比如格里高尔的亲人,他们对于变形前后的格里高尔显然态度迥异,把变形之后的格里高尔视作累赘、耻辱,嫌恶他,憎恨他,在他的房间里堆满杂物,且满是尘土,"手头有什么便给他吃什么",且是白天"匆匆忙忙地用脚把食物拨进来""晚上用扫帚一下子再把东西扫出去,也不管他是尝了几口呢,还是连动也没有动"(第65页),甚至巴不得他快点儿死掉。正是这样,当发现格里高尔真的死了,父母、妹妹没有为失去亲人而悲伤,恰恰相反,他们如释重负,甚至出去郊游、以示庆贺。这里,需要说明的是,格里高尔的父母、妹妹其实都并非大奸大恶之人,甚至细究起来,他们对待格里高尔的态度也有其合情合理之处,比如父亲的愤怒、母亲的忧伤、妹妹的焦虑等等,然而,此中的"情理"又是那样的触目惊心,令人不忍、也不愿面对。总之,格里高尔的遭遇看似奇特,却恰恰是现代人生存困境最直接、最真切的写照,其中正常与反常、特殊与习惯诸如此类的悖谬值得深思。不管怎样,这样简单、平静的讲述背后应当是蕴含着极其深广的现代人的悲哀、无奈、愤怒、挣扎……

此外,与前文"个体境遇的言说"部分相一致,有论者指出,《变形记》等作品即"卡夫卡的精神自传"[1]。换言之,现实生活中的卡夫卡固然不可能发生变形为虫子的情况,但就精神层面而言,小说中的格里高尔却与现实中的卡夫卡有着诸多相契合之处,比如都在父亲的威压之下诚惶诚恐、无所适从,都在自己所被动从事的工作面前疲于奔命、无以解脱,都在自己的亲人当中不被理解、无比失落。由此,日常的生活很大程度上成为他们的精神负担,但从现实的角度看,他们又很难理所当然地摆脱这样的困境——除非死亡。于是,无论在卡夫卡虚构的艺术世界当中,还是在他的日常书信当中,有关"死亡"的话题被频频提及。同样道理,因更具虚幻色彩而较少有现实危险的有关"变形"的想象,亦屡屡出现在卡夫卡的笔端。站在这个角度看,

---

[1] Frederik R. Karl. *Franz Kafka, Representative Man*. New York: Tichnor & Fields, 1991. p. 106.

"变形"便成为"卡夫卡逃避现实生活潜入创作生活、逃避外在生活进入内心生活的一种方式,一种策略,卡夫卡在变形的想象中将现实生活转换成了他的艺术世界"[①]。总之,"变形"固然只是一种审美虚构的产物,只存在于艺术的想象当中,却与现实密切契合,因此而感动人心、发人深思。

同《变形记》一样,卡夫卡的《城堡》写的也是一个看上去荒诞不经的故事。可以确定的是,在小说的情节安排当中,城堡就在不远处的山岗上,并且城堡对于当地的人们具有重要的、甚至可以说决定性的影响,然而,城堡究竟如何,却谁也说不清。正是这样,故事中的K为进入城堡殚思竭虑、身心俱疲,却始终无法弄清城堡的真面目,也因此而始终无法证明自己的存在。随之而来,"城堡"究竟象征着什么? 这一问题引发了人们无尽的猜测,由此,有关"城堡"的隐喻,人们也做出了各种不同的解释,如"父亲"、"强权"、"上帝"等等。或者也不妨把"城堡"理解为人生的目标或者说方向,很多时候,人们可能对于前方的目标并不十分明了,但还是自觉不自觉地竭力为之奋斗,仿佛命中注定一般,无以解脱。此时,无论是这个目标,还是人们为达到这个目标所进行的努力,便具有了一种荒诞的意味。而假设没有这些——即没有目标、没有努力,那么,人的存在还有什么意义? 于是,又回到那些老问题:"我是谁?""我从哪里来?""我到哪里去?"从这个角度看,城堡固然虚无缥缈,K固然处处碰壁,作为对人生意

---

① 曾艳兵:《卡夫卡研究》,第179页,商务印书馆,2009年。

义的见证,前者的存在与后者的努力都是必不可少的

如上所述,不同的文学主体对其个体境遇的言说呈现出多种多样的差异。与之相应,主体对现实的审美变形亦不可能一成不变,而包括多种形式。大体而言,可将之分为摹仿型、虚构型以及二者的中和等多种类型。所谓摹仿型,指主体基本上以现实为蓝本进行描写,以如实反映现实真相为目标。比如巴尔扎克、托尔斯泰等,他们的创作就真实再现了时代的风云、世事的变迁,为人们提供了一幅幅真实可感的社会生活画卷。所谓虚构型,这里特指主体对现实进行扭曲和变幻,难以识清其本来面目。现代主义文学史上可谓不乏此例,比如卡夫卡的寓言式创作、乔伊斯的现代神话模式等。其创作带有一定的荒诞意味,给人以困惑、进而产生震撼心灵的力量。当然,摹仿型非指现实的翻版,只是就形式而言呈现出一种逼真描摹现实的倾向,细究之下,其中应当不乏对生活的反思与改造,甚至有对现实出路的深刻探寻。因此,没有理由忽视其中包蕴的主体的创造力以及由此而来的超越于现实的永恒魅力。同理,虚构型也并非意味着文学主体的活动与现实无涉,不管怎样夸张,怎样怪诞,其看似虚幻的面纱之下总有着无法彻底消除的现实根源。如前所述,如果说马克思的异化理论是对近代社会生产方式所导致的扭曲的主体生存状态所作的哲学推演,那么卡夫卡的小说创作则通过人与物的直接转换,对社会现实作了一次生动、具体的艺术展示,即形象地表现了现代社会日趋严重的焦虑感、灾难感以及人与人之间隔膜、甚而至于冷酷的关系。鉴于此,谁又能轻易抹杀主体在虚构型艺术中所包蕴的现实

因素呢？由上述论析可见，所谓摹仿型与虚构型并没有实质上的区别，只是主体对现实进行审美变形的形式不同。从这个角度看，自然存在着众多处于这两种倾向之间、可谓之中和型的主体的审美变形样式。无论摹仿型、虚构型还是中和型，关键在于主体借助于一定的审美方式对现实进行加工，其所呈现的面貌无论与现实多近或者多远，从根本上说，完全等同于现实或者完全脱离现实的情形却是不可能、也是不应该存在的。以现实为基准进行千变万化的审美变形，这既是文学的艺术性使然，又充分体现了文学主体在创作或阅读活动中依赖于历史环境、同时又不乏灵活性与创造性的特质。

总之，文学艺术是主体对现实进行审美变形的结果，并且，尽管其具体方式千变万化，主体无论力求逼真还是极尽歪曲，亦无论积极介入还是超脱于外，有一点是可以肯定的，即：通过审美变形，现实以一种别样的方式呈现出来。在这一过程中，主体显然不只是一个被动的承受者，而积极运作其动力功能，并对历史环境生发出一定的作用力，推动世事的发展。

第三节 过去、现在与未来的融合

新历史主义突出了主体对于历史的动力功能，但是把主体圈定在其所处的特定的历史条件之中，用格林布拉特的话说："新历史主义避免用'人'这个术语，对这个抽象的全称概念不感兴趣，而感兴趣于特殊的、偶然的事件,自我根据特定文化的具有生成能力的规则以及冲突被塑造并产生行动。"①这固然契合历史制约论原则,却缺乏必要的历史发展观,于是不免限制了其考察的历史视野。世界文学史上的大量例子无可辩驳地证明,越是伟大的作家,其创作所包括的内涵越是深广,其影响力也越是持久而强烈。正如韦勒克所言:"虽然一个小说家的世界的模式或规模和我们自己的不一样,但当他所创作的世界包括了我们所发现的所有普遍性范围内的必要因素,或虽然所包括的范围是狭窄的,但其所选的内容却是有深度的和主要的,而且当这些因素的规模或层次对我们来说好像是一个成熟了的人具有一定的容纳量的时候,我们就会衷心地称这个小说家是伟大的小说家。"②简言之,开拓历史的视野,将过去、现在与未来融合起来,正是主体动力功能运作的一个重要方面。

拿莎士比亚来说,虽然他的绝大部分戏剧都有出处可寻,正如本书反复强调、也是新、旧历史主义都一再肯定的,莎士比亚的戏剧不可能脱离那个特定的历史环境。与此同时,还应当看到,作为一个古往今来享有盛誉的艺术大师,莎士比亚又超越了时代的藩篱,具有永恒的价值和力量。

诚如许多论者所言,历史剧《亨利四世》不仅表达了反对内战纷争的主张,而且通过哈尔王子(即后来的亨利五世)的成长,塑造出一

---

① Greenbratt, Stephen. "Resonance and Wonder". See Collier, Peter and Helga Geyer-Ryan ed. *Literary Theory Today*. p.74.
② 韦勒克、沃伦:《文学理论》,第239页。

个理想君王的形象,两方面共同确立了拥护中央王权的主题。就新历史主义者而言,他们更是关注后一方面。"格林布拉特表示,莎士比亚的戏剧集中并且反复关注的便是颠覆与混乱的产生及其抑制。尤其是关于亨利王的戏剧,通过哈尔王子背叛自己对福斯塔夫及其他人的承诺,富于颠覆性地揭示了帝王权威的欺骗性基础。"① 在剧作当中,哈尔王子起初给人们留下的是一个彻头彻尾不务正业的败家子形象,以致连他的父亲——老亨利王提起他来也是又焦急,又气愤,又伤心。然而,哈尔的一大段自白,却给人们树立起另外一种全然不同的王储形象:

> "我正在效法着太阳,它容忍污浊的浮云遮蔽它的庄严的宝相,然而当它一旦穿破丑恶的雾障,大放光明的时候,人们因为仰望已久,将要格外对它惊奇赞叹。……只有偶然难得的事件,才有勾引世人兴味的力量。所以当我抛弃这种放荡的行为,偿付我所从来不曾允许偿还的欠债的时候,我将要推翻人们错误的成见,证明我自身的价值远在平日的言行之上;正像明晃晃的金银所在阴暗的底面上一样,我的改变因我往日的过失所衬托,将要格外耀人眼目,格外容易博取国人的好感。我要利用我的

---

① Baldick, Chris. *Criticism and Literary Theory 1890 to the Present*. p. 191.

放荡的行为,作为一种手段,在人们意料不及的时候一反我的旧辙。"①

这一番独白,把一个胸怀大略的少年英王形象活脱脱展现在读者和观众面前,使人不得不佩服哈尔王子的远见卓识。哈尔王子用欺骗性的手段来提高自己的声望,以致他的父亲都受到蒙蔽。不过,哈尔对父亲以及对整个朝廷上层的蒙蔽,实际上却是出于维护其利益的目的,因此最终会获得他们的认同与赞赏。而他对福斯塔夫之流始亲终疏的举动,则可以说是彻头彻尾的谎言,福斯塔夫之流不过是哈尔巩固政权的垫脚石,受到无情地愚弄和欺骗。此外,在《亨利四世》中,老亨利王临终之际嘱咐哈尔王子:"你的政策应该是多多利用对外的战争,使那些心性轻浮的人们有了向外活动的机会,不至于在国内为非作乱,旧日的不快的回忆也可以因此而消失。"(第 211 页)这固然是一种有效的统治策略,却也分明是君王对其臣民的一种欺骗。还有福斯塔夫,利用征兵之际,把那些失业者、无家可归者、囚犯等一大帮社会底层的人召集起来,不是真正指望这些人去到战场上冲锋陷阵,而是想利用战争来清除这些社会渣滓,同时也靠收取免役钱为自己大捞一笔,用福斯塔夫的话说:"供枪挑,像这样的人也就行了;都是些炮灰,都是些炮灰;叫他们填填地坑,倒是再好没有的。"(第 87 页)可谓诙谐之中透露着残忍。而哈尔亲王的默许,更进一步

---

① 莎士比亚:《亨利四世》(上),见《莎士比亚全集》(五),第 15 页,朱生豪译,吴兴华校,人民文学出版社,1984 年。本书所引《亨利四世》中的语句均出自于此,以下只在引文后标示页码,不再另注。

确证了统治者的险恶用心。由此可见,因为手段的欺骗性,在王权巩固的过程中不可避免也蕴含着颠覆性因素。不过,如前所述,根据格林布拉特的理论,颠覆性的因素最终还是被包容进强化政权的力量,同抑制性因素一道,起着相反而相成的作用。总之,正是在颠覆性的力量以及对之的抑制基础上,王权得以巩固。

从格林布拉特的论述中可见,他的用意并不在于争辩哈尔是不是一个理想君王,而是想探求这个形象本身所包含的强烈的颠覆及其抑制性。在他看来,莎士比亚笔下的哈尔王子在加强自己统治的过程中所采取的措施与殖民者的做法有内在的共通性,莎士比亚把社会能量引入其戏剧,同时又通过戏剧把能量返还到现实中,从而实现了社会能量在艺术与现实间的流转。基于此,格林布拉特指出:"莎士比亚戏剧并没有被木制的墙板围得与世隔绝,也不是仅仅反映其周围的社会和意识形态的力量,更确切地说,伊丽莎白女王和詹姆斯一世时期的戏剧本身便是与其他社会活动相互关联的一种社会活动……戏剧不是被用来反对政权的,相反它是维护政权的基本方式之一。"[1]在《看不见的子弹》一文的结尾,格林布拉特更明确表示,伊丽莎白女王没有强大的军队、警察力量,没有完善的官僚机制,戏剧则因为有显著的社会政治功能而成为其加强统治的有效方式。[2]那

---

[1] Greenblatt, Stephen. *Shakespearean Negotiations: The Circulation of Social Energy in Renaissance England*. pp. 45—46.

[2] Greenblatt, Stephen. *Shakespearean Negotiations: The Circulation of Social Energy in Renaissance England*. pp. 64—65.

么作为其中的重要代表,莎士比亚是如何做到这一点的呢? 格林布拉特认为,"不是通过盘算英国文化对遥远的弗吉尼亚的冲击,而是通过专心致志地观察周围的世界,思索女王及其强大的朋友和敌人,富于想象力地阅读伟大的英国编年史著作,莎士比亚掌握了吸收社会能量的策略"①。也就是说,莎士比亚无须刻意摹仿殖民者的统治策略,而就在现实的社会能量、尤其是具有社会规范性力量的因素的推动之下,他的创作来源得以形成。与此同时,他又通过自己的创作起到了强化王权的社会效果。可见,主体性既是历史的产物,又是历史的动力。正如有论者所指出的:"任何一个特定的事件——一场政治选举也好,一出儿童卡通剧也好——都是文化的产物,反过来它也同时对文化发生影响。……我们的主体性,或者说自我,也以同样的方式与我们所处的文化形成互生的关系。……因此,在特定的场合、由我们所处的社会所提供的抑制与自由中,我们的主体性是一个有意无意长久协调我们的生活方式的过程。"②具体到文学领域,上述格林布拉特由莎剧《亨利四世》而引发的文学政治功能的探讨便可谓之一个明证。

既然主体对于历史环境有其塑造作用,那么,我们有理由将考察的视野扩展开去,继续追问主体持久而深远的影响力。这里,可结合

---

① Greenblatt, Stephen. *Shakespearean Negotiations: The Circulation of Social Energy in Renaissance England*. p. 40.

② Tyson, Lois. *Critical Theory Today: A User-Friendly Guide*. New York: Garland Publishing, Inc, 1999. pp. 280—281.

莎士比亚悲剧《奥赛罗》,进一步探寻文学主体的动力功能运作于对过去、现在与未来的融合过程。

英国文化唯物主义者阿兰·辛菲尔德曾经就《奥赛罗》著专文探讨。在他看,"该剧的种族歧视与性别歧视不应归于伊阿古的性格,或者说他的恶魔般的狡诈胡为,而应归于安排这个环境的威尼斯文化"①。从这个角度出发,他对奥赛罗、伊阿古、苔丝德蒙娜等主要人物做了颇为独特的阐释。简而言之,即认为这些人物的行为完全是其所处的威尼斯文化作用的结果。比如奥赛罗,他虽然是个黑皮肤的摩尔人,却早已信奉了基督教,把威尼斯社会的主流文化作为自己的行动准则。为此,在元老院中他虽然没有正面回击勃拉班修恶毒的指控,却强烈地暗示自己并非一个愚蠢的野蛮人,而是国家的功臣,理应受到尊重。于是,不管对方愿不愿意,他已经有意无意地把自己同社会文化主流紧紧联系在一起。而全剧最惊心动魄的情节——奥赛罗杀妻,固然是缘于伊阿古的造谣中伤,仔细考察伊阿古的最先击中奥赛罗的武器,却不难发现,它与当时的文化潮流有着密不可分的关系。从伊阿古以及爱米利娅与威尼斯妇女的谈论中,不难推知,在当时的威尼斯,人们对于妻子的忠贞普遍持怀疑态度。于是当伊阿古一亮出这件武器,奥赛罗便立即就范,虽然苔丝德蒙娜在他心目中绝非一般威尼斯女人可比,他还是不由自主地把苔丝德蒙

---

① Sinfield, Alan. "Cultural Materialism, Othello, and the Politics of Plausibility". See Rivkin, Julie and Michael Ryan ed. *Literary Theory: An Anthology*. Malden, Mass: Blackwell Publishers Inc, 1998. p. 806.

娜降格到一般的社会意识中去衡量。当最后真相大白,奥赛罗追悔莫及、决心自刎之际,他叮嘱威尼斯的使臣:"当你们把这种不幸的事实报告他们的时候,请你们在公文上老老实实照我本来的样子叙述,不要徇情回护,也不要恶意构陷。"[1]即将撒手人寰的奥赛罗仍然念念不忘威尼斯上流社会对自己的评价,因为这正是他确立自我身份的根本所在。由此可见,他的"自我塑造看上去似乎是散漫的,由外在的华丽言辞所构成,其内在的自我却依赖于一种超出于呈现在观众面前的语言"[2]。这里所谓的超出于外在呈现的语言,指的便是处于社会支配地位的主流文化。因为,可以想见的是,威尼斯主流文化将以其所选择的方式来讲述奥赛罗的故事。换言之,奥赛罗等人的身份最终由主流文化加以确认。为此,有论者指出:"《奥赛罗》的一个焦点是奥赛罗的文化认同的迫切要求和白人社会对他的认同要求的抵制这两间之间的直接冲突,莎士比亚揭示了奥赛罗在文化认同过程中的幸福、痛苦、挣扎和幻灭。"[3]

还须强调的是,同莎士比亚许多取材于他时、他地的剧作一样,《奥赛罗》固然以威尼斯社会为背景,却从根本上立足于当时的英国现实。上述阐释把奥赛罗的命运与特定的社会文化紧密联系起来,

---

[1] 莎士比亚:《奥赛罗》,见《莎士比亚全集》(九),第402页,朱生豪译,方平校,人民文学出版社,1984年。本书所引《奥赛罗》中的语句均出自于此,以下只在引文后标示页码,不再另注。

[2] Sin, Stuart ed. *The A—Z Guide to Modern Literary and Cultural Theorists*. Hemel Hempstead, England: Prentice Hall/Harvester Wheatsheaf, 1995. p.182.

[3] 李毅:《奥赛罗的文化认同》,《外国文学评论》1998年第2期,第119页。

较之于以往将悲剧性冲突归于一时的疏忽或者偶然的巧合的观点，显然更有其深刻的思想内涵。不过，除此之外，不应该忽视，莎士比亚笔下的奥赛罗还具有其超越时代的意义。在当时的英国，人们只能在少数几个大城市偶尔看见黑人，并且除好奇外，剩下的主要便是嘲弄和歧视。黑人摩尔将军在金乔的原作中的形象比起莎士比亚戏剧来说要逊色很多，便反映了当时人们——尤其是处于话语霸权地位上的人们——对弱势民族的基本态度：否定和排斥。而在莎士比亚的戏剧中，奥赛罗却不失为一个高大的英雄形象，受到威尼斯元老们的尊重，甚至伊阿古也不得不承认"他是一个坦白爽直的人"（第302页），凯西奥在奥赛罗自刎之后还不由得感慨"他的心地是光明正大的"（第402页），而纯洁的苔丝德蒙娜的义无反顾的爱更充分证明了他的人格力量。因此，有理由认为，莎士比亚以其博大的胸襟超越了一般人对于弱势群体所持的狭隘的偏见。当然，与此同时，莎士比亚也客观地写出了处于主流文化边缘的弱势民众在寻求文化认同的过程中所面临的尴尬境地。比如苔丝德蒙娜的父亲勃拉班修，怎么也不能理解女儿的爱情，他怒斥奥赛罗："你不想想你自己是个什么东西，胆敢用妖法蛊惑她；我们只要凭着情理判断，像她这样一个年轻貌美、娇生惯养的姑娘，多少我们国里有财有势的俊秀子弟她都看不上眼，倘不是中了魔，怎么会不怕人家的笑话，背着尊亲投奔到你这个丑恶的黑鬼的怀里？"（第288页）他断定公爵和众元老一定会严惩奥赛罗，因为"要是这样的行为可以置之不问，奴隶和异教徒都要来主持我们的国政了"（第289页）。比照他对奥赛罗的前后天壤之别的态度,可见勃拉班修只不过出于好奇才给奥赛罗以一定的礼遇,而骨子里却对其充满了鄙视和嫌恶。至于公爵,他安慰勃拉班修:"木已成舟,不必懊恼了。刀剑虽破,比起手无寸铁来,总是略胜一筹。"(第295)充满惋惜与无奈,而绝口不提奥赛罗本身的优秀品质和出色才能。这里,不妨设想,如果此时不是国家大敌当前,而奥赛罗又是最合适的将军人选,那么等待他的除了严厉的惩罚,还能有什么呢?可见,奥赛罗虽然真诚信奉基督教,为国家出生入死,屡建战功,获得了一定的荣耀,但真正融入威尼斯主流文化圈中,对他来说始终是个可望而不可及的梦。说到这里,不妨环视一下今天处于全球化语境之中的后现代社会,不是依然有很多在做着奥赛罗梦的弱势族人吗?他们为获得西方文明的接纳而奋力拼搏,却每每先受歧视再遭嫉妒,总之是排斥多过欢迎的。鉴于奥赛罗的命运,不妨追问一下,身为弱势族人,我们真的需要处于当今话语霸权地位的西方文明的认同吗?又如何来获得这一认同呢?莎士比亚在几百年前似乎已经给我们提出了这个问题,正如有论者指出的:"他的进步性和功绩在于:他通过艺术的揭露,引起了人们对现存制度的永久性的怀疑。"[1]正是这样,我们今天不是仍然在苦苦思索着答案吗?也正是在这个意义上,可以说,身为创作主体,莎士比亚融合过去、现在与未来,超越了时代的局限性,在历史的浩大进程中生产出持久而巨大的动力。

---

[1] 赵澧:《莎士比亚传论》,第125—126页,中国人民大学出版社,1991年。

格林布拉特在《莎士比亚的协调》一书的开篇便写道:"我是开始于与死去的人对话的愿望……虽然事实上我只能听到我自己的声音,但我的声音也便是死去的人的声音,因为死去的人已经设法留下了他们自己的文本的印迹,这些印迹使得他们本人在活着的人的声音中被传闻。"①这番话非常形象地揭示了读者大众在文本阐释中所引发出来的动态关系。此外,他在文章《共鸣与惊奇》中,也表达了相似的主张:"我这里的'共鸣'是指对象所展示的力量越出了其表面上的界限而至于一个更大的世界,在观者中唤起复杂的、动态的文化影响,由此对象的力量得以显现,并且可能被观者视为隐喻或者更简单地看作提喻。我这里的'惊奇'则是指对象所展示的力量阻止观者停留在他的旧迹中,而传达一种独特的引人注目的感觉,唤起一种兴奋的关注。新历史主义则与共鸣有着明显的亲和关系,也就是说,我对文学文本的关注是尽可能地回复到其最初所生产和消费的历史环境,并且分析这些环境与我们自己的环境之间的关系。"②可见,格林布拉特又是主张读者的积极介入的。这可以说从一个侧面修正了协调说所表现的保守的文学功能论。既然文学文本的效果随着历史条件的改变而改变,那么文学文本就不可能永远注定以保守的方式发生作用。因此,积极开拓历史的视野,无疑应当是文学主体努力追寻

---

① Greenblatt, Stephen. *Shakespearean Negotiations: The Circulation of Social Energy in Renaissance England.* p. 1.

② Greenbratt, Stephen. "Resonance and Wonder". See Collier, Peter and Helga Geyer-Ryan ed. *Literary Theory Today.* pp. 79—80.

的一个目标,也是衡量其动力功能的一个有效尺码。这里,可联系一个词——"莎士比亚工业"①,特指二战结束以来西方批评界每年大量涌现关于莎士比亚的文章、书籍等的现象。或许更确切的,应当称之为"莎士比亚产业"。因为如果将视线放散开去,应当不难看到,长期以来,伴随着莎士比亚作品的流传,除了认识、欣赏、研究等等之外,人们已经有意识地开发出莎士比亚的经济效益——换言之,把莎士比亚产业化了。比如戏剧演出、影视改编、旅游观光等的市场化与规模化的形式,应当说都是与一定的经济利益密切相关的。而放眼整个文学领域,被阅读主体产业化的又何止莎士比亚一个,这无疑是读者的动力功能在现实经济领域的一种较为直接的运作。

再拿悲剧《奥赛罗》看,这部戏的高潮、也是最富于悲剧性的情节,便是奥赛罗亲手杀死了纯洁无瑕的苔丝德蒙娜。于是,"奥赛罗究竟为什么杀妻"成为人们讨论的焦点。由此出发,古往今来的读者纷纷从各个角度予以阐析,阅读主体的动力功能由此可见一斑。

大体说来,人们从个体与社会两方面来探求这场悲剧性冲突的起因。从个体方面看,一种最直观的见解便是把悲剧归于男人的嫉妒心理,尤其是作为深受这种心理困扰的丈夫,他们在观赏这出戏的过程中,会很自然地把自己的情绪投射到剧中人物上去,跟主人公奥赛罗一起怀疑、焦虑、愤怒、绝望、悲伤、悔恨……总之,伴随着强烈的情绪波动。作为欣赏主体,他们有意无意地调动起本人的生活体验,

---

① Shakespeare Industry,又译"莎士比亚行业"。

产生非同一般的情感共鸣。也有人从苔丝德蒙娜这个形象着眼,考察个体在面对理想与现实的矛盾时的处境。他们把苔丝德蒙娜视为理想的化身,其最突出的体现便是她对奥赛罗的纯真的爱情。她义无反顾地爱上具有正直、勇敢、坚强等无数内在美好品质的奥赛罗,而根本不在乎他受人歧视的异族血统和外表,用奥赛罗的话说,"她为了我所经历的种种患难而爱我,我为了她对我所抱的同情而爱她"(第294页)。其爱情观远远超出了当时世俗的见解。这种坚定不移的信念使她战胜了来自于父亲的正面的、直接的阻挠,但是面对伊阿古这样的阴险、狡诈之徒,她和奥赛罗一样过于天真,终遭陷害。可见,仅有爱情、仅有理想是不够的。由苔丝德蒙娜的悲惨结局,欣赏主体对于现实困境应该会有更为深切地认识。再从反面主角伊阿古来看,他极力破坏奥赛罗与苔丝德蒙娜的爱情幸福,却与以勃拉班修为代表的阻挠男女自由恋爱的传统封建势力有着明显不同,带有新兴资产阶级的特点,本应是人类进步文化的体现者,然而极端的个人主义却把他抛到了害人害己的深渊。联系数百年来资本主义的发展,乃至当今高度发达的物质文明背后的精神危机,后代读者无疑能从以伊阿古身上读出更多人类惨痛的教训。此外,人们还往往从社会的角度着眼,探求隐藏在个体背后的更为广泛、深层的动因。比如女权主义会从奥赛罗和苔丝德蒙娜身上发掘出流行于当时社会的男权思想,尤其是悲剧后半部分,面对丈夫的步步紧逼,苔丝德蒙娜不是据理力争,而是一味隐忍,乞求丈夫的仁慈和宽容,最终惨死于丈夫的手下,表现了男权思想对女性造成的巨大伤害。后殖民主义则会从奥赛罗的遭遇中发掘强势文化对弱势群体的种族歧视,一个像奥赛罗那样身经百战、威震四方的将领,却惨遭主流文化严重妖魔化的命运,在种族歧视的重压下,看似坚强的外表里却包裹着一颗屡遭伤害的脆弱的心灵,于是在伊阿古的蛊惑下,其心理防线迅速崩溃,以致亲手杀死了心爱的妻子,犯下了无法弥补的罪过,只好以死来求得解脱。还有新历史主义,如前所述,则从总体上的文化机制的角度,把个人的性格、命运与文化制约紧密联系在一起。

可见,读者在进行阅读的过程中既承载着一定的历史文化背景,又有其独特的个人经历、审美体验以及直觉感应。因此,同创作主体一样,阅读主体也决不仅仅是历史的受制物,而在多重因素的共同作用下,实践着对历史的反映、拓展与延伸。辛菲尔德曾经就阅读与文化的关系进行论述:"阅读的有效范围不仅依赖于文本,而且依赖于我们在其中进行述说的概念的体制。文学批评讲述着它自己的故事,在效果上它呈现为一种亚结构,维护其自身独特的可信的标准。……一次文化唯物主义者的批评实践将对重新叙述莎士比亚故事的制度进行评论,也将试图在那些制度中唤起一种有关它自身处境的自我意识。我们不必制造不同的阅读,而只需要改变一下可信的标准。"[①]其主张无疑与格林布拉特"与死去的人对话"的愿望相一致,都强调了不同历史背景之间的动态关系。

[①] Sinfield, Alan. "Cultural Materialism, Othello, and the Politics of Plausibility". See Rivkin, Julie and Michael Ryan ed. *Literary Theory: An Anthology*. pp. 821−822.

与苔丝德蒙娜形象相类似,《哈姆莱特》中的奥菲利娅也是无辜而受难,极为真切地印证了经典悲剧学说的本质内涵。其中,就悲剧主人公而言,亚里士多德提出了两条规定:一是"好人"——"悲剧总是模仿比我们今天的人好的人"①;二是"过错"——"他之所以陷于厄运……是由于他犯了错误"②。简言之,即好人由于自己的过失而受难,由此产生"怜悯"与"恐惧"的悲剧情绪。具体到奥菲利娅的形象,她出身名门,年轻貌美,温柔谦和,善良纯洁,俨然上帝的宠儿,备受关爱和倾慕,难怪尊贵、高傲的哈姆莱特王子曾经为她深深迷恋。由此,毫不夸张地说,奥菲利娅身上确实很难找到什么污点。然而,就是这样一个仿佛温室里精心养育的小花、被百般呵护着成长起来的大家闺秀,却突然之间连遭横祸,终至神经失常,香消玉殒。奥菲利娅的悲剧不仅符合亚里士多德确立的"好人受难"的原则,更加让人震惊和惋惜的,还在于她的无辜——无过却遭此大难,由此而更显其悲。还值得一提的是,作为西方古典美学的集大成者,黑格尔也极为推崇悲剧。在他看来,悲剧的实质即伦理实体的冲突,冲突双方"各有它那一方面的辩护理由,而同时每一方拿来作为自己所坚持的那种目的和性格的真正内容的却只能是把同样有理由辩护的对方否定掉或破坏掉"③。换言之,悲剧冲突双方均有正义的一面,但他们

---

① 亚里士多德:《诗学》,第9页。
② 亚里士多德:《诗学》,第38页。
③ 黑格尔:《美学》卷3(下),见《朱光潜全集》卷16,第269页,朱光潜译,安徽教育出版社,1996年。

维护自身正义性的同时,又损害了对方的正义性,从而使其正义性成为有限的、片面的,因此难免遭到否定和排斥,导致悲剧的产生。如果说"正义性"维护了悲剧人物之"好",片面性则确认了悲剧人物之"过"。这里,黑格尔用充满思辨性的语言,同样表达了亚里士多德确立的"好人因犯错而受难"的悲剧特质。而奥菲利娅在有限的生活圈子当中,既没有对亲人不孝,也不存在对爱人不忠,只是完全被动地卷入冲突的漩涡,并越陷越深,由幸福的天堂跌至苦难的深渊。深具悲剧意味的是,在整个冲突的过程中,奥菲利娅并没有一个真正的敌人,换句话说,没有哪一方真正怀有伤害奥菲利娅的用心,甚至连蛇蝎心肠的克劳狄斯,亦巴不得借助奥菲利娅的爱情去消减哈姆莱特的仇恨。然而,即便如此,奥菲利娅却不可避免地受到来自各方的重创,并且,从直接的悲剧原因考察,正是她的至亲至爱之人,为了各自的目的,一步步将她逼入绝望之境。比如悲剧伊始,作为哈姆莱特的心上人,奥菲利娅便完全无意地被迅速推向关于哈姆莱特"疯癫"与否的试探及反试探的陷阱当中:一方面,为了掩饰,恋人哈姆莱特对她装疯卖傻,挖苦取笑;另一方面,为了邀功,父亲波洛涅斯把她作为工具,无情利用。此后,随着冲突的日益尖锐,奥菲利娅更是身不由己地越陷越深。总之,在这场激烈的宫廷斗争当中,奥菲利娅不得不面对来自于至亲至爱的残酷打击,平素习以为常的关心、体贴、爱……转瞬之间只能回味于记忆了,而前后的反差又足以构成致命的打击,让她不堪承受。

给人欣慰也令人心酸的是,奥菲利娅自始至终都是美丽的。在此,莎士比亚不惜笔墨,通过王后之口,详细描述了奥菲利娅逝去的情形:"在小溪之旁,斜生着一株杨柳,它的毵毵的枝叶倒映在明镜一样的水流之中;她编了几个奇异的花环来到那里……爬上一根横垂的树枝,想要把她的花环挂在上面;就在这时候,一根心怀恶意的树枝折断了,她就连人带花一起落下呜咽的溪水里。她的衣服四散展开,使她暂时像人鱼一样漂浮水上;她嘴里还断断续续唱着古老的谣曲,好像她本来就是生长在水中一般。可是不多一会儿,她的衣服给水浸得重起来了,这可怜的人歌儿还没有唱完,就已经沉到泥里去了。"①正所谓"质本洁来还洁去",虽然是死亡,奥菲利娅却由于这份令人心碎的美丽与纯洁,为整部悲剧留下了最为动人的创痛。更何况,因为存在自杀嫌疑,贵为名门淑媛的奥菲利娅还不得体面地安葬,只能草草入土。面对这一切,人们恐怕不得不感叹:奥菲利娅的悲剧根源何在?将之归于无常的命运或者奸邪的恶人,恐怕都有失牵强。或许正如叔本华所看重的:平常之人由于彼此的地位、关系,在普通境遇当中所引发的悲剧,才是最高明的悲剧。同黑格尔一样,叔本华也把悲剧视为艺术的顶峰,但其依据的理由与前者不同。作为悲观论者,叔本华认为,人生的本质即痛苦——与生俱来、无可避免的痛苦,而悲剧即表现人生的"可怕的一面","是在我们面前演出人类难以形容的痛苦、悲伤,演出邪恶的胜利,嘲笑着人的偶然性的

---

① 莎士比亚:《哈姆莱特》,见《莎士比亚全集·悲剧卷》(上),第377—378页,朱生豪译,译林出版社,1998年。本书所引《哈姆莱特》中的语句均出自于此,以下仅在引文后标示页码,不再另注。

统治,演出正直、无辜的人们不可挽救的失陷"①,这一切使得人们看清人生的痛苦,从而自觉放弃生命意志,享受一时的解脱。并且,在各种悲剧类型当中,上述为叔本华所看重的悲剧因其轻易而自发的特点,最容易拉近艺术与现实的距离,因此最能打动人心,是最理想的一类悲剧②。奥菲利娅的悲剧正是这样,她与哈姆莱特、波洛涅斯之间原本不存在任何仇恨,却由于彼此的地位、关系而不可避免地滋生冲突,进而引发了无法挽回的结果。

关于悲剧,鲁迅还有一个简明扼要的阐释:"悲剧将人生的有价值的东西毁灭给人看。"③美丽的奥菲利娅就是这样,其生命之花的夭折,恰恰折射出悲剧的最经典的内涵。

再从性别的角度看,身为女性,奥菲利娅的悲剧有其一定的普遍性。正如哈姆莱特这样一句为人津津乐道的判语:"脆弱啊,你的名字就是女人!"(第288页)基于这种高高在上的心理,无论是对母亲还是对恋人,哈姆莱特往往表现得冷漠而残忍。于是,作为女性的奥菲利娅大多只能俯首听命,成为男性强力争斗的牺牲品。

在有限的戏份当中,奥菲利娅给人的印象是非常沉静的,虽然命运多舛,却没有什么大悲大喜的表露,即便是发疯、死亡,依然那样恬静、安详。那么,她为什么不像哈姆莱特那样去申辩、去斥责呢?是

---

① 叔本华:《作为意志和表象的世界》,第350页,石冲白译,商务印书馆,1982年。
② 叔本华:《作为意志和表象的世界》,第352—353页。
③ 鲁迅:《坟·再论雷峰塔的倒掉》,见《鲁迅全集》卷1,第192页,人民文学出版社,1981年。

她缺乏口才和头脑吗？答案应当是否定的。比如当哥哥雷欧提斯一再叮嘱她不要贪图于情欲的享受时，她一面乖乖地答应，一面也巧妙地反唇相讥："我的好哥哥，你不要像有些坏牧师一样，指点我上天去的险峻的荆棘之途，自己却在花街柳巷流连忘返，忘记了自己的箴言。"(第293页)话语虽短，却正中要害且无伤大雅，可见奥菲利娅的聪慧和敏锐。不过，不可否认，绝大部分情况下，奥菲利娅只能尽"听话"的本分，不能有"说话"的权利。这一点，在波洛涅斯对她的一番训诫当中表现得更为突出："爱情！呸！你讲的话完全像是一个不曾经历过这种危险的不懂事的女孩子。……你应该这样想，你是一个毛孩子，竟然把这些假意的表示当作了真心的奉献。……简单一句话，从现在起，我不许你一有空闲就跟哈姆莱特殿下聊天。你留点儿神吧；进去。"(第294—295页)面对这些居高临下、咄咄逼人、不容置疑的训诫，身为女儿的奥菲利娅只有连连称是的份儿了。"这是一场单向度的、因此是不平等的'对话'。在这种不对等的对话关系中，'话语'本身蕴涵着某种权力结构，其中男性'说'而女性'听'。事实上'说'和'听'、'说话者'和'听话者'分别是'统治'和'服从'、'强势方'和'弱势方'的隐喻。"[1]这样的听说、强弱之分，是由父权文化传统所决定的，"父权文化通过提升传统的性别角色来赋予男性特殊的权利，女性则接受并内化了其中的种种标准和观念。"[2]作为他者、属

---

[1] 张沛：《哈姆莱特的问题》，第67页，北京大学出版社，2006年。
[2] Tyson, Lois. *Critical Theory Today: A User-Friendly Guide*. p.83.

下、第二性,奥菲利娅只有尽可能地保持沉默,沉默被理所当然地看作"女性的美德、高雅的举止"①,于是,奥菲利娅在成就这样所谓的好名声的同时,亦不可避免地沦为任人宰割的羔羊。

与失去话语权密切相关,奥菲利娅不可能真正享有爱的权利。很显然,奥菲利娅深爱着哈姆莱特,热情地礼赞他:"朝臣的眼睛、学者的辩舌、军人的利剑、国家所瞩望的一朵娇花;时流的明镜、人伦的雅范、举世注目的中心"(第332页)。然而,遵照父兄的训诫,她必须对年轻的王子敬而远之。至于恋人,因为一心盘算着复仇大业,也早已顾不得儿女情长。奥菲利娅不知不觉之间深陷宫廷斗争的漩涡,她不能断然采取行动捍卫自己的权利,连倾诉内心的痛苦都成了奢望,在哭告无门的重压下,她疯了——不同于哈姆莱特的装疯,而是真正地疯了。值得注意的是,此前沉默寡言的奥菲利娅仿佛换了一个人,变得滔滔不绝起来,不过她并非正常地表白,而是以吟唱民歌的方式诉说。福柯曾经说过:"如果非理性的领域被压迫得沉默不语,唯有疯癫可以自由表达其丑闻。"②果如其所言的话,奥菲利娅的疯歌中应当涵蕴着积极的意义,比如对老父的追悼、对爱情的向往。至少,它将奥菲利娅在正常语境中不能言传的心思委婉地表达了出来。只不过,听者有意、说者无心,此时的奥菲利娅,并非哈姆莱特那

---

① Rovine, Harvey. *Silence in Shakespeare: Drama, Power & Gender*. Ann Arbor: UMI Research Press, 1987, p.37.
② 福柯:《疯癫与文明》,第71页,刘北成、杨远婴译,生活・读书・新知三联书店,1999年。

般借疯癫为手段去给敌人以痛击，而是真正地失去了理智，这，正是其悲剧性之所在。

奥菲利娅曾经悲叹自己"是一切妇女中间最伤心且不幸的"（第332页）。其实，在男权至上的文化传统当中，女性的悲剧一直久演不衰，哪怕是强悍的美狄亚也不能幸免，正如她无奈地宣称："在一切有理智、有灵性的生物当中，我们女人算是最不幸的。"[①]由此观之，奥菲利娅的悲剧决不是特例，对于女性而言，具有一种普遍性的意义。

如果再从女性的视角拓展开去，则可见奥菲利娅的悲剧对于人类全体亦不失启示性。作为一个养在深闺又蒙王子厚爱的千金小姐，奥菲利娅不得不面临夹处父亲与恋人之间、无以取舍的困境，假设她能够轻而易举地抛弃亲情与爱情之中的任意一方，那么，她的痛苦应该会减轻很多。但是，正如有勇气、有谋略的哈姆莱特也不能轻易决断一样道理，"to be, or not to be"——人生之困境大抵如此，在这里，人的悲剧即表现为选择的悲剧。

应当承认，全剧的真正冲突存在于哈姆莱特与克劳狄斯之间，并且他们的矛盾是你死我活、不可调和的。但不管怎样，奥菲利娅与之原本并无牵连，只是随着父亲出于谄媚之心的主动介入，她也就不由自主地俨然变成哈姆莱特的对立方。当然，善良、柔弱的奥菲利娅其

[①] 欧里庇得斯：《美狄亚》，见《欧里庇得斯悲剧二种》，第13页，罗念生译，人民文学出版社，1958年。

实并不真正构成对于冲突之任意一方的威胁,他们也因此没有理由去存心加害她。比如波洛涅斯之所以世故而武断地阻拦她接受哈姆莱特的爱情,究其本意,还是出于爱女之心,担心女儿遭受王子的欺辱;比如哈姆莱特之所以近乎残忍地指示她进尼姑庵去,也是有感于世间的污浊,希望她以这种遁入空门的方式幸免于难。然而,无论如何,他们都是带着自己的标准去试图塑造奥菲利娅,更有甚者,是把她作为工具利用,以逼迫对方就范。而从奥菲利娅的内心尺度衡量,其实亲人与恋人之间并不存在孰轻孰重的问题,她也无法轻易否弃其中的任何一方。然而,这里没有什么两全其美的良策,反之,悲剧冲突愈演愈烈。即便父亲意外死亡,哥哥又紧接着以父亲代言人的身份出场,继续将冲突引向高潮。甚至就是在奥菲利娅的葬礼上,雷欧提斯与哈姆莱特这一对昔日好友就已经反目成仇。对此,有论者不无讽刺地指出:"奥菲利娅的尸体成为哈姆莱特和雷欧提斯竞相博取荣誉和爱的绅士之美名的契机。"[1]撇开他们的真正用心不论,至少可以肯定一点,两人的正面冲突刚刚拉开帷幕。对此,奥菲利娅地下有知,又将是一轮何其艰难而痛苦的选择。

类似奥菲利娅的困境在中外文学作品当中并不鲜见。如前所述,古典主义悲剧家高乃依的《熙德》就塑造了身处亲情与爱情煎熬之中的罗狄克与施曼娜,通过这一对情侣的理性与感情的较量,真切

---

[1] Ivo Kamps. "Alas, poor Shakespeare! I knew him well". See Christy Desmet and Robert Sawyer ed. *Shakespeare and Appropriation*. London and New York: Routledge, 1999. p. 25.

地刻画出了两难困境中的人的痛苦与挣扎。又比如罗密欧与朱丽叶，同样是在爱情与亲情的夹缝中备受煎熬，终至双双赴死。在中国文学当中，这样的例子也比比皆是，像梁山伯与祝英台、焦仲卿与刘兰芝、王娇娘与申纯、七仙女与董永等等。只不过，讲究节制、中庸的中国人往往喜欢在阴暗的悲剧冲突的最后加上一点儿"亮"色，换言之，这些故事最后总还有一些补偿抑或安慰性的因素存在，并非一悲到底，然而这些"亮"色大多是虚幻的，并不能从根本上改变其悲剧性质。此外，还值得深思的是，在男权至上的文化背景下，面对选择，女性往往比男性更加艰难。因为相比较而言，女性的选择范围要小很多，于是，在父权与夫权的夹攻之下，女性的悲剧频频上演。

回到奥菲利娅的悲剧——处于父亲与恋人的对抗之间，其选择既无法避免又完全被动，她不可能像哈姆莱特那样以崇高的使命感在承受厄运的同时积极寻求出路，纯洁的天性也很难使她容忍污垢和罪恶，所以她无法取舍，选择也因此无异于没有选择，所谓峰回路转、绝处逢生，可望而不可及。由此，"to be, or not to be"——具体到奥菲利娅身上，摆在面前的难题便是：究竟应该听从父亲的教训做个乖乖女，还是勇敢地与恋人并肩战斗、为扭转乾坤而努力？这正是奥菲利娅无法回避的困境。于是，奥菲利娅的发疯便仿佛成为潜意识作用之下的一种策略，正如弗洛伊德对精神病人的研究，发现他们"执著于过去的某点，不知道自己如何去求得摆脱，以至与现在与将来都脱离了关系。他们好像是借病遁世似的"①。随之而来,奥菲利娅的自沉江水,便近乎一种更加彻底的逃避了。

不管怎样,有选择就有痛苦,因为顾此而失彼,收获的同时亦伴随着失落,这是人类永远的困境。不过,换个角度看,这其中也蕴含着生命的意义——在无休止的取舍、得失之间成长。由此,固然斯人已逝,人们在无比惋惜地传唱奥菲利娅悲剧的同时,也便获得了一种生命的启示。

布拉德雷曾经批评奥菲利娅缺乏个性,"无法引起哈姆莱特深沉而热烈的激情,无法介入整部戏剧的主题"②。但正如温克尔曼对于古希腊艺术评价的那般——"高贵的单纯和静穆的伟大"③,奥菲利娅静静上演的有关美丽与纯洁的悲剧,便在沉默寡言之中承接起过去、现在和未来,由此而显示出丰厚的意义。

还可以夏洛克形象论之。就中国学界而言,在相当长的时期内占据主导地位的一个观点,便是将夏洛克视为人文主义理想的对立面,他与安东尼奥、鲍西娅等人之间的冲突以及最后的失败,表明了人文主义理想的美好和伟大。然而与此同时,夏洛克身上所富有的悲剧性因素以及由此而导致的作品本身挥之不去的悲剧性氛围,终究不容忽视,尤其在推崇宏大叙事的悬搁和推延、力主从解构的视角重读文学经典的后现代文化背景当中,发掘夏洛克形象的悲剧性因

---

① 弗洛伊德:《精神分析引论》,第215页,高觉敷译,商务印书馆,1988年。
② Bradley, A. C. *Shakespearean Tragedy*. London: Macmillan, 1992, p. 135.
③ 温克尔曼:《论古代艺术》,第141页,邵大箴译,中国人民大学出版社,1989年。

素悄然成为人们关注的一个重心,其直接的结果,便是对夏洛克形象从宗教、法律、人性诸方面的热情辩护。如此种种辩护是否必然颠覆夏洛克形象的意义值得追问,但至少它提醒人们有必要以另一种眼光去审视夏洛克形象。毕竟,无论"喜"还是"悲",似乎都不难在夏洛克身上找到依据。

首先,作为一个身处弱势的犹太人,被群起而攻之的夏洛克的不合作态度,在作品当中使他备受周围基督徒的讥讽和打击,俨然一个跳梁小丑,颇具喜剧性效果。与此同时,基于犹太人立场所进行的不屈不挠的申诉和抗争,也为夏洛克赢来了一片喝彩,于是,他仿佛一个反抗压迫的民族英雄,其黯然退场的结局也便为整部作品涂抹上了一道悲剧色彩。在欧洲,反犹浪潮由来已久,表现在文学作品中,便是犹太人往往以贪婪、自私、狡猾的负面形象出现。文艺复兴时期,人文主义者固然高扬人性、人的力量,但可悲的是,犹太人在其中俨然"异类",遭到普遍的歧视和排斥。就文学形象而言,即便有犹太人具备美好的品质,却会仅仅因为其犹太人的身份而招致冷遇。就像《艾凡赫》当中的丽贝卡,不仅美若天仙,而且心地善良,富于才华,但作为一个犹太姑娘,便仿佛遭遇天谴一般被"贬抑到了低人一等、不能受到荣誉对待的地位"①。无独有偶,葛莱西安诺初见美丽、温柔的杰西卡,即刻立下誓言:"凭着我的头巾发誓,她真是个基督徒,

---

① 司各特:《艾凡赫》,第300页,王天明译,译林出版社,2004年。

不是个犹太人。"①言下之意——"怎么可能有这么好的犹太人呢?"值得注意的是,此类种族歧视现象,在莎士比亚戏剧当中多有反映。比如上述悲剧英雄奥赛罗,"他与威尼斯文化之间的关系很大程度上由他在那儿所遭遇的种族歧视所决定,对此,莎士比亚在该剧的公开场景中都有意识地予以突显出来"②。至于培尼狄克发誓:"要是我不爱她,我就是个犹太人。"③固然不过一句戏言,却真实地反映出了犹太人在当时很多体面人心目当中的劣等地位。在《威尼斯商人》中,身为犹太人的夏洛克便仿佛过街老鼠而人人喊打,"狗""贪狼""魔鬼撒旦"……成了他的代名词。尤其安东尼奥,更与夏洛克势不两立,经常当众辱骂他,向对野狗一样地踢他,即便是找他借钱,也仍然摆出一副盛气凌人的派头,甚至毫不客气地明言:"你就把它当作借给你的仇人吧。"(第406页)正是这样,夏洛克与安东尼奥之间的矛盾构成了该剧的主要矛盾。"夏洛克与安东尼奥之间的对抗,具有一种所谓'寓言'层面的功能,象征着犹太教与基督教之间的对抗,它们既是以《旧约》和《新约》为代表的不同意识形态系统,也是历史上

---

① 莎士比亚:《威尼斯商人》,见《莎士比亚全集·喜剧卷》(上),第421页,朱生豪译,译林出版社,1998年。本书所引《威尼斯商人》中的语句均出自于此,以下仅在引文后标示页码,不再另注。

② Catherine M. S. Alexander ed. *Shakespeare and Politics*. Cambridge: Cambridge University Press, 2004. p.174.

③ 莎士比亚:《无事生非》,见《莎士比亚全集·喜剧卷》(下),第39页,朱生豪译,译林出版社,1998年。

不同的社会群体。"①简言之,即宗教、民族之间的对抗。而夏洛克代表的是被主流文化所打压的弱势一方,是专供人取笑、抨击的对象。这里,夏洛克形象的精彩之处在于,他对于强势文化没有逆来顺受,而是我行我素,甚至伺机报复,并由此滋生了那个凶险的"一磅肉"契约。考虑到他与对手之间悬殊的社会地位,夏洛克以弱抗强、身处逆境而敢于挑战权威的勇气的确让人钦佩,尤其他的那一大段"只因为我是一个犹太人"(第431—432页)的著名告白,更成为人们竞相引用的战斗檄文。从这个角度看,夏洛克俨然成了一个反抗压迫的犹太民族英雄。由此出发,再去探讨这一形象的悲剧性内涵,也便成为必然了。只不过,仔细考察夏洛克的反抗,其形象的"光辉"一面又不免值得推敲。首先,从目的看,夏洛克之所以报复安东尼奥,甚至必然要取其性命,其实并非出自为全体犹太人伸张正义的崇高理想,而主要是因为自己的切身利益受到伤害,具体言之,即安东尼奥借钱不取利息,阻碍了他作为高利贷商人的财路。为此,夏洛克执意履行契约,不管威逼还是利诱,都寸步不让。再从手段看,夏洛克试图通过割肉的方式来除掉安东尼奥,不能不说居心险恶,安东尼奥固然曾经伤害过他,但无论如何罪不至死,更何况,安东尼奥在社会上享有盛誉。因此,由这样一种报复手段所达到的结果,不仅没有消除宗教、民族之间的隔阂,反而使夏洛克招致众怒,他也因此难逃"邪恶"

---

① Barbara K. Lewalski. "Allegory in The Merchant of Venice". Roy Battenhouse ed. *Shakespeare's Christian Dimension: An Anthology of Commentory*. Bloomington: Indiana University Press, 1994. p. 78.

之名。

萨义德曾经说过:"东方和伊斯兰总是被表现为一个在欧洲内部扮演着特殊角色的局外人。"①犹太人何尝不是如此?从作为"局外人"、"他者"、"附庸"诸如此类的意义上看,犹太人与阿拉伯人的形象并无本质区别,这种观念由来已久,且根深蒂固。就犹太人而言,在西欧,"甚至当我们的父兄在这里呻吟时,他们的家族还不曾在这个国家落脚的人们也称我们为外国人"②。随之而来,产生了诸多专门针对犹太人的法律,表现在《威尼斯商人》一剧中,夏洛克作为犹太人——"异邦人",便遭遇了鲍西娅的所谓"财产的半数应当归受害的一方所有,其余的半数没入公库,犯罪者的生命悉听公爵处置"(第460页)的判决。最后,夏洛克虽然被公爵免予死刑,但丧失了对于自己财产的主动权,更被强迫改信基督教。从这个意义上看,有人不无尖锐地指出:"事实上,该剧常常被用作反犹太的目的,它引发了种族歧视,也导致了人们对犹太人的不良印象。"③与此同时,也正是基于这些因素,夏洛克的反抗或者说报复被赋予了一层悲剧意味。然而,作为一个高利贷商人,无论如何,夏洛克的"割肉"企图无关公道或者正义,由此出发,可见夏洛克承受了他所负载不起的盛誉。

其次,"法律"在《威尼斯商人》一剧中扮演着很重要的角色,围绕

---

① 爱德华·W·萨义德:《东方学》,第91页,王宇根译,生活·读书·新知三联书店,2007年。
② 阿布·埃班:《犹太史》,第267页,阎瑞松译,中国社会科学出版社,1986年。
③ Daniel J. Kornstein. *Kill all the Lawyers: Shakespeare's Legal Appeal*. Princeton, N. J.: Princeton Uneversity Press, 1994. p. 82.

着"契约""控告""审判""辩护"如此等等,全剧情节一波三折、扣人心弦。最终,夏洛克以败诉收场,不仅财产蒙受损失,而且受尽耻笑,安东尼奥则有惊无险,转危为安,由此成就了该剧皆大欢喜的结局。然而,若仅仅从法理的角度衡量,夏洛克的失败使得法律的天平似乎有些失衡,由此思之,夏洛克又俨然一个受害者,有他值得同情的一面。先撇开其中内容不论,夏洛克对于"一磅肉"契约的坚持有其可辩护的理由。首先,依据传统罗马法,契约具有强制性,一旦订立,不容更改。如果追根溯源,这种契约意识可能源自犹太人祖先亚伯拉罕与上帝之间的约定,是神圣不可侵犯的,这在当时已经成为人们的共识。基于此,无论心怀叵测、图谋不轨的夏洛克,还是因胸襟坦荡而不设防的安东尼奥,在订立契约之初,对于契约的有效性,无疑都是认同的,换言之,"一磅肉"的契约应当具有法律的效应。既然如此,一味声讨夏洛克的邪恶便似乎有失公允了。再从当时的威尼斯法律看,一个不争的事实是,整个法庭呈现出一边倒的态势,然而耐人寻味的是,面对夏洛克的割肉诉求,该剧在相当长的篇幅当中上演的却是那些位高权重、掌控主流话语权的人们的焦虑与悲哀。何以至此?原因很简单,威尼斯是一个法制社会,纵然众人——包括威尼斯公爵在内——心有所向,却因不能逾越法律的界限而束手无策。由此可见,"一磅肉"的契约符合威尼斯法律,否则的话,弱者的嚣张与强者的无奈便很难解释了。随后鲍西娅出场,既不能以"慈悲大义"对夏洛克晓之以理、动之以情,也并未否认他的诉讼请求,而只不过运用自己的聪明才智,巧妙钻了法律的一个漏洞,可谓另辟蹊径、出奇制胜,令人叫绝的同时,也不免让人暗生侥幸过关的窃喜。而夏洛克则在不经意间反胜为败、遭遇重创——不仅诉求被驳回,而且他视为命根子的财产乃至宗教信仰都受到致命打击,所以说"鲍西娅对他并未表现出仁慈,神圣的法律也并未保护他"①。若回到契约的内容本身,则显而易见,夏洛克所拟定的"割肉"条款带有异想天开的性质,不仅希望渺茫,而且利息受损,对夏洛克而言,不亚于一次胜算很小的赌博,因为正如安东尼奥所言:"离开签约满期还有一个月,我就可以有九倍这笔借款的数目进门。"(第 407 页)也正因为这样,精明强干的安东尼奥才会一笑置之地爽快签约。那么,一向精于算计的夏洛克为何如此唐突呢? 只能说是仇恨冲昏了头脑,社会地位卑下的他面对安东尼奥的责难,大多只能隐忍不发,很难与之公开抗衡,不得以借助这样渺茫的机会去赌一把,于是才满脸堆笑地引诱安东尼奥签下"一磅肉"的契约。从这个角度看,巴萨尼奥直指他是"口蜜腹剑的人"(第 407 页),实在毫不冤枉。而当机缘巧合、安东尼奥果真无法按期还债的时候,夏洛克也便即刻脱下了"好意"和"大度"的伪装,力主践约,必置对方于死地而后快,其乘人之危、落井下石的用心昭然若揭。由此可见,尽管"一磅肉"契约的签订与执行本身并不违法,但围绕着契约,夏洛克所表现出来的狡猾与歹毒毕竟为人所不齿,于是也招来了众怒。这一切,便为夏洛克形象的塑造、也为整部作品奠定了喜剧的基调。

---

① Daniel J. Kornstein. *Kill all the Lawyers*: *Shakespeare's Legal Appeal*. p. 66.

不管怎样,知法、守法的夏洛克遭到了失败,就本应严肃、公正的法律本身而言,这不能不说带有悲剧性质。再从人文主义的标准衡量,对夏洛克的惩罚也违背了"人人平等"的人文主义基本准则,因为威尼斯法庭对审判双方态度的亲疏之分是不言而喻的。至于最后鲍西娅不依不饶地援引那条特别针对所谓"异邦人"的法令,更清晰地体现了强权对于弱者的打压。与此相应,重压之下的夏洛克的一句简短承诺——"我满意"(第461页),又当蕴含着多少难以言表的无奈与悲愤。只不过,若据此便从根本上颠覆夏洛克形象的喜剧性,恐怕有矫枉过正之嫌。毕竟夏洛克所倚仗的法律本身不是完美无缺的,由此观之,鲍西娅的发难,带有一种"以其人之道还治其人之身"的意味,夏洛克害人不成反害己,终究把自己逼上了绝境。此外,还特别值得深思的是,从古到今,法律并非万能的,法理与情理也并非完全吻合。那么,究竟应当如何解决情与法之间的矛盾呢?这个问题即便在日渐健全的现代法制社会,恐怕也很难说获得了一劳永逸的解答,而这,也正是夏洛克形象在今天仍备受关注的原因之一吧。

再次,从为人处事看,安东尼奥与夏洛克相距天壤,前者宛如君子,慷慨大方、乐善好施,后者俨然小人,薄情寡义、阴险狡诈。由此,前者得道多助、转危为安,后者失道寡助、自作自受,两人的矛盾冲突带有明显的喜剧色彩,夏洛克的最终落败便为这场冲突打上了一个完美的句号。然而,由上文分析可见,夏洛克围绕"一磅肉"的契约所进行的努力,并非全无道理,与此相关的,单就个人品性而言,夏洛克身上也不乏闪光点,由此产生悲喜交加的复杂的审美效果。马克思和恩格斯在《资本论》中明确指出,商业资本和高利贷资本"最符合于资本的日常表象……是历史上最古老的资本存在形式"[①]。表现在《威尼斯商人》当中,虽然该剧并没有正面展现戏剧冲突双方安东尼奥与夏洛克所从事的商业活动,并且,同为威尼斯商人,两人生财之道各有不同——一个是商业资本家,一个是高利贷资本家,但不难想象,在当时资本的原始积累这一特定历史条件下,他们的发财致富都离不开血淋淋的压榨与剥削。因此,就其身份本质而言,二者其实是半斤八两,并不存在尊卑之分。就此而论,夏洛克自不待言,安东尼奥形象不能不说具有一定的欺骗性,因为人们往往感叹于他的古道热肠,而忽视了他生意遍布世界各地、实际上从事的是血腥殖民掠夺活动的事实。在此,作品虽未直接描绘安东尼奥的生意状况,但还是间接提示了他在生意场上非同寻常的气派。如他本人所言:"我的买卖的成败并不完全寄托在一艘船上,更不是倚赖着一处地方;我的全部财产,也不会因为这一年的盈亏而受到影响。"(第394页)由此出发,再去审视安东尼奥对夏洛克频频发出的严厉指责,一种反讽意味不免油然而生。只是在两人冲突的过程当中,安东尼奥对夏洛克既无意图财、更无意害命;相比较之下,夏洛克便愈显阴险、歹毒。然而两人毕竟地位悬殊,因此,夏洛克急于报复的心理纵然无法让人原谅,但多少还是可以理解的吧,至少,安东尼奥对于他的贪敛钱财的

[①] 《马克思恩格斯全集》第32卷,第31页,中共中央马克思、恩格斯、列宁、斯大林著作编译局编译,人民出版社,1998年。

批判,很难有什么说服力。

　　当然,作为一个潜心于赚钱的高利贷商人,夏洛克是精于算计的。别的且不说,单是他花言巧语地引诱安东尼奥签下那个凶险的"一磅肉"契约,就足见他的狡猾和机敏。再撇开他的个人得失不论,夏洛克对于整个社会现实,无疑也有着清醒的认识——认识到社会当中普遍存在着不平等现象,比如他针锋相对地讽刺公爵一帮人把奴隶视为自己的私有财产,像对待驴狗骡马一样地对待他们,进而厉声质问:"我可不可以对你们说,让他们自由,叫他们跟你们的子女结婚?"(第452页)显然,这样的问题正中时弊,站在被压迫者的角度去审视,更可谓义正词严、掷地有声。由此,夏洛克同情弱小、伸张正义的形象呼之欲出。然而,果真如此吗?问题显然又不是这样简单。因为夏洛克之所以要当众揭穿这些社会不合理现象,决不是为了修正或者消除它们,换言之,不是要驱恶扬善,而是期盼着随波逐流、浑水摸鱼,捞取个人的好处,按照他的逻辑便是:既然坏事你们能做得,我也就可以做得;既然你们自己做得不光彩,也就无权审判我。这当然是一种无赖逻辑,与其说是控诉对方,不如说是为自己的不义行为强作辩护。总之,对当时的社会罪恶而言,夏洛克既是受害者,更是施害者。正是这样,他固然清醒地认识到社会弊端之所在,却根本无意于为弱者振臂一呼,而是斤斤计较于个人的利害得失,就如同他与安东尼奥交锋、并不是为了整个犹太民族斗争一样道理。由此,其坚持抑或抗争的正义性不免大打折扣,也被打上了一个大大的问号。聊以给人安慰的是,夏洛克的如意算盘最终落空了,面对强大的基督教主流文化,他只能低头认罪、仓皇退却。然而,与此同时,可以预见的是,他虽然被迫改信基督教,却"不能、也不会成为一个心甘情愿的基督徒"①。何况这里还隐含着非常值得追问的一个问题:夏洛克何必要成为一个心甘情愿的基督徒? 不管怎样,阴险狡诈、见利忘义的夏洛克最终阴谋未能得逞,作为读者,在拍手称快的同时,想到他的敏锐、他的清醒、他的果敢、他的挣扎,恐怕多少也会有一些难以言表的无奈和悲哀吧。

不少论者敏锐地指出了莎士比亚戏剧当中多元思想并存的特质,表现为艺术风格上的悲喜交融、人物形象上的瑕瑜共现等等。具体到《威尼斯商人》一剧,夏洛克如此,安东尼奥亦然,前者并非一无是处,后者也不是完美无缺。单就喜剧而言,"莎士比亚以他敏锐的洞察力,发现了人性的复杂和深邃,因而在他的喜剧创作中,他不但写到了喜剧人物也有美德,更重要的是,他更深入一层,尽力探寻隐藏在喜剧人物乃至恶棍式人物背后的悲剧性潜流,并进而探求其社会根源"②。当代著名莎学研究专家、新历史主义文论代表人物格林布拉特在对同时代的两大戏剧家马洛和莎士比亚进行比较之后,指出二者对主流意志的最大区别在于,马洛时常以一个叛逆者的姿态出现,而莎士比亚则往往扮演着一个尽职的仆人的角色,只不过与此

---

① David Bevington. *Shakespeare: The Seven Ages of Human Experience* (Second Edition). London: Blackwell Publishing Ltd, 2005. p. 231.
② 华泉坤、洪增流、田朝绪:《莎士比亚新论:新世纪,新莎士比亚》,第 112 页,上海外语教育出版社,2007 年。

同时,他的创作又隐含着对于权威的挑战①。正是这样,作为一个崇尚人文主义理想的作家,莎士比亚的基本创作立场是清晰的,如对夏洛克,固然不乏同情和肯定,但总体而言,还是以讽刺和批判为主,是把他作为一个喜剧形象去塑造,只不过并未将他简单化、固定化,而是在喜剧性当中有意无意地展示其悲剧性特质,更加丰富和深化了人物形象的意义。总之,在那样一个社会大变革时代,莎士比亚以其非凡的艺术表现力,在夏洛克形象身上淋漓尽致地展现了人性之复杂,由此引发人们从宗教、民族、法律、道德等等各个不同的角度对夏洛克形象进行解读,其中的争论恰恰说明了夏洛克形象所蕴含的贯通古今的超越性魅力。

文学主体的活动融合着过去、现在与未来的因素,然而,对不同的主体还应区别看待,因为其融合的程度是各不相同的,甚至表现出很大的差异。这里,可将之分为写实型、理想型以及二者的中和等多种类型。所谓写实型,指主体在文学活动中倾向于较多地关注当时当地的情况,很少顾及超越于当时环境之外的因素。理想型则恰与此相对,似乎更多地将着眼点置于远离现实之外的某种境界。前者表现在传记、报告文学等当中最为突出,后者则以传奇故事、科幻小说等的创作最为典型。当然,这只是就文本形式而言。与此同时,更应当看到,所谓写实化与理想化并非单单停留于或者说外现于文本

---

① See Stephen Greenblatt. *Renaissance Self-fashioning: From More to Shakespeare*. The University of Chicago Press, 1980. p. 253.

的形式,朴实、无华的写实型叙述中可能包蕴着对遥远未来的预设,荒诞、离奇的理想型描写中亦不乏对眼前现实的指认。由此看来,所谓写实型与理想型之间并非绝无牵连,它们都包含着主体对过去、现在与未来进行融合的实质,但其融合的具体程度却千变万化。基于此,除了上述倾向性非常明显的写实型与理想型之外,自然还存在着大量介于二者之间、中和这两方面因素的其他类型。应当明确,各种类型无一例外都包含着主体对过去、现在与未来进行融合的实质,其区别只是在于各自融合的程度不同。总之,过去、现在与未来是密切相关的,在对历史的融合过程当中,主体的动力功能得以更加有效地运作,并在历史的各个界域内施加一定的影响。

基于新历史主义协调说的不足,本书结合具体文本,从个体境遇的言说、现实的审美变形以及过去、现在与未来的融合等三个方面分别阐述了主体动力功能的运作。虽然由于侧重点的不同,这三个方面呈现出一定的差异,但它们终究不是孤立存在,而是密切相关的。此外,由于各种内外在因素的作用,不同主体的动力功能运作于上述言说、变形与融合中的具体情况又是千差万别,难以尽述。需要强调的是,对之进行对错、优劣式的评判既不必要亦不可能,因为它们的区别仅仅在于程度与形式方面,其实质却毫无疑问是相通的。基于此,在广阔的文学领域之中,不同的主体在个体境遇的言说、现实的审美变形以及过去、现在与未来的融合等方面可能各有侧重,在其中各种类型上也会有不同的偏好或者倾向。于是,主体动力功能的运作呈现出复杂多样的面貌,文学艺术亦由此而丰富多彩、绚烂多姿,展示出无穷的生命力与吸引力,文学主体的动力功能由此得以尽显,文学中的主体性亦获得了全面而充分的展现。

如前所述,新历史主义内部派别林立,矛盾重重,但正如有论者指出的:"其绝大多数支持者和反对派们可能都会承认,新历史主义导致把文学文本和非文学文本当作内在以及外在于文本的历史话语的组成部分来阅读,承认新历史主义的实践者们在追溯文本、话语、权力以及主体性的构成等等之间的联系时,总体上假定没有固定的起因和结果的层次。"[①]据此,身为文学创作与阅读的主体,作者与读者在文化网络之中协调各种社会能量,对历史发挥积极的作用。从新历史主义文论引申开去,即基于协调说,本书探讨了主体动力功能的具体运作。无论是对个体境遇的言说,还是对现实的审美变形,抑或对过去、现在与未来的融合,主体动力功能的运作是一个综合的、动态的过程,在这一过程当中,创作主体与阅读主体诚然不能脱离一定历史环境的制约,但也在有意无意之间营造出一片特殊的艺术天地,并积极介入于历史的进程。由此出发,不难看到其在现实与理想两个层面当中所引发的效果。所谓现实的层面,是指主体与历史相协调,进而对历史产生一定的助益,表现在政治、经济、道德、审美等等各种社会活动当中;所谓理想的层面,则指主体对历史采取怀疑、批判的态度,进而达到超越历史的目的。前者主要是面向现在,而这

---

① Gallagher, Catherine. "Marxism and the New Historicism". See Veeser, H. Aram ed. *The New Historicism*. p. 37.

里的"现在"应该包括创作与阅读两方面的历史环境;后者则主要是面向未来,须强调的是,在这里,主体未必会得出一个明确的结论,指出一条明确的出路,然而就在那怀疑、批判中,往往孕育着对历史的巨大动力。毋庸讳言,这里所谓现实与理想两个层面的划分,不过是出于论述的方便,因为二者其实是不好截然分开的,而往往交融在一起,在历史的进程当中,互相生发,相辅相成,共同推动历史的发展。

结语　文学主体与历史的相互塑造

歌德曾经说过:"艺术家对于自然有双重关系:他既是自然的主宰,又是自然的奴隶。他是自然的奴隶,因为他必须用人世间的材料来进行工作,才能使人理解;同时他又是自然的主宰,因为他使这种人世间的材料服从他的较高意旨,并且为这较高的意旨服务。"[1]这里,不妨结合本书的论题对这段话做一补充或者说发挥,即:文学主体对历史有双重关系,一方面,如同歌德所谓"必须用人世间的材料来进行工作",他们是一定历史环境的一分子,以创作或阅读文本这一特殊的活动来建构其文学主体的身份,因此,始终不能脱离一定历史的制约,更确切地说,文学主体不仅要运用人世间的材料,而且其本身便是人世间材料的一部分,因此完全地超脱于历史环境之外显然是不可能的;另一方面,如同歌德所谓"使这种人世间的材料服从他的较高意旨",主体又与历史拉开了一定的距离,因为作为文学主体,作者与读者还要借助于个人经历、审美体验等因素,对历史发挥其独特的动力功能。

---

[1] 爱克曼辑录:《歌德谈话录》,第137页,朱光潜译,人民文学出版社,1978年。

不管怎样,人毕竟要生活于一定的历史环境之中,将人与历史的关系完全抹杀掉是不现实的,也无助于人类认识世界、改造世界的生存意义。作为文学主体的作者与读者,自然也不例外。至于在文学研究中试图割裂主体与历史的联系或者试图将文本独立于历史之外、进而取消主体存在意义的诸学说,固然在某种层面上触及文学的独特性,却终因忽视主体与历史关系的基本倾向而陷入偏颇。基于此,历史主义在其发展过程中固然经历着各种复杂的演变,并且,固然新历史主义的高峰已经湮没于众声喧闹的 20 世纪文论界,但在文学研究中坚持将主体与历史结合起来的历史主义基本原则不会随之而消亡。

历史与主体始终是交融在一起的,因为主体既是历史的产物又是历史的创造者。同样道理,亦不妨说,历史是主体的产物,也是主体的创造者。鉴于此,在文学研究中应该牢牢把握二者之间的动态关系。换言之,它们不是被动的承受者,而在相互作用中发挥积极的影响。正如前文所论述的,无论是动力的产生还是动力的效果,都是主体与历史相互作用的产物,主体因而获得促动历史乃至超越历史的力量。由此可见,主体性应当说正是基于主体与历史的关系,是作者、读者的生命力与创造力的体现,因此它必然随着主体与历史环境之间关系的发展而逐步完善起来,文学亦将由此获得鲜活、强劲的力量。从这个角度思之,才能够切实把握主体性的内涵,也才是对历史主义的全面、恰当的理解。当然,这并不意味着主张文学批评对文本自身毫不关心,而专从文本之外去寻找意义,如新批评所指责的"外部研究"那样;更不意味着将文学与历史直接对应起来,简单地为文学寻找其历史的依据。毋庸讳言,文学批评史上不乏此例。这也是历史主义在其发展史上多遭非议的一个重要原因。如此一来,文学沦为历史的影像或者附庸,文学的意义和价值必然严重受损,文学主体性亦将名存实亡。与之相异,无论作者、读者还是历史,本书所考察的对象无一例外都是渗透到文本之中、形成文本的有机整体之部分的要素。毋庸置疑,文本正是这些要素共同作用的结果。因此,那些试图撇开这种种要素、而专注于文本自身的文学批评固然有其一定的启发意义,归根到底却是不必要、也是不可能的。

诚如艾布拉姆斯所言:"尽管任何像样的理论多少都考虑了所有这四个要素(指艺术家、欣赏者、作品、世界),然而我们将看到,几乎所有的理论都只明显地倾向于一个要素。就是说,批评家往往只是根据其中的一个要素,就生发出他用来界定、划分和剖析艺术作品的主要范畴,生发出藉以评判作品价值的主要标准。"① 然而,通过上述论析可见,那些专注于作者或读者或文本或历史之一维的文学理论不可避免存在着一定的偏颇,因为这些维度终究是相互关联、不可分割的。鉴于此,本书试图打破艾布拉姆斯所划定的模式,即打破作者、读者与历史的直线联系,以文本为结合点,将之视为一个相互关联、相互牵涉的有机系统,它们互相制约,生发,形成互动的关系,共同向前发展。为此,本书力求将历史与主体贯通起来,将历史的横

---

① M·H·艾布拉姆斯:《镜与灯》,第6页。

向、纵向发展贯通起来,将主体性中的复杂的内外在层面贯通起来,只有这样,才能保有一种开放的视野,对历史与主体的关系做出全面、中肯的评价。当然,这只是本书立论的目标,真正实现之则谈何容易。希望上述论析能够明确一点,即在历史发展过程中,文学主体既为历史所制约,又以其独特的方式对历史发挥着广泛、深远的动力功能。

自然,本书无意于、也不可能抹杀上述遭到批判或者质疑的文学理论的意义和价值,就如同朱光潜在评述克罗齐哲学时所说的:"从哲学史看,哲学思想常在继续生展,任何伟大的哲学家都没有说出关于哲学的'最后一句话'。克罗齐富于历史的意识,当然没有那种幻觉,以为他自己说出了'最后一句话'。他批评黑格尔时,指出他的错误而同时也原谅他,说当时学术思想的发展还不容许他避免那些错误。在学术思想的现阶段说话,克罗齐也很可能不免犯现阶段所难免的错误。也正因为这个缘故,在现阶段我们说要批评克罗齐,也未免太早,我们还不能有批评必有的'历史的透视距离'。"[①]同样道理,本书以历史主义的眼光来分析、评价各家学说,目的也不是说出关于文学理论的那"最后一句话",因为这明显有违历史主义的初衷。然而,有一点还是可以肯定的,即愈是伟大的作家,愈是高明的读者,愈是在创作、欣赏文本的过程中能够有效调动各种历史与非历史的因素,对当今乃至未来的历史发展提供宝贵的鉴资。

---

① 朱光潜:《克罗齐哲学述评》,见《朱光潜全集》(卷4),第 377 页。

主体与历史是相互制约的,更是相互促动的,在其互动的过程中,文本的生成及其意义的阐发获得了无限伸展的空间,主体与历史亦得以相互塑造,在历史的浩大流程中日益丰满起来……

参考文献

主要英文文献:

Baldick, Chris. *Criticism and Literary Theory 1890 to the Present*. New York: Longman Publishing, 1996.

Belsey, Catherine. "Towards Cultural History: in Theory and Practice". *Textual Practice* 3:2(1989).

Bertens, Hans and Douwe Fokkema ed. *International Postmodernism: Theory and Literary Practice*. Amsterdam/Philadelphia: John Benjamins Publishing Company, 1997.

Biriotti, Maurice and Nicola Miller ed. *What Is an Author*. Manchester: Manchester University Press, 1993.

Blamires, Harry. *Twentieth-Century English Literature*. London: Macmillan, 1982.

Bradley, A. C. *Shakespearean Tragedy*. London: Macmillan, 1992.

Burke, Sean. *The Death and Return of the Author: Criticism and Subjectivity in Barthes, Foucault and Derrida*. Edinburgh: Edinburgh University Press, 1993.

Catherine M. S. Alexander ed. *Shakespeare and Politics*. Cambridge: Cambridge University Press, 2004.

Christy Desmet and Robert Sawyer ed. *Shakespeare and Appropriation. London and New York: Routledge, 1999.

Collier, Peter and Helga Geyer-Ryan ed. *Literary Theory Today*. Cambridge: Polity Press, 1992.

Daniel J. Kornstein. *Kill all the Lawyers: Shakespeare's Legal Appeal*. Princeton, N. J. : Princeton Uneversity Press, 1994.

David Bevington. *Shakespeare: The Seven Ages of Human Experience (Second Edition)*. London: Blackwell Publishing Ltd, 2005.

de Man, Paul. *Allegories of Reading: Figural Language in Rousseau, Nietzsche, Rilke, and Proust*. New Haven and London: Yale University Press, 1979.

Dollimore, Jonathan and Alan Sinfield ed. *Political Shakespeare: Essays in Cultural Materialism*. Ithaca, London: Cornell University Press, 1994.

Eagleton, Terry. *Criticism and Ideology*. London: NLB, 1976.

Eagleton, Terry and Drew Miline ed. *Marxist Literary Theory: A Reader*. Oxford, OX, UK: Blackwell Publishers Ltd, 1996.

Eagleton, Terry. *Literary Theory: An Introduction (Second Edition)*. Oxford, OX, UK: Blackwell Publishers Ltd, 1997.

Ermarth, Elizabeth Deeds. *Sequel to History: Postmodernism and the Crisis of Representational Time*. Princeton, N. J. : Princeton University Press, 1992.

Fokkema, Douwe and Elrud Ibsch. *Theories of Literature in*

the Twentieth Century: Structuralism, Marxism, Aesthetics of Reception, Semiotics. London: C. Hrust & Company, New York: ST. Martin's Press, 1995.

Foucault, Michel. *The History of Sexuality: Volume 1*. New York: Random House Inc, 1979.

Foucault, Michel. *The History of Sexuality: Volume 2*. London: Viking Press, 1986.

Freadman, Richard and Seumas Miller. *Re-thinking Theory: A Critique of Contemporary Literary Theory and an Alternative Account*. Cambridge, England: the Press Syndicate of the University of Cambridge, 1994.

Frederik R. Karl. *Franz Kafka, Representative Man*. New York: Tichnor & Fields, 1991.

Gerin, Winifred. *Emily Bronte*. London: Oxford University, 1979.

Gilbert, Sandra M. & Gubar, Susan. *The Madwoman in the Attic: The Woman Writer and the Nineteenth-Century Literary Imagination*. New York: Yale University Press, 1979.

Giles, Steve ed. *Theorizing Modernism: Essays in Critical Theory*. London: Routledge, 1993.

Greenblatt, Stephen. *Renaissance Self-fashioning: From More to Shakespeare*. Chicago: the University of Chicago Press, 1980.

Greenblatt, Stephen. *Shakespearean Negotiations: The Circulation of Social Energy in Renaissance England*. Berkeley, Los

Angeles: the University of California Press, 1988.

Hamilton, Paul. *Historicism*. London: Routledge, 1996.

Herder, Johann Gottfried. *Against Pure Reason: Writings on Religion, Language and History*. Minneapolis, Minn: Fortress Press, 1993.

Leitch, Vincent B. (General Editor), William E. Cain, Laurie A. Finke, Barbara E. Johnson, John McGowan and Jeffrey J. Williams ed. *The Norton Anthology of Theory and Criticism*. New York: W. W. Norton & Company, Inc., USA, 2001.

McGowan, John. *Postmodernism and Its Critics*. Ithaca: Cornell University Press, 1991.

Morris, Pam. *Literature and Feminism: An Introduction*. Oxford and Cambridge: Blackwell, 1993.

Mukherjee, Meenakshi. *Women Writers: Jane Austen*. Houndmills: Macmillan Education Ltd, 1991.

Natoli, Joseph and Linda Hutcheon ed. *A Postmodern Reader*. Albany: State University of New York Press, 1993.

Parker, Patricia and David Quint ed. *Literary Theory /Renaissance Texts*. Baltimore: Johns Hopkins University Press, 1986.

Patterson, Lee. *Negotiating the Past: The Historical Understanding of Medieval Literature*. Madison, Wisconsin: University of Wisconsin Press, 1987.

Penley, C. and A. Ross ed. *Technoculture*. Minnesota: the

Regents of the University of Minnesota, 1991.

Rivkin, Julie and Michael Ryan ed. *Literary Theory: An Anthology*. Malden, Mass.: Blackwell Publishers Inc, 1998.

Rovine, Harvey. *Silence in Shakespeare: Drama, Power & Gender*. Ann Arbor: UMI Research Press, 1987.

Roy Battenhouse ed. *Shakespeare's Christian Dimension: An Anthology of Commentory*. Bloomington: Indiana University Press, 1994.

Sue, Roe and Sellers Susan. *The Cambridge Companion to Virginia Woolf*. Shanghai Foreign Language Education Press, 2001.

Ryan, Kiernan ed. *New Historicism and Cultural Materialism: A Reader*. London, Arnold: a member of the Hodder Headline Group, 1996.

Sin, Stuart ed. *The A—Z Guide to Modern Literary and Cultural Theorists*. Hemel Hempstead, England: Prentice Hall/Harvester Wheatsheaf, 1995.

Smith, Stan. *The Origins of Modernism: Eliot, Pound, Yeats and the Rhetorics of Renewal*. New York: Harvester Wheatsheaf, 1994.

Thompson, F. M. L. *The Rise of Respectable Society: A Social History of Victorian Britain, 1830—1900*. Cambridge, Massachusetts: Harvard University Press, 1988.

Tyson, Lois. *Critical Theory Today: A User-Friendly Guide*. New York: Garland Publishing, Inc, 1999.

Veeser, H. Aram ed. *The New Historicism Reader*. London: Routledge, 1994.

Veeser, H. Aram ed. *The New Historicism*, London: Routledge, 1989.

Williams, Raymond. *Modern Tragedy*. London: Chatto & windus, 1966.

Wilson, Scott. *Cultural Materialism: Theory and Practice*. Oxford, UK: Blackwell, 1995.

主要中文文献:

阿布·埃班. 犹太史. 阎瑞松,译. 北京:中国社会科学出版社,1986.

阿多诺. 美学理论. 王柯平,译. 成都:四川人民出版社,1998.

爱德华·W·萨义德. 东方学. 王宇根,译. 北京:生活·读书·新知三联书店,2007.

艾尔默·莫德. 托尔斯泰传. 宋蜀碧,徐迟,译. 北京:北京十月文艺出版社,2001.

爱克曼辑录. 歌德谈话录. 朱光潜,译. 北京:人民文学出版社,1978.

奥古斯丁. 忏悔录. 周士良,译. 北京:商务印书馆,1982.

柏格森. 笑:论滑稽的意义. 徐继曾,译. 北京:中国戏剧出版社,1980.

柏拉图. 理想国. 郭斌和,张竹明,译. 北京:商务印书馆,1997.

布兰兑斯.十九世纪文学主流.张道真,刘半九,徐式谷,江枫,张自谋,李宗杰,高中甫,译.北京:人民文学出版社,1997.

慈继伟.正义的两面.北京:生活·读书·新知三联书店,2001.

茨维坦·托多罗夫编选.俄苏形式主义文论选.蔡鸿滨,译.北京:中国社会科学出版社,1989.

戴维·洛奇.小说的艺术.王峻岩等,译.北京:作家出版社,1998.

代新黎.伍尔夫小说概论.西安:陕西人民教育出版社,2009.

丹纳.艺术哲学.傅雷,译.北京:人民文学出版社,1988.

德尼丝·勒布隆—左拉.我的父亲左拉.李焰明,译.桂林:广西师范大学出版社,2002.

段德智.西方主体性思想的历史演进与发展前景:兼评"主体死亡"观点.武汉大学学报,2000,(05).

方平.欧美文学研究十论.上海:复旦大学出版社,2005.

费尔迪南·德·索绪尔.普通语言学教程.高名凯,译.岑麒祥,叶蜚声,校注.北京:商务印书馆,1985.

弗吉尼亚·伍尔夫.论小说与小说家.瞿世镜,译.上海:上海译文出版社,2000.

弗吉尼亚·伍尔夫.一间自己的屋子.王还,译.北京:生活·读书·新知三联书店,1992.

福柯.疯癫与文明.刘北成,杨远婴,译.北京:生活·读书·新知三联书店,1999.

福柯.性经验史.佘碧平,译.上海:上海人民出版社,2002.

福柯.知识考古学.谢强,马月,译.北京:生活·读书·新知三联书店,1999.

福柯.词与物:人文科学考古学.莫伟民,译.上海:上海三联书店,2001.

弗莱.批评的剖析.陈慧,袁宪军,吴伟仁,译.天津:百花文艺出版社,1998.

弗莱.伟大的代码:圣经与文学.郝振益,樊振帼,何成洲,译.北京:北京大学出版社,1998.

弗里德里克·詹姆逊.语言的牢笼·马克思主义与形式.钱佼汝,译.天津:百花洲文艺出版社,1995.

弗洛伊德.精神分析引论.高觉敷,译.北京:商务印书馆,1988.

弗洛伊德.论文学与艺术.常宏等,译.北京:国际文化出版公司,2001.

格·米·弗里德连杰尔.陀思妥耶夫斯基与世界文学.施元,译.胡德麟,校.上海:上海译文出版社,1997.

古典文艺理论译丛编辑委员会编.古典文艺理论译丛(9).北京:人民文学出版社,1964.

黑格尔.精神现象学.贺麟,王玖兴,译.北京:商务印书馆,1979.

黑格尔.美学.朱光潜,译.北京:商务印书馆,1997.

黑格尔.历史哲学.王造时,译.上海:上海书店出版社,1999.

亨利·特罗亚.正义作家左拉.胡尧步,译.北京:世界知识出版社,1999.

侯维瑞.现代英国小说史.上海:上海外语教育出版社,1985.

H·R·姚斯,R·C·霍拉勃.接受美学与接受理论.周宁,金元浦,译.滕守尧,审校.沈阳:辽宁人民出版社,1987.

华莱士·马丁.当代叙事学.伍晓明,译.北京:北京大学出版社,2006.

华泉坤,洪增流,田朝绪.莎士比亚新论:新世纪,新莎士比亚.上海:上海外语教育出版社,2007.

加达默尔.真理与方法:哲学诠释学的基本特征.洪汉鼎,译.上海:上海译文出版社,1999.

蒋承勇,项晓敏,何仲生等.欧美自然主义文学的现代阐释.上海:复旦大学出版社,2002.

克罗齐.美学原理 美学纲要.朱光潜,韩邦凯,罗芃,译.北京:外国文学出版社,1983.

克罗齐.历史学的理论和实际.傅任敢,译.北京:商务印书馆,1997.

克罗齐.美学或艺术和语言哲学.黄文捷,译.北京:中国社会科学出版社,1992.

拉曼·塞尔登主编.文学批评理论:从柏拉图到现在.刘象愚,陈永国等,译.北京:北京大学出版社,2000.

李健吾.福楼拜评传.长沙:湖南人民出版社,1980.

李毅.奥赛罗的文化认同.外国文学评论,1998,(02).

李银河.女性主义.济南:山东人民出版社,2005.

李泽厚.历史本体论.北京:生活·读书·新知三联书店,2002.

刘国柱.托尔斯泰传.北京:世界知识出版社,2001.

柳鸣九主编.意识流.北京:中国社会科学出版社,1989.

鲁迅.鲁迅全集.北京:人民文学出版社,1981.

陆梅林,程代熙主编.读者反应批评.北京:文化艺术出版社,1989.

罗伯特·休斯.文学结构主义.刘豫,译.北京:生活·读书·新知三联书店,1988.

罗兰·巴特.罗兰·巴特随笔选.怀宇,译.北京:百花文艺出版社,1996.

罗兰·巴特.符号学原理:结构主义文学理论文选.李幼蒸,译.北京:生活·读书·新知三联书店,1988.

罗兰·巴特.S/Z.屠友祥,译.上海:上海人民出版社,2001.

M·巴赫金.陀思妥耶夫斯基诗学问题:复调小说理论.白春仁,顾亚玲,译.北京:生活·读书·新知三联书店,1988.

M·巴赫金.巴赫金文论选.佟景韩,译.北京:中国社会科学出版社,1996.

马克·贝尔纳.左拉.郭太初,译.上海:上海译文出版社,1992.

马尔库塞.审美之维:马尔库塞美学论著集.李小兵,译.北京:生活·读书·新知三联书店,1989.

马克思.1844年经济学哲学手稿.北京:人民出版社,1985.

马克思,恩格斯.马克思恩格斯全集.北京:人民出版社,1998.

马克思,恩格斯.马克思恩格斯选集.北京:人民出版社,1995.

M·H·艾布拉姆斯.镜与灯.郦稚牛,张照进,童庆生,译.王宁,校.北京:北京大学出版社,1989.

莫伟民.主体的命运:福柯哲学思想研究.上海:上海三联书店,1996.

莫伟民.主体的真相——福柯与主体哲学.中国社会科学,2010,(03).

尼采.历史的用途与滥用.陈涛,周辉荣,译.刘北成,校.上海:上海人民出版社,2000.

尼采.权力意志:重估一切价值的尝试.张念东,凌素心,译.北京:中央编译出版社,2000.

倪蕊琴主编.列夫·托尔斯泰比较研究.上海:华东师大出版社,1989.

屈雅君.新时期文学评判模式研究.西安:陕西人民教育出版社,1997.

荣格.人、艺术和文学中的精神.卢晓晨,译.晏玄,校.北京:中国工人出版社,1988.

荣格等.人及其表象.张月,译.宋运田,校.北京:中国国际广播出版社,1989.

若利韦等.诺贝尔文学奖秘史.王鸿仁,译.北京:中国友谊出版公司,1989.

盛宁.人文困惑与反思:西方后现代主义思潮批判.北京:生活·读书·新知三联书店,1997.

叔本华.作为意志和表象的世界.石冲白,译.北京:商务印书馆,1982.

斯蒂芬·茨威格.三大师:巴尔扎克、狄更斯、陀思妥耶夫斯基.

姜丽,史行果,译.北京:西苑出版社,1998.

陶莉·莫依.性与文本的政治——女权主义文学理论.林建法,赵拓,译.北京:时代文艺出版社,1992.

C·A·托尔斯泰娅.托尔斯泰夫人日记.张会森,晨曦,译.北京:中国社会科学出版社,1983.

陀思妥耶夫斯基.陀思妥耶夫斯基论艺术.冯增义,徐振亚,译.桂林:漓江出版社,1988.

汝信主编.外国美学.北京:商务印书馆,1986.

王逢振,盛宁,李自修编.最新西方文论选.北京:漓江出版社,1991.

王诺.欧美生态批评:生态文学研究概论.北京:学林出版社,2008.

王岳川,尚水编.后现代主义文化与美学.北京:北京大学出版社,1993.

维柯.新科学.朱光潜,译.北京:人民文学出版社,1986.

维克托·什克洛夫斯基等.俄国形式主义文论选.方珊等,译.北京:生活·读书·新知三联书店,1992.

韦勒克.近代文学批评史.杨岂深,杨自伍,译.上海:上海译文出版社,1997.

韦勒克,奥·沃伦.文学理论.刘象愚,邢培明,陈圣生,李哲明,译.北京:生活·读书·新知三联书店,1984.

温克尔曼.论古代艺术.邵大箴,译.北京:中国人民大学出版社,1989.

吴晓东.二十世纪外国文学专题.北京:北京大学出版社,2006.

伍蠡甫,胡经之主编.西方文艺理论名著选编.北京:北京大学出版社,1988.

亚里士多德.诗学.罗念生,译.北京:人民文学出版社,1997.

杨正润.主体的定位与协合功能:评新历史主义的理论基础.文艺理论与批评,1994,(01).

伊瑟尔.阅读活动:审美反应理论.金元浦,周宁,译.北京:中国社会科学出版社,1991.

曾艳兵.卡夫卡研究.北京:商务印书馆,2009.

张京媛主编.当代女性主义文学批评.北京:北京大学出版社,1992.

张京媛主编.新历史主义与文学批评.北京:北京大学出版社,1993.

张沛.哈姆莱特的问题.北京:北京大学出版社,2006.

张首映.西方二十世纪文论史.北京:北京大学出版社,2007.

张艳梅,蒋学杰,吴景明.生态批评.北京:人民出版社,2007.

赵毅衡编选."新批评"文集.天津:百花文艺出版社,2001.

赵澧.莎士比亚传论.北京:中国人民大学出版社,1991.

中国社会科学院外国文学研究所世界文论编辑委员会编.陀思妥耶夫斯基的上帝:陀思妥耶夫斯基研究论述.北京:社会科学文献出版社,1994.

朱光潜.朱光潜全集.合肥:安徽教育出版社,1996.

朱立元总主编.二十世纪西方美学经典文本.上海:复旦大学出

版社,2001.

朱雯,梅希泉,郑克鲁编选.文学中的自然主义.上海:上海文艺出版社,1992.